RUM DAGBOEK

Hunter S. Thompson

Rum Dagboek

Vertaald uit het Amerikaans door Ton Heuvelmans

OBA Bos en Lommer
www.oba.nl

Lebowski Publishers, Amsterdam 2011

Oorspronkelijke titel: *The Rum Diary*
Oorspronkelijk uitgegeven door: Simon & Schuster
© The Estate of Hunter S. Thompson, 1998
© Vertaling uit het Amerikaans: Ton Heuvelmans, 2011
© Nederlandse uitgave: Lebowski Publishers, Amsterdam 2011
Omslagontwerp: Dog and Pony, Amsterdam
Omslagfoto: Motion Picture © 2011 GK Films, LLC
Foto auteur: © The Estate of Hunter S. Thompson
Typografie: Michiel Niesen, ZetProducties, Haarlem

ISBN 978 90 488 0710 9
NUR 302

www.hunterthompson.nl
www.lebowskipublishers.nl

Lebowski Publishers is een imprint van Dutch Media Uitgevers bv

Voor Heidi Opheim, Marysue Rucci en Dana Kennedy

My rider of the bright eyes,
What happened you yesterday?
I thought you in my heart,
When I bought you your fine clothes,
A man the world could not slay.

Dark Eileen O'Connell, 1773

Atlantische Oceaan

LA PERLA

Oud-San Juan

Plaza
Colón

CALLE TETUAN

AVENIDA PONCE DE LEO

La
Princesa

San Antoniokanaa

Isla Grande

Baai van San Juan

Atlantische Oceaan

San Juan

Puerto Rico International
Airport

EL
YUNQUE

Fajardo

Vieques
Sound

ST.
THOMAS

Charlotte
Amalie

ST.
JOHN

Porto Rico

Isabel Segunda

VIEQUES

Caraïbische
Zee

Ponce

Kilometer

0   20

Mijl

0   20

© 1998, A. Karl/J. Kemp

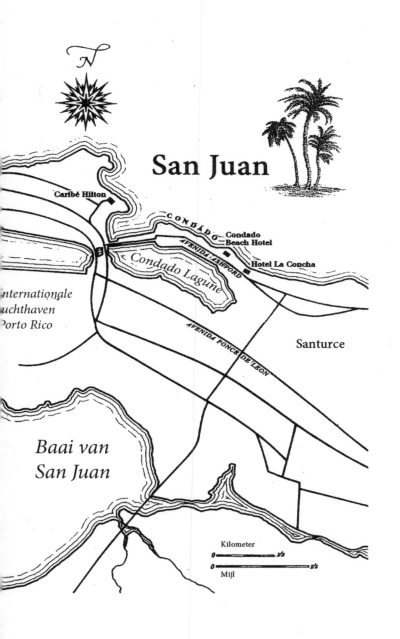

San Juan

Caribé Hilton

CONDADO

Condado
Beach Hotel

AVENIDA ASHFORD

Hotel La Concha

Condado Lagune

internationale
uchthaven
Porto Rico

AVENIDA PONCE DE LEON

Santurce

Baai van
San Juan

Kilometer

0 — ½

0 — ½

Mijl

San Juan, winter 1958

Begin jaren vijftig, toen San Juan een toeristenoord begon te wor-
den, bouwde een voormalige jockey genaamd Al Arbonito een
bar op de binnenplaats achter zijn huis aan de Calle O'Leary. Hij
noemde hem Al's Backyard en hing aan de straatkant een bord
boven zijn deur met een pijl die tussen twee vervallen gebouwen
door wees naar de binnenplaats erachter. Aanvankelijk schonk hij
alleen bier, voor een kwartje per fles, en rum voor een dubbeltje
per glas, of vijftien cent met ijs. Na een paar maanden besloot hij
ook eigengemaakte hamburgers te serveren.

Het was een prettige tent om iets te drinken, vooral 's morgens,
als de zon nog koel was en de zilte mist opsteeg uit de oceaan, die
de lucht een frisse, gezonde geur gaf en het zo vroeg op de dag een
paar uur uithield tegen de stomende, zweterige hitte die San Juan
in zijn greep heeft vanaf het middaguur tot lang na zonsondergang.

's Avonds was het er ook goed toeven, maar niet zo koel. Soms
stond er een briesje, dat vanwege de fraaie ligging doordrong tot bij
Al's, dat boven op de heuvel van Calle O'Leary lag – zo hoog dat als
de binnenplaats ramen had gehad, je zou kunnen uitzien over de
hele stad. Maar er staat een dikke muur om de binnenplaats heen,
en het enige wat je ziet is de lucht en een paar pisangbomen.

Naarmate de tijd verstreek, kocht Al een nieuwe kassa, gevolgd
door houten tafeltjes met parasol voor op de binnenplaats, en
uiteindelijk verhuisde hij zijn gezin vanuit het huis aan de Cal-
le O'Leary naar een nieuwbouwwijk in een van de voorsteden
vlak bij het vliegveld. Hij nam een grote neger genaamd Sweep in
dienst, die de afwas deed, hamburgers serveerde en uiteindelijk
ook leerde koken.

11

Hij richtte zijn oude woonkamer in als een kleine pianobar en liet uit Miami een pianist overkomen, een magere, treurig kijkende man genaamd Nelson Otto. De piano stond halverwege de cocktailbar en de binnenplaats. Het was een oude, kleine vleugel, lichtgrijs geverfd en overgespoten met speciale schellak die het instrument moest beschermen tegen de zilte lucht – en zeven avonden per week, gedurende de volle twaalf maanden die de eindeloze Caraïbische zomer duurt, nam Nelson Otto plaats achter het klavier en vermengde zijn zweet met de lusteloze akkoorden van zijn muziek.

Bij de plaatselijke vvv wordt verteld over de koele passaatwind die alle dagen en nachten van het jaar de kust van Porto Rico streelt, maar Nelson Otto was een man die onaangedaan leek door de passaat. Het ene benauwde uur na het andere werkte hij zich door zijn vermoeide repertoire van blues en sentimentele ballads, terwijl het zweet van zijn gezicht droop en de oksels van zijn katoenen bloemetjesshirt doorweekte. Hij vervloekte die 'godvergeten kuthitte' met zoveel haat en agressie dat de sfeer in de bar er soms door verpest werd, waarna er dan gasten opstonden en naar de Flamboyan Lounge een eindje verderop in de straat liepen, waar een flesje bier zestig cent kostte en een lendenbiefstuk drie dollar vijftig.

Nadat een ex-communist genaamd Lotterman uit Florida was gekomen en de San Juan Daily News *had opgericht, werd Al's Backyard de Engelse persclub, omdat geen van de zwervers en dromers die voor Lottermans nieuwe krant kwamen werken zich de dure 'New York' bars konden veroorloven die overal in de stad als paddenstoelen uit de grond schoten. Bureauredacteuren en verslaggevers van de dagploeg kwamen rond zeven uur binnendruppelen, en die van de nachtploeg – sportverslaggevers, correctoren en opmakers – kwamen meestal massaal tegen middernacht binnen zetten. Soms bracht iemand een meisje mee, maar over het algemeen vormde de aanwezigheid van een vrouw in Al's Backyard een zeldzaam en erotiserend schouwspel. Er waren niet veel blanke meisjes in San Juan, en de meesten van hen waren toeristen, hoeren of stewardessen. Het wekte geen verbazing dat die laatsten de voorkeur gaven aan de casino's of de terrasbar van het Hilton.*

Er kwam allerlei slag volk werken voor de News, variërend van jonge, woeste barbaren die alles op z'n kop wilden zetten en helemaal opnieuw wilden beginnen tot vermoeide, oude broodschrijvers met bierbuiken, die niets liever wilden dan in alle rust hun tijd uitzingen voordat een stel gekken de zaak op z'n kop kwam zetten.

Ze vertegenwoordigden het hele scala van echte talenten en betrouwbare kerels tot gedegenereerde figuren en wanhopige losers die nauwelijks een briefkaart konden schrijven – lamzakken, voortvluchtigen en gevaarlijke dronkaards, een Cubaanse winkeldief met een revolver onder zijn oksel, een Mexicaanse debiel die kleine kinderen lastigviel, pooiers, pedofielen en menselijk uitschot in allerlei soorten en maten, van wie de meesten net lang genoeg werkten om een paar borrels en een vliegticket te kunnen betalen.

Aan de andere kant waren er ook figuren als Tom Vanderwitz, die later zou gaan werken voor de Washington Post *en de Pulitzer Prize zou winnen, en een man genaamd Tyrrell, inmiddels redacteur bij* The Times *in Londen, die dagen van vijftien uur maakte om de krant niet ten onder te laten gaan.*

Toen ik arriveerde bestond de News *drie jaar, en Ed Lotterman stond op het punt van instorten. Als je hem hoorde praten, zou je denken dat hij persoonlijk alle ellende van de wereld had meegemaakt en dat hij zichzelf beschouwde als een combinatie van God, Pulitzer en het Leger des Heils. Hij beweerde vaak dat als alle mensen die in al die jaren voor de krant hadden gewerkt tegelijkertijd voor de troon van de Almachtige konden verschijnen – en daar rijendik hun verhalen zouden ophangen en hun eigenaardigheden, wandaden en abnormaliteiten opbiechten – er geen* enkele twijfel over zou bestaan dat God zelf, zich aan zijn haren trekkend, in katzwijm zou vallen.

Lotterman overdreef natuurlijk; in zijn tirade sloeg hij de goede collega's over en hij had het alleen maar over wat hij de 'zuiplappen' noemde. Maar daar waren er genoeg van, en het beste wat je kon zeggen van zijn personeel was dat het een raar, ongeregeld zootje was. In het beste geval waren ze niet te vertrouwen, in het ergste geval dronken, smerig en zo fatsoenlijk als een stel geiten. Maar ze slaagden er wel in een krant uit te brengen, en als ze niet aan het werk waren bracht een flink deel van hen de tijd door in Al's Backyard.

Ze vloekten en tierden toen Al – in wat ze een 'bui van gierigheid' noemden – een kwartje op de prijs van het bier deed; en ze bleven vloeken en tieren toen hij een prijslijstje voor bier en andere dranken ophing uit het Caribé Hilton. Het was met zwart vetkrijt opgekalkt en hing duidelijk leesbaar achter de bar.

Aangezien de krant fungeerde als distributiecentrum voor alle schrijvers, fotografen en neoliteraire zwendelaars die toevallig in Porto Rico waren, genoot Al de dubieuze eer de klandizie van dit volkje te mogen ontvangen. De la onder de kassa zat barstensvol onbetaalde rekeningen en brieven van over de hele wereld, waarin beloofd werd dat 'die rekening in de nabije toekomst vereffend zal worden'. Rondtrekkende journalisten zijn beruchte oplichters, en degenen die zich in dat ontheemde wereldje ophouden, kan een fikse onbetaalde barrekening tot twijfelachtige erkenning strekken.

Er was in die tijd geen tekort aan mensen om mee te drinken. Ze bleven nooit lang, maar er kwamen steeds weer andere. Ik noem ze rondtrekkende journalisten omdat geen andere term hen beter omschrijft. Geen twee van hen waren hetzelfde. Ze waren professioneel afwijkend en abnormaal, maar hadden een paar dingen gemeen. Ze waren, meestal uit gewoonte, voor het grootste deel van hun inkomen afhankelijk van kranten en tijdschriften; hun leven was ingesteld op de grillen van het noodlot en plotselinge verande-

ringen, ze zwoeren aan geen enkele vlag trouw en stelden slechts prijs op mazzel en goede contacten.

Sommigen van hen waren meer journalist dan vagebond, en anderen waren meer vagebond dan journalist, maar op enkele uitzonderingen na waren ze allemaal parttime, freelance of noemden ze zichzelf buitenlandse correspondenten. Om de een of andere reden stonden ze op zekere afstand van het journalistieke establishment. Niet de gladde strebers en chauvinistische napraters die werkten voor de aartsreactionaire kranten en tijdschriften van het Luce-imperium. Dat was een heel ander slag.

Porto Rico was een gat, en het personeel van de Daily News *bestond hoofdzakelijk uit chagrijnig, rondreizend geteisem. Ze reisden naar willekeurige bestemmingen – gedreven door roddels, geruchten en opportunistische motieven – door heel Europa, Latijns-Amerika en het Verre Oosten. Overal waar Engelstalige kranten uitkwamen doken ze op, switchend van de ene naar de andere, altijd op zoek naar de grote doorbraak, de allesbeslissende opdracht, de rijke erfgename of de dikbetaalde baan waar het volgende vliegticket hen heenbracht.*

In zekere zin was ik een van hen – beter dan sommigen en resoluter dan anderen – en in de jaren dat ik de pen beroerde, had ik zelden zonder werk gezeten. Soms werkte ik voor drie kranten tegelijk. Ik schreef reclameteksten voor nieuwe casino's en bowlingcentra. Ik was adviseur voor het syndicaat van de hanengevechten, door en door corrupt recensent voor chique restaurants, fotograaf van jachten en regelmatig slachtoffer van wangedrag van de politie. Ik leidde een hebzuchtig leven, en het ging me uitstekend af. Ik maakte een aantal interessante vrienden, had genoeg geld om me te redden, en leerde veel over de wereld wat ik op een andere manier nooit had kunnen leren.

Zoals de meeste anderen was ik een zoeker, onrustig, ontevreden, en soms ook een stompzinnige herrieschopper. Ik zat nooit lang genoeg stil om even goed na te denken, maar op de een of an-

dere manier voelde ik dat mijn instinct goed was. Ik had met anderen het vaag optimistische gevoel dat sommigen van ons echt vooruitgang boekten, dat we de juiste weg hadden gekozen, dat de besten onder ons uiteindelijk de top zouden bereiken.

Tegelijkertijd had ik ook het duistere vermoeden dat het leven dat we leidden een verloren zaak was, dat we stuk voor stuk acteurs waren, dat we onszelf voor de gek hielden terwijl we onderweg waren op een doelloze odyssee. Het was de spanning tussen die twee polen – een rusteloos idealisme aan de ene en een gevoel van naderend onheil aan de andere kant– die mij in beweging hield.

Een

Mijn flat in New York bevond zich in Perry Street, vijf minuten lopen van de White Horse Tavern. Ik was er vaste klant, maar werd niet geaccepteerd omdat ik geen stropdas droeg. De incrowd wilde niets met me te maken hebben.

Ik zat er wat te drinken op de avond dat ik naar San Juan zou vertrekken. Phil Rollins, met wie ik had samengewerkt, betaalde mijn bier, dat ik achteroversloeg in een poging dronken genoeg te worden om in het vliegtuig in slaap te kunnen vallen. Art Millick, de meest gevreesde taxichauffeur van New York, was er. En ook Duke Peterson, die net terug was van de Maagdeneilanden. Ik herinner me dat Peterson me een lijstje gaf met namen van mensen die ik kon opzoeken als ik op St. Thomas kwam, maar ik raakte het briefje kwijt en heb nooit iemand van het lijstje ontmoet.

Het was een klotenacht halverwege januari, en ik droeg slechts een licht corduroy jasje. Alle anderen droegen zware jacks en flanellen pakken. Het laatste wat ik me herinner is dat ik op de smerige klinkers van Hudson Street stond, Rollins een hand gaf en de ijzige wind vervloekte die vanaf de rivier de straat in gierde. Ik stapte bij Millick in de taxi en sliep tot aan het vliegveld.

Ik was aan de late kant, en er stond een rij voor de desk. Er stonden zeker vijftien Porto Ricanen voor me. Een paar plaatsen voor me stond een kleine blonde vrouw. Ik hield haar voor een toerist, een wilde, jonge secretaresse op weg naar het Caraibisch gebied voor een ruige vakantie van twee weken. Ze had een lekker lijf en straalde al wachtend heel wat ongeduld uit, wat op veel opgekropte energie wees. Ik bekeek haar aandachtig

en met een glimlach, terwijl het bier door mijn aderen stroom-
de, en wachtte tot ze zich zou omdraaien om oogcontact te maken.

Ze kreeg haar ticket en liep in de richting van het vliegtuig.
Er stonden nog drie Porto Ricanen voor me. Twee van hen wik-
kelden hun formaliteiten af en liepen door, maar de derde werd
vertraagd omdat hij van de baliebediende een reusachtige kartonnen koffer niet als handbagage mee aan boord mocht nemen.
Ik luisterde knarsetandend naar hun gebekvecht.

Uiteindelijk viel ik hen in de rede. 'Hé!' riep ik. 'Wat heeft dit
te betekenen, verdomme? Ik moet dat vliegtuig halen!'

De baliebediende keek op en negeerde het geschreeuw van de
kleine man voor me. 'Wat is uw naam?'

Ik vertelde hem hoe ik heette, kreeg mijn ticket en rende naar
de gate. Toen ik bij het toestel was, moest ik me langs vijf of zes
mensen dringen die stonden te wachten om in te stappen. Ik
liet mijn ticket aan de mopperende stewardess zien, stapte in en
wierp een blik op de stoelen aan weerszijden van het gangpad.

Nergens een blonde vrouw te zien. Ik liep snel naar voren,
in de veronderstelling dat ze misschien zo klein was dat haar
hoofd niet boven de stoelleuning uitkwam. Maar ze was niet aan
boord, en inmiddels waren er nog maar twee stoelen naast elkaar vrij. Ik liet me op een van de stoelen vallen en legde mijn
typemachine op de stoel bij het raampje. De motoren werden
gestart, ik keek naar buiten en zag haar aan komen rennen over
de startbaan, zwaaiend naar de stewardess die op het punt stond
de deur te sluiten.

'Wacht even!' schreeuwde ik. 'Nog een passagier!' Ik keek toe
totdat ze de trap had bereikt. Toen draaide ik me om en glimlachte naar haar terwijl ze instapte. Ik wilde mijn typemachine pakken en op de grond zetten, toen een oude man langs me
dook en plaatsnam op de stoel die ik wilde vrijhouden.

'Deze stoel is bezet,' zei ik snel en greep hem bij de arm.

Hij rukte zich los, snauwde me iets toe in het Spaans en draaide zich om naar het raampje.

Ik greep hem opnieuw vast. 'Opstaan,' zei ik boos.

Hij zette het op een krijsen terwijl het meisje langsliep, een meter verderop bleef staan en een lege stoel zocht. 'Hier is nog een plaats,' zei ik, terwijl ik stevig aan de arm van de oude man rukte. Voordat ze zich kon omdraaien, was de stewardess bij me en trok me aan mijn arm.

'Hij zat op mijn typemachine,' legde ik uit, terwijl ik wanhopig naar het meisje keek dat ergens voorin een lege zitplaats had gevonden.

De stewardess klopte de oude man op zijn schouder en hielp hem terug op zijn stoel. 'Wat bent u voor een bullebak?' vroeg ze me. 'Ik zou u eigenlijk het toestel uit moeten zetten!'

Ik liet me mopperend op mijn stoel zakken. De oude man naast me staarde recht voor zich uit totdat we opstegen. 'Vieze ouwe klootzak,' mompelde ik tegen hem.

Hij gaf geen sjoege, en uiteindelijk deed ik mijn ogen dicht en probeerde te slapen. Nu en dan keek ik naar het blonde hoofd voor in het vliegtuig. Totdat de de lichten werden uitgedraaid, en ik helemaal niets meer zag.

Toen ik wakker werd, was het ochtend. De oude man sliep nog, en ik leunde over hem heen om naar buiten te kijken. Een paar duizend meter onder ons lag de oceaan, donkerblauw en zo glad als een meer. Verderop zag ik een eiland liggen dat felgroen oplichtte in de ochtendzon. Er lagen stranden omheen en in het binnenland was bruin moerasland zichtbaar. Het vliegtuig begon te dalen en de stewardess kondigde aan dat iedereen zijn veiligheidsriem moest vastmaken.

Enkele ogenblikken later zwiepten we over eindeloze palmbossen en kwamen we taxiënd tot stilstand voor het grote luchthavengebouw. Ik besloot te blijven zitten tot het meisje langsliep, dan pas op te staan en samen met haar de landingsbaan over te steken. Aangezien we de enige blanken aan boord waren, leek me dat heel normaal.

Alle andere passagiers waren gaan staan en wachtten lachend en kwebbelend totdat de stewardess de deur zou opendoen. Plotseling sprong de oude man overeind en probeerde als een hond over me heen te springen. Zonder na te denken ramde ik hem met een enorme bons terug tegen het raam, zodat het doodstil werd in het toestel. De man maakte een zieke indruk en probeerde opnieuw langs me te kruipen, terwijl hij hysterisch gilde in het Spaans.

'Stomme ouwe zak!' schreeuwde ik, en ik duwde hem terug met één hand terwijl ik met de andere mijn typemachine probeerde te pakken. De deur was inmiddels geopend en de passagiers liepen achter elkaar naar buiten. Het meisje kwam langs en ik probeerde tegen haar te glimlachen terwijl ik de oude man vastgepind hield tegen het raam totdat ik zelf het gangpad in kon stappen. Hij ging zo enorm tekeer, schreeuwend en met zijn armen slaand, dat ik zin kreeg hem op zijn bek te slaan om hem tot zwijgen te brengen.

Toen arriveerde de stewardess, gevolgd door de copiloot, die op hoge toon een verklaring eiste voor mijn gedrag.

'Hij heeft die arme oude man vanaf het vertrek uit New York zitten aftuigen,' zei de stewardess. 'Wat een sadist.'

Ze hielden me tien minuten vast, en aanvankelijk dacht ik dat ze me wilden overdragen aan de politie. Ik probeerde alles uit te leggen, maar ik was zo moe en in de war dat ik niet wist wat ik moest zeggen. Toen ze me uiteindelijk lieten gaan, sloop ik als een crimineel het vliegtuig uit, zwetend en met mijn ogen knipperend tegen de zon, terwijl ik de landingsbaan overstak naar de bagageruimte.

Het barstte er van de Porto Ricanen, en het meisje was nergens te zien. Ik had weinig hoop haar te vinden, en ik was niet bepaald optimistisch over wat er zou gebeuren als ik haar wél vond. Niet veel vrouwen hebben sympathie voor een vent van mijn soort, iemand die oude mensen lastigvalt. Ik herinnerde me de uitdrukking op haar gezicht toen ze me zag terwijl ik de oude man tegen het raampje gedrukt hield. Het was vrijwel onmogelijk om die indruk goed te maken. Ik besloot ergens te gaan ontbijten en mijn bagage later op te pikken.

Het vliegveld van San Juan heeft een mooi, modern gebouw, één en al vrolijke kleuren, zongebruinde mensen en Latijnse ritmes uit luidsprekers die aan kale dwarsbalken boven in de lobby hangen. Ik liep een helling op met mijn jas en typemachine in de ene hand en een kleine leren tas in de andere. Ik volgde de bordjes naar nog een helling en uiteindelijk naar de koffiebar. In het voorbijgaan bekeek ik mezelf in een spiegel, ik zag er smerig en sjofel uit, een bleke landloper met rode oogjes.

Afgezien van mijn sjofele uiterlijk stonk ik naar verschaald bier. De stank stond in mijn maag als een klomp zure melk. Toen ik plaatsnam aan de bar en schijven ananas bestelde, probeerde ik niet uit te ademen.

Buiten schitterde de startbaan in de ochtendzon. Daarachter bevond zich een dicht oerwoud van palmbomen, dat het vliegveld scheidde van de oceaan. Een aantal kilometers van de kust af voer een zeilboot traag langs de horizon. Ik staarde er even naar en raakte in trance. Het was vredig hier, vredig en heet. Ik wilde naar het palmbos om er te slapen, een paar stukken ananas en dan de jungle in en slapen.

In plaats daarvan bestelde ik koffie en wierp opnieuw een blik op het telegram dat ik samen met mijn ticket had gekregen. Er stond op dat er een kamer voor me was gereserveerd in het Condado Beach Hotel.

Het was nog geen zeven uur, maar de koffiebar zal al aardig vol. Er zaten groepjes mannen aan tafeltjes langs het brede raam, ze zogen aan een melkachtig brouwsel en praatten opgewonden met elkaar. Sommigen van hen droegen een pak, maar de meesten droegen wat hier kennelijk het voorgeschreven tenue was: een zonnebril met een dik montuur, een glanzend zwarte broek, wit overhemd met korte mouwen en een stropdas.

Ik ving flarden van hun gesprekken op: '... goedkope strandtenten bestaan niet meer... ja, maar dit is Montego niet, heren... maak je geen zorgen, hij heeft genoeg, en het enige wat we nodig hebben... dik voor mekaar, maar we moeten wel snel handelen voordat Castro en zijn mensen zich ermee komen bemoeien met hun...'

Na dit tien minuten met een half oor te hebben aangehoord, vermoedde ik dat ik me in het gezelschap bevond van een stel sjacheraars. De meeste leken in afwachting van de vlucht van halfacht uit Miami, die – voor zover ik begreep uit de gesprekken – barstensvol zou zitten met architecten, horecafiguren, adviseurs en vanaf Cuba gevluchte Sicilianen.

Ik raakte geïrriteerd door hun stemmen. Ik heb in feite niets tegen sjacheraars, geen ene moer, maar verkopen op zich stuit me tegen de borst. Ik heb stiekem enorme zin om iedere verkoper een hengst voor zijn bek te geven, hem de tanden uit de mond te rammen en hem dikke bulten rond zijn ogen te slaan.

Toen ik me eenmaal bewust was van de aard van hun gesprekken, hoorde ik ook niets anders meer. Mijn gevoel van luiheid was op slag verdwenen, en uiteindelijk kreeg ik zo de pest in dat ik mijn koffie opdronk en als de donder de bar verliet.

De bagagehal was verlaten. Ik vond mijn twee plunjezakken en liet ze door een kruier naar de taxi brengen. Lopend door de vertrekhal keek hij me aldoor grijnzend aan en herhaalde steeds: 'Sí, Puerto Rico está bueno... ah, sí, muy bueno... mucho ha-ha, sí...'

Eenmaal in de taxi leunde ik achterover en stak een sigaartje op dat ik in de koffiebar had gekocht. Ik voelde me een stuk beter, warm, slaperig en volkomen vrij. De palmbomen flitsten langs, de grote zon scheen fel op het wegdek vóór ons, en er schoot een gevoel door me heen dat ik niet meer had gehad sinds mijn eerste maanden in Europa – een mengeling van onwetendheid en een soort 'wat-maakt-het-uit'-gevoel van zelfvertrouwen dat een mens overvalt als de wind opsteekt en hij zich met hoge snelheid en in een rechte lijn naar een onbekende horizon beweegt.

We scheurden over een vierbaanssnelweg. Aan weerszijden lag een uitgestrekt complex van gele nieuwbouwwijken die doorsneden werden door hoge tornadomuren. Even later reden we langs een andere woonwijk, die volstond met identieke roze en blauwe huizen. Bij de ingang stond een groot reclamebord dat voorbijgangers erop wees dat ze de El Jippo Urbanización passeerden. Een paar meter naast het reclamebord stond een hutje dat was opgetrokken uit palmbladeren en stukjes blik, met ernaast een handgeschilderd bordje met de tekst COCO FRÍO. Binnen leunde een jongen van ongeveer dertien op de toonbank en staarde naar de langsrijdende auto's.

Halfdronken aankomen in een vreemd land vergt erg veel van je zenuwen. Je hebt het gevoel dat er iets niet klopt, dat je de situatie niet onder controle hebt. Ik had dat gevoel nu ook, en toen ik in het hotel aankwam, ging ik meteen naar bed.

Het was halfvijf toen ik wakker werd, ik had honger, voelde me smerig en wist niet precies waar ik was. Ik liep het balkon op en staarde naar het strand beneden. Onder me zag ik een menigte vrouwen, kinderen en mannen met bierbuiken die ronddansten in de branding. Rechts van me stond nog een hotel en daarnaast nog een, allemaal met een eigen, overvol strand.

Ik nam een douche en ging daarna naar beneden naar de hotellobby in de open lucht. Het restaurant was gesloten en dus probeerde ik de bar, die eruitzag alsof hij rechtstreeks en integraal was overgevlogen vanuit een skioord in de Catskill Mountains. Ik bleef daar twee uur zitten drinken, pinda's eten en naar de oceaan staren. Er zat een man of twaalf in de bar. De mannen zagen eruit als zieke Mexicanen, met dunne snorretjes en zijden pakken die glansden als plastic. De meeste vrouwen waren Amerikaans, een afstandelijk groepje, geen van allen jong, stuk voor stuk gekleed in mouwloze cocktailjurken die als rubberzakken om hun lijf hingen.

Ik voelde me als iets wat was aangespoeld op het strand. Mijn gekreukte corduroy jasje was vijf jaar oud en gerafeld aan de kraag, in mijn broek zat geen vouw, en hoewel het nooit bij me was opgekomen om een stropdas om te doen, viel ik duidelijk uit de toon zonder zo'n ding. In plaats van er schijnheilig bij te willen horen, bestelde ik geen rum meer maar een biertje. De barkeeper wierp me een stuurse blik toe en ik wist waarom – ik droeg niets wat glom, en het was zonneklaar dat ik buiten de boot viel. Als ik hier indruk wilde maken, zou ik oogverblindende kleren moeten aantrekken.

Om halfzeven verliet ik de bar en liep naar buiten. Het begon donker te worden en de grote Avenida lag er koel en elegant bij. Aan de overkant stonden huizen die ooit hadden uitgezien op het strand. Nu zagen ze uit op hotels, en de meeste hielden zich inmiddels schuil achter hoge hagen en muren, waardoor ze onzichtbaar waren vanaf de straat. Hier en daar zag ik een binnenplaats of een veranda waar mensen onder ventilatoren rum zaten te drinken. Een eindje verderop hoorde ik belletjes rinkelen op de slaperige melodie van het Wiegelied van Brahms.

Ik liep een paar straten verder en probeerde te ontdekken hoe de sfeer was. De belletjes kwamen steeds dichterbij. Even later verscheen een ijscowagen die langzaam midden op straat reed. Op het dak stond een reusachtige ijslolly, die aan en uit flitste met rode explosies van neonlicht die de hele straat verlichtten. Ergens uit het binnenste klonk de melodie van Brahms. Terwijl hij langs me reed grijnsde de bestuurder opgewekt en drukte op zijn claxon.

Ik hield onmiddellijk een taxi aan en zei tegen de chauffeur dat hij me naar het stadscentrum moest brengen. Het oude San Juan is een eiland, dat door een aantal dammen is verbonden met het vasteland. We reden over de dam die uitkomt in Condado. Er stonden tientallen Porto Ricanen langs de reling te vissen in de ondiepe lagune, en aan de rechterkant zag ik een enorme witte puist met daarop in neon CARIBÉ HILTON. Ik wist dat dit de hoeksteen was van de Vooruitgang. Conrad had een entree gemaakt als Jezus en alle vissen waren hem gevolgd. Vóór Hilton was er niets, nu waren de mogelijkheden onbegrensd. We reden langs een verlaten stadion en daarna bevonden we ons op een boulevard die langs een steile klip liep. Aan de ene kant was de donkere Atlantische Oceaan en aan de andere kant, voorbij de smalle stad, zag je de duizenden kleurige lichtjes van cruiseschepen die aan de waterkant lagen aangemeerd. We sloegen af en hielden stil op een plek die volgens de chauffeur Plaza Colón was. Het tarief was een dollar dertig en ik gaf hem twee briefjes van één.

Hij bekeek het geld en schudde zijn hoofd.

'Wat is er?' vroeg ik.

Hij haalde zijn schouders op. 'Geen wisselgeld, señor.'

Ik voelde in mijn zak, geen rooie cent. Ik wist dat hij loog, maar ik wilde de moeite niet nemen om ergens een dollar te laten wisselen. 'Godverdomme, vuile dief,' zei ik, en ik smeet hem het dollarbiljet toe. Hij haalde opnieuw zijn schouders op en reed door.

Op de Plaza Colón kwam een aantal smalle straten uit. De huizen van twee, drie verdiepingen stonden er op elkaar gepakt en de balkons hingen boven de straat. Het was er benauwd, en een flauw briesje voerde een geur van zweet en afval aan. Uit de open ramen klonken stemmen en flarden muziek. De trottoirs waren zo smal dat het me moeite kostte om niet in de goot terecht te komen, en fruithandelaren stonden dwars over de straat met houten karren, waar ze gepelde sinaasappels verkochten voor een stuiver per stuk.

Ik liep een halfuur rond, keek in de etalages van de winkels die 'Ivy Liga'-kleding verkochten, tuurde de smerige kroegen in die vol hoeren en zeelui zaten, ontweek mensen op het trottoir, en meende dat ik ieder moment zou instorten als ik niet snel een restaurant vond.

Uiteindelijk gaf ik het op. Er leek niet één restaurant te zijn in de Oude Stad. Het enige wat ik ontdekte was een tent die New York Diner heette, en die was gesloten. Wanhopig hield ik een taxi aan en zei dat hij me naar de *Daily News* moest brengen.

Hij staarde me aan.

'De krant!' schreeuwde ik, en trok met een klap het portier achter me dicht.

'Ah, si,' mompelde hij. '*El Diario*, sí.'

'Nee, godverdomme,' zei ik. 'De *Daily News* – de Amerikaanse krant – El *News*.'

Hij had er nog nooit van gehoord, dus we reden terug naar de Plaza Colón, waar ik uit het raampje leunde en het aan een politieagent vroeg. Die wist het ook niet, maar uiteindelijk stak er een man over vanaf de bushalte en legde ons uit waar het was.

We reden via een met klinkers geplaveide helling naar de waterkant beneden. Er was nergens een krant te zien, en ik vermoedde dat hij erheen reed om van me af te zijn. We gingen een hoek om, en plotseling trapte hij op de rem. Vlak voor ons was een soort bendeoorlog aan de gang, een schreeuwende meute die probeerde een oud groen gebouw binnen te dringen dat eruitzag als een pakhuis.

'Toe nou,' zei ik tegen de chauffeur. 'We kunnen er best langs.'

Hij mompelde iets en schudde het hoofd.

Ik stompte met mijn vuist tegen de rugleuning van zijn stoel. 'Opschieten! Anders betaal ik niet.'

Hij mompelde opnieuw iets, maar schakelde toch in z'n één en ging stapvoets aan de overkant van de straat rijden, zodat er een zo groot mogelijke afstand ontstond tussen ons en het gevecht. Toen we tegenover het gebouw waren aangekomen, hield hij stil, en ik zag dat het een bende van ongeveer twintig Porto Ricanen was die een lange Amerikaan gekleed in een bruin pak aanviel. Hij stond op de trap en zwaaide met een groot houten bord, alsof het een honkbalknuppel was.

'Stelletje klootzakken!' riep hij. Er kwam beweging in de menigte en ik hoorde het geluid van slaan, stompen en schreeuwen. Een van de aanvallers viel op straat; hij had bloed op zijn gezicht. De lange kerel liep achteruit naar de deur, met het bord voor zich uit zwaaiend. Twee mannen probeerden het van hem af te pakken, maar hij ramde het een van hen tegen de borst en sloeg hem zo de trap af. De anderen deinsden terug, schreeuwend en hun gebalde vuisten schuddend. Hij snauwde terug: 'Hier is het, klootzakken, kom het maar halen!'

Niemand bewoog. Hij wachtte even, tilde het bord omhoog en smeet het in hun midden. Een man kreeg het recht in zijn maag, zodat die achterwaarts de groep in struikelde. Ik hoorde een bulderend gelach, waarna hij in het gebouw verdween.

'Oké,' zei ik tegen de chauffeur. 'Dat was dat, en nu verder rijden.'

Hij schudde het hoofd, wees naar het gebouw en toen naar mij. 'Sí, está News.' Hij knikte en wees opnieuw naar het gebouw. 'Sí,' zei hij op ernstige toon.

Toen drong het tot me door dat we ons pal tegenover het gebouw van de *Daily News*, mijn nieuwe thuis, bevonden. Ik wierp een blik op de smerige meute tussen mij en de deur, en besloot terug te gaan naar het hotel. Op dat moment hoorde ik opnieuw commotie. Achter ons stopte een Volkswagen. Er stapten drie politieagenten uit die schreeuwden in het Spaans en met lange gummiknuppels zwaaiden. Een paar gasten renden weg, maar anderen bleven bekvechten. Ik zag het even aan, gaf de chauffeur een dollar en rende naar het gebouw.

Op een bordje stond dat de redactie van de *News* zich op de eerste verdieping bevond. Ik nam de lift en verwachtte half in nog meer fysiek geweld terecht te zullen komen. Maar toen de deur openging, bevond ik me in een donkere hal, en links van me hoorde ik het lawaai van het redactielokaal.

Zodra ik binnen was, voelde ik me een stuk beter. Er heerste een vriendelijke rotzooi in het vertrek, het gelijkmatige getik van typemachines en telexen, zelfs de geur was vertrouwd. De zaal was zo groot dat hij een lege indruk maakte, hoewel ik minimaal tien mensen zag. De enige die niet aan het werk was, was een kleine, zwartharige man achter een bureau naast de deur. Hij hing achterover in zijn stoel en staarde naar het plafond.

Ik liep naar hem toe, en terwijl ik het woord nam, draaide hij zich plotseling om in zijn stoel. 'Oké!' snauwde hij. 'Wat moet jij, godverdomme?'

Ik wierp hem een woeste blik toe. 'Ik kom hier morgen werken,' zei ik. 'De naam is Kemp, Paul Kemp.'

Hij glimlachte flauwtjes. Sorry, ik dacht dat je op mijn film uit was.'

'Wat?' zei ik.

Hij gromde iets over 'struikrovers' en 'waken als een havik.'

Ik keek om me heen. 'Ze zien er anders heel normaal uit.'

Hij snoof verachtelijk. 'Allemaal dieven, rovers.' Hij stond op en stak zijn hand uit. 'Bob Sala, fotograaf,' zei hij. 'Wat brengt jou hierheen vanavond?'

'Ik ben op zoek naar een tent om iets te eten.'

Hij glimlachte. 'Ben je platzak?'

'Nee, ik bulk van het geld, ik kan alleen nergens een restaurant vinden.'

Hij ging weer zitten. 'Dan heb je mazzel. Het eerste wat je hier leert is dat je uit de buurt moet blijven van restaurants.'

'Hoezo?' vroeg ik. 'Dysenterie?'

Hij begon te lachen. 'Dysenterie, platjes, jicht, ziekte van Hutchinson – je kunt het zo gek niet bedenken of je loopt het er op.' Hij keek op zijn horloge. 'Als je tien minuten wacht, neem ik je mee naar Al's.'

Ik legde een camera opzij en ging op zijn bureau zitten. Hij leunde achterover en staarde weer naar het plafond, krabde zo nu en dan in zijn stugge haar en droomde blijkbaar van een gelukkiger oord, met goede restaurants en zonder dieven. Hij leek hier niet op zijn plaats – had meer iets van een kaartjesverkoper op een kermis in Indiana. Hij had een slecht gebit, was ongeschoren, zijn overhemd was smerig en zijn schoenen zagen eruit alsof hij ze bij een inbrengwinkel had gekocht.

We zaten daar zwijgend tot er twee mannen binnenkwamen vanuit een kantoor aan de overkant van de zaal. Een van hen was de lange Amerikaan die ik had zien vechten op straat. De andere was kaal en klein van stuk, hij praatte opgewonden en gebaarde druk met zijn handen.

'Wie is dat?' vroeg ik aan Sala, terwijl ik naar de langste van de twee wees.

Hij keek. 'Die vent naast Lotterman?'

Ik knikte, in de veronderstelling dat de kleine Lotterman was.

'Hij heet Yeamon,' zei Sala, terwijl hij zich weer omdraaide. 'Hij is nieuw, paar weken geleden gekomen.'

'Ik heb hem buiten zien vechten,' zei ik. 'Een stel Porto Ricanen viel hem aan, vlak voor het gebouw hier.'

Sala schudde het hoofd. 'Nogal logisch, die vent is hartstikke gek.' Hij knikte. 'Waarschijnlijk heeft ie een grote bek gehad tegen die lui van de bond. Er is een soort wilde staking aan de gang, niemand weet precies wat het te allemaal te betekenen heeft.'

Op dat moment riep Lotterman vanaf de overkant van de zaal: 'Wat doe je, Sala?'

Sala keek niet op. 'Niks. Over drie minuten ben ik weg.'

'Wie is dat daar bij je?' vroeg Lotterman, terwijl hij me een achterdochtige blik toewierp.

'Rechter Carter,' antwoordde Sala. 'Zit misschien een verhaal in.'

'Rechter wie?' zei Lotterman, terwijl hij naar het bureau liep.

'Laat maar zitten,' zei Sala. 'Hij heet Kemp en hij beweert dat jij hem hebt aangenomen.'

Lotterman keek verbaasd. 'Rechter Kemp?' mompelde hij. Toen begon hij breed te grijnzen en stak beide handen uit. 'O ja, Kemp! Goed je te zien, jongen. Wanneer ben je aangekomen?'

'Vanmorgen,' zei ik, terwijl ik van het bureau af kwam en hem een hand gaf. 'Het grootste deel van de dag heb ik geslapen.'

'Goed zo!' zei hij. 'Dat is heel verstandig.' Hij knikte nadrukkelijk. 'Nou, ik hoop dat je er klaar voor bent.'

'Nog niet helemaal,' zei ik. 'Ik moet eerst iets eten.'

Hij lachte. 'Nee, ik bedoel morgen. Ik zal je vanavond heus niet aan het werk zetten.' Hij lachte opnieuw. 'Nee, ik wil dat mijn jongens goed eten.' Hij glimlachte naar Sala. 'Ik neem aan dat Bob je de stad laat zien, hè?'

'Zeker weten,' zei Sala. 'Maar dan natuurlijk wel op rekening van de zaak, hè?'

Lotterman lachte nerveus. 'Je weet wat ik bedoel, Bob, laten we proberen geciviliseerd te blijven.' Hij draaide zich om en zwaaide naar Yeamon, die midden in de zaal stond te turen naar een scheur in de oksel van zijn jas.

Yeamon liep naar ons toe met zijn slungelige o-benen en glimlachte beleefd toen Lotterman me aan hem voorstelde. Hij was lang van stuk, met een uitdrukking op zijn gezicht die ofwel arrogant was of iets anders, wat ik niet kon thuisbrengen.

Lotterman wreef zich in de handen. 'Ja, Bob,' zei hij grijnzend. 'We krijgen hier een echt team bij elkaar, niet?' Hij sloeg Yeamon op de schouder. 'Die goeie ouwe Yeamon heeft zojuist mot gehad met die communistische klootzakken buiten,' zei hij. 'Woestelingen zijn het; ze zouden ze moeten opsluiten.'

Sala knikte. 'Het duurt niet lang voordat ze een van ons vermoorden.'

'Dat soort dingen moet je niet zeggen, Bob,' zei Lotterman. 'Er wordt hier helemaal niemand vermoord.'

Sala haalde zijn schouders op.

'Ik heb vanmorgen commissaris Rogan al gebeld,' zei Lotterman. 'We kunnen dit soort dingen niet toelaten, dat is veel te bedreigend.'

'Verdomme, ja, dat is het,' antwoordde Sala. 'Laat die commissaris Rogan barsten. Wat wij nodig hebben is een paar Lugers.' Hij stond op en trok zijn jasje van de stoelleuning. 'Zo, tijd om op te stappen.' Hij keek naar Yeamon. 'We gaan naar Al's, heb je ook trek?'

'Ik kom straks wel,' antwoordde Yeamon. 'Ik wil eerst even langs mijn flat, kijken of Chenault nog slaapt.'

'Oké,' zei Sala. Hij keek me aan en gebaarde naar de deur. 'Kom, we gaan er achter uit, ik heb geen zin in ruzie.'

'Voorzichtig, jongens,' riep Lotterman ons na. Ik knikte en liep achter Sala de hal in. Achter in het gebouw leidde een trap naar een metalen deur beneden. Sala frunnikte met zijn zakmes in het slot en de deur zwaaide open. 'Van buiten kan hij niet open,' legde hij uit, en ik volgde hem de steeg in.

Hij had een kleine Fiat cabriolet, die voor de helft met roest was bedekt. Hij startte niet, en ik moest weer uitstappen om hem aan te duwen. Uiteindelijk startte het ding, en ik stapte weer in. De motor brulde vervaarlijk terwijl we de helling op reden. Ik dacht dat we het niet zouden halen, maar het karretje pruttelde dapper naar boven, naar beneden en toen weer een steile helling op. Sala maakte zich niet druk en schakelde terug telkens als we dreigden stil te blijven staan.

We parkeerden bij Al's voor de deur en liepen naar de binnenplaats. 'Ik bestel drie hamburgers,' zei Sala. 'Iets anders heeft hij niet.'

Ik knikte. 'Maakt niet uit, als het maar veel is.'

Hij riep naar de kok dat we zes hamburgers wilden. 'En twee bier,' vervolgde hij. 'Een beetje snel, graag.'

'Doe mij maar rum,' zei ik.

'Twee bier en twee rum,' riep Sala. Hij leunde achterover in zijn stoel en stak een sigaret op. 'Ben jij verslaggever?'

'Ja,' zei ik.

'Waarom ben je hier?'

'Waarom niet?' antwoordde ik. 'Er zijn beroerdere plaatsen dan de Caraïben.'

Hij bromde: 'Dit zijn de Caraïben niet, dan had je verder naar het zuiden moeten gaan.'

De kok kwam over de patio aan gesloft met onze drankjes. 'Waar zat je hiervoor?' vroeg Sala, en hij pakte het bier van het dienblad.

'New York,' zei ik. 'En daarvoor in Europa.'

'Waar in Europa?'

'Overal zo'n beetje, vooral Rome en Londen.'

'Voor de *Daily American*?' vroeg hij.

'Ja,' zei ik. 'Ik had een invalbaan voor een halfjaar.'

'Ken jij een gast die Fred Ballinger heet?' vroeg hij.

Ik knikte.

'Die zit nu hier,' zei Sala. 'Hij is bezig erg rijk te worden.'

Ik kreunde. 'Man, wat een lul is dat.'

'Je komt hem nog wel tegen,' zei hij grijnzend. 'Hij komt regelmatig op kantoor.'

'Hoezo?' snauwde ik.

'Hij loopt te slijmen bij Donovan.' Hij lachte. 'Beweert dat hij sportredacteur van de *Daily American* was.'

'Hij was pooier!' zei ik.

Sala lachte. 'Donovan heeft hem op een avond van de trap af geflikkerd, sindsdien is hij niet meer terug geweest.'

'Mooi zo,' zei ik. 'Wie is Donovan, de sportredacteur?'

Hij knikte. 'Alcoholist; hij staat op het punt ontslag te nemen.'

'Hoezo?'

Hij lachte opnieuw. 'Iedereen neemt ontslag, jij neemt ook ontslag. Niemand houdt het hier lang vol.' Hij schudde het hoofd. 'Ze vallen als vliegen. Ik ben hier langer dan wie van de anderen ook, op Tyrrell, de stadsredacteur, na, maar die vertrekt binnenkort ook. Dat weet Lotterman nog niet – hij krijgt een rolberoerte, Tyrrell is de enige goeie die er nog is.' Hij lachte kort. 'Wacht maar tot je de hoofdredacteur ontmoet, die kan nog geen kop verzinnen.'

'En wie is dat?' vroeg ik.

'Segarra, Vette Nick. Hij is bezig met de biografie van de Gouverneur, mag niet gestoord worden.'

Ik nipte aan mijn glas. 'Hoe lang ben jij al hier?' vroeg ik.

'Veel te lang, al meer dan een jaar.'

'Dat lijkt me niet zo beroerd,' zei ik.

Hij glimlachte. 'Hé, ik wil je niet meteen wegjagen, hoor. Misschien vind jij het hier wel leuk, bepaalde types vinden het hier leuk.'

'Wat voor types?'

'Patsers,' antwoordde hij. '*Wheelers* en dealers, die vinden het schitterend.'

'Ja,' zei ik. 'Dat gevoel kreeg ik al op het vliegveld.' Ik keek hem aan. 'Waarom blijf jij dan hier? Het is maar vijfenveertig dollar naar New York.'

Hij snoof verachtelijk. 'Jezus, dat verdien ik per uur, voor het indrukken van een toets.'

'Je klinkt nogal hebberig.'

Hij grijnsde. 'Dat ben ik ook. Niemand op het eiland is zo hebzuchtig als ik. Soms wil ik mezelf wel in m'n ballen trappen.'

Sweep bracht onze hamburgers. Sala greep de zijne van het dienblad, sloeg ze op tafel open en gooide de sla en schijfjes tomaat in de asbak. 'Hersendode klootzak,' zei hij op vermoeide toon. 'Hoe vaak heb ik je niet gezegd dat ik die troep niet op mijn vlees wil?'

De ober staarde naar de troep.

'Wel duizend keer!' riep Sala. 'Er gaat verdomme geen dag voorbij!'

'Man,' zei ik glimlachend. 'Jij moet hier écht weg, je wordt nog gek hier.'

Hij schrokte een van zijn hamburgers naar binnen. 'Wacht maar af,' mompelde hij. 'Met jou en Yeamon. Die gast is geschift. Die blijft niet lang. Niemand van ons blijft lang.' Hij sloeg met zijn vuist op tafel. 'Sweep, bier!'

De ober kwam de keuken uit en keek naar ons. 'Twee bier!' schreeuwde Sala. 'En vlug een beetje!'

Ik leunde glimlachend achterover. 'Wat is er mis met Yeamon?'

Hij keek me aan vol ongeloof om zo'n stomme vraag. 'Heb je hem niet gezien?' zei hij. 'Die klootzak met die woeste blik! Lotterman is schijtensbenauwd voor hem, zag je dat niet?'

Ik schudde het hoofd. 'Wat mij betreft zag hij er normaal uit.'

'Normaal?' schreeuwde hij. 'Je had hem een paar avonden geleden moeten zien! Zonder enige reden gooide hij een tafel om, deze tafel om precies te zijn.' Hij sloeg met zijn vlakke hand hard op het tafelblad. Geen enkele reden, verdomme,' herhaalde hij. 'Al onze drank viel op de grond, hij werd kwaad op een of andere klootzak die geen idee had wat hij verkeerd had gezegd, en daarna dreigde hij hem in elkaar te slaan!' Sala schudde het hoofd. 'Ik heb geen flauw idee waar Lotterman die gast heeft opgedoken. Hij is zo bang voor hem dat hij hem honderd dollar heeft geleend, waarna Yeamon er een motor van heeft gekocht.' Hij lachte bitter. 'Nu heeft hij een meid hierheen gehaald, die bij hem is ingetrokken.'

De ober verscheen met het bier, en Sala greep ze van het dienblad af. 'Welke meid met een beetje hersens komt nou hierheen?' zei hij. 'Alleen maagden, hysterische maagden.' Hij richtte zijn vinger op mij. 'Voor je het weet word je hier homo, Kemp, let op mijn woorden. Als man word je hier homo en krankzinnig.'

'Ik weet het niet,' zei ik. 'Er zat vannacht een lekker wijf bij me in het vliegtuig.' Ik glimlachte. 'Ik denk dat ik morgen maar eens naar haar op zoek ga. Ze ligt vast ergens op het strand.'

'Waarschijnlijk een pot,' antwoordde hij. 'Het barst hier van de potten.' Hij schudde het hoofd. 'Het is je reinste tropenkoorts, al dat drinken zonder seks!' Hij liet zich achterover in zijn stoel zakken. 'Ik word er hartstikke gek van, ik stort in!'

Sweep kwam aangesloft met nog twee biertjes en Sala griste ze van het dienblad. Op dat moment verscheen Yeamon in de deuropening; hij zag ons en kwam naar ons tafeltje gelopen.

Sala kreunde erbarmelijk. 'O mijn god, daar zul je hem hebben,' mompelde hij. 'Niet slaan, Yeamon, ik bedoelde het niet zo.'

Yeamon glimlachte en kwam bij ons zitten. 'Zit je nog steeds te zeiken over Moberg?' Hij lachte en zei tegen mij: 'Robert denkt dat ik Moberg mishandeld heb.'

Sala mompelde iets dat leek op 'idioot'.

Yeamon lachte opnieuw. 'Sala is de oudste man in San Juan. 'Hoe oud ben je, Robert, negentig of zo?'

'Hou op met dat gelul!' schreeuwde Sala, die opsprong van zijn stoel.

Yeamon knikte. 'Robert moet een vrouw hebben,' zei hij op vriendelijke toon. 'Zijn penis drukt tegen zijn hersenen en hij kan niet nadenken.'

Sala kreunde en sloot zijn ogen.

Yeamon tikte op het tafelblad. 'Robert, op straat sterft het van de hoeren. Kijk eens om je heen. Op weg hierheen zag ik er zo veel, dat ik de neiging had er een stuk of zes te grijpen, naakt op de grond te gaan liggen en hen als puppy's over me heen te laten krioelen.' Hij lachte en gebaarde naar de ober.

'Klootzak,' mompelde Sala. 'Die meid is nog geen dag hier en je hebt het al over hoeren die je over je heen laat krioelen.' Hij knikte wijs. 'Je krijgt vast syfilis; blijf jij maar lekker rond hoeren en snoeren en binnen de kortste keren drijf in je eigen stront.'

Yeamon grijnsde. 'Goed, Robert. Je hebt me gewaarschuwd.'

Sala keek op. 'Slaapt ze nog? Hoe lang duurt het voordat ik terug kan naar mijn eigen flat?'

'Zodra we hier weg zijn,' antwoordde Yeamon. 'Ik neem haar wel mee naar het huis.' Hij knikte. 'Dan moet ik natuurlijk wel je auto lenen, te veel bagage voor op de motor.'

'Jezus,' mompelde Sala. 'Wat ben je toch een etterbak, Yeamon; je zuigt me uit.'

Yeamon lachte. 'Je bent een goed christen, Robert. Je zult er rijkelijk voor beloond worden.' Hij negeerde Sala's verachtelijke gesnuif en richtte zich tot mij. 'Ben je vanmorgen aangekomen?'

'Ja,' zei ik.

Hij glimlachte. 'Chenault zei dat er een of andere jonge gast aan boord was die een oude kerel in elkaar sloeg. Was jij dat?'

Ik kreunde en voelde hoe een net van zonde en negatieve aandacht zich om me heen sloot. Sala wierp me een achterdochtige blik toe.

Ik legde uit dat ik naast een oude gek had gezeten die steeds over me heen probeerde te kruipen.

Yeamon lachte. 'Chenault vond dat jíj de gek was. Ze beweert dat je haar steeds zat aan te staren en toen herrie schopte met die oude man. Je was hem nog steeds aan het aframmelen toen ze uit het vliegtuig stapte.'

'Jezus Christus!' riep Sala, en hij keek me misprijzend aan.

Ik probeerde me er lachend en hoofdschuddend van af te maken. De implicaties konden ernstig zijn – een doorgedraaide versierder die oude mannen mishandelt, bepaald niet het soort introductie dat je zou willen voor je nieuwe baan.

Yeamon leek het allemaal nogal grappig te vinden, maar Sala was wantrouwig. Ik bestelde nog een rondje en veranderde snel van onderwerp.

We bleven nog urenlang lui zitten praten en drinken, de tijd verdoend terwijl binnen weemoedige pianomuziek klonk. De noten zweefden de binnenplaats op, zodat de avond een melancholieke ondertoon kreeg die het verblijf uiterst aangenaam maakte.

Sala wist zeker dat de krant op de fles zou gaan. 'Ik zing het nog wel uit,' verzekerde hij ons. 'Ik geef hem nog een maand.' Hij had nog twee grote foto-opdrachten en daarna vertrok hij, waarschijnlijk naar Mexico City. 'Ja,' zei hij, 'ik denk nog een maand, en dan kunnen we de boel inpakken.'

Yeamon schudde het hoofd. 'Robert wil dat de krant op de fles gaat zodat hij een excuus heeft om te vertrekken.' Hij glimlachte. 'Maar dat duurt nog wel een tijdje. Ik moet nog drie maanden, dan heb ik genoeg geld om naar de eilanden te gaan.'

'Waarheen?' vroeg ik.

Hij haalde zijn schouders op. 'Maakt niet uit, ik zoek een geschikt eiland, niet te duur.'

Sala siste: 'Je praat als een holbewoner, Yeamon. Jij moet een goede baan zoeken, in Chicago of zo.'

Yeamon lachte. 'Je voelt je een stuk beter als je een keer geneukt hebt, Robert.'

Sala dronk grommend van zijn bier. Ik mocht hem wel, ondanks zijn gekanker. Volgens mij was hij een paar jaar ouder dan ik, twee- of drieëndertig, maar hij had iets waardoor het leek alsof ik hem al heel lang kende.

Yeamon had ook iets vertrouwds, maar niet zo intiem, eerder als de herinnering aan iemand die ik ergens anders had gekend en daarna was kwijtgeraakt. Hij was waarschijnlijk vier- of vijfentwintig, en hij deed me vaag denken aan mezelf op die leeftijd, niet precies zoals ik toen was, maar zoals ik mezelf had kunnen zien als ik de moeite had genomen. Terwijl ik naar hem luisterde, besefte ik hoe lang geleden het was dat ik de illusie had de wereld in mijn zak te hebben, hoeveel verjaardagen razendsnel waren gepasseerd sinds dat ene jaar in Europa toen ik zo onwetend en zelfverzekerd was dat ieder beetje mazzel mij het idee gaf dat ik een trotse wereldkampioen was.

Zo voelde ik me al geruime tijd niet meer. Misschien was in de loop van de tijd de illusie dat ik een geweldenaar was onder me vandaan geschoten. Maar nu ik het me weer herinnerde, voelde ik me oud en ietwat gespannen omdat ik in zo'n lange tijd zo weinig had gedaan.

Ik leunde achterover in mijn stoel en nam een slok. De kok was druk bezig in de keuken en om de een of andere reden was de pianist opgehouden met spelen. Binnen klonken gespreksflarden in het Spaans, een onsamenhangende achtergrond voor mijn verwarde gedachten. Voor het eerst voelde ik hoe vreemd de plek was waar ik was, voelde ik de afstand die ik had geschapen tussen mezelf en mijn laatste steunpunt. Er was geen enkele reden om spanning te voelen, maar die voelde ik niettemin – de druk van de hete lucht en voorbijvliegende tijd, de zinloze spanning die zich ontwikkelt op plekken waar mannen vierentwintig uur per dag zweten.

Twee

Ik stond de volgende ochtend vroeg op en besloot te gaan zwemmen. De zon brandde en ik bleef een paar uur op het strand in de hoop dat niemand mijn ziekelijk bleke New Yorkse velletje zou zien.

Om halftwaalf nam ik de bus vlak voor het hotel. Hij was stampvol en ik moest staan. De lucht in de bus was een soort stoom, maar niemand anders leek er last van te hebben. Alle raampjes waren dicht, de stank was ondraaglijk en toen we eindelijk op Plaza Colón aankwamen, was ik duizelig en droop van het zweet.

Terwijl ik de helling afliep naar het gebouw van de *News*, zag ik de meute. Sommigen droegen grote borden en anderen zaten op de stoeprand of leunden tegen geparkeerde auto's en schreeuwden zo nu en dan tegen iedereen die het gebouw inging of uitkwam. Ik probeerde hen te negeren, maar een man kwam achter me aan, schreeuwde tegen me in het Spaans en schudde zijn vuist naar me terwijl ik naar de lift rende. Ik probeerde hem klem te zetten tussen de deuren, maar hij wist op tijd terug te deinzen.

Toen ik de hal overstak naar het redactielokaal, hoorde ik binnen iemand schreeuwen. Ik opende de deur en zag Lotterman midden in de ruimte staan zwaaien met een exemplaar van *El Diario*. Hij wees naar een kleine, blonde man. 'Moberg! Dronken klootzak! Je dagen zijn geteld! Als er iets mankeert aan die telex, dan laat ik hem repareren van jouw ontslagvergoeding!'

Moberg zei niets. Hij zag er zo beroerd uit dat hij in een ziekenhuis niet zou misstaan. Later hoorde ik dat hij rond middernacht straalbezopen het redactielokaal was komen binnenvallen, en op de telex had staan pissen. Bovendien hadden we de scoop misgelopen van een steekpartij op de boulevard terwijl Moberg politiedienst had. Lotterman vervloekte hem opnieuw en wendde zich tot Sala, die zojuist was binnengekomen. 'Waar was jij gisteravond, Sala? Waarom hebben we geen foto's van die steekpartij?'

Sala keek verbaasd. 'Ja, verrek, zeg. Ik was om acht uur klaar, of wou je soms dat ik vierentwintig uur per dag paraat sta?'

Lotterman mompelde iets en draaide zich om. Toen viel zijn oog op mij en hij gebaarde dat ik mee moest gaan naar zijn kantoor.

'Jezus!' verzuchtte hij terwijl hij ging zitten. 'Wat denken die schooiers wel niet? Dat sluipt het gebouw maar uit, pist op de apparatuur, is constant dronken. Het mag een wonder heten dat ik niet hartstikke gek word!' Ik stak glimlachend een sigaret op.

Hij bekeek me nieuwsgierig. 'Ik hoop in godsnaam dat jij een beetje normaal bent; nóg zo'n perverseling zou de laatste druppel voor me betekenen.'

'Perverseling?' zei ik.

'Ach, je weet wel wat ik bedoel,' zei hij met een wegwerpgebaar. 'Perverselingen in algemene zin – alcoholisten, schooiers, dieven –, Joost mag weten waar ze allemaal vandaan komen.'

'Ze zijn het doodschoppen nog niet waard!' zei hij. 'Dat sluipt maar rond als wezels, lacht me uit in mijn gezicht en verdwijnt godverdomme weer zonder een woord tegen iemand te zeggen.' Hij schudde meewarig het hoofd. 'Hoe moet ik zo een krant uitbrengen, met alleen maar zuiplappen?'

'Dat klinkt niet best,' zei ik.

'Dat is het ook niet,' mompelde hij, 'het is inderdaad niet best.' Hij keek op. 'Ik wil dat je hier zo snel mogelijk bekend wordt. Als we hier uitgepraat zijn, ga je naar de bibliotheek en stort je je op de oude nummers, maak je aantekeningen, probeer je erachter te komen wat er zoal speelt hier.' Hij knikte. 'Daarna ga je praten met Segarra, onze hoofdredacteur. Ik heb hem gezegd dat hij je moet briefen.'

We praatten nog even verder, en ik zei dat ik bij geruchte had gehoord dat de krant op de fles zou gaan.

Hij keek me geschrokken aan. 'Dat heb je zeker van Sala, hè? Nou, let maar niet op hem, hij is gek!'

Ik glimlachte. 'Oké, ik wilde het alleen maar even weten.'

'Er loepen hier te veel idioten rond,' snauwde hij. 'We hebben hier behoefte aan gezond verstand.'

Op weg naar de bibliotheek vroeg ik me af hoe lang ik het zou uithouden in San Juan, hoe lang het zou duren voordat ik ook een 'wezel' of een 'perverseling' werd genoemd, voordat ik mezelf in mijn ballen zou schoppen of aan het mes zou worden geregen door nationalistisch geteisem. Ik herinnerde me Lottermans stem nog toen hij me belde in New York; het vreemde stamelen en de merkwaardige woordkeus. Ik voelde het toen al, maar nu wist ik het zeker. Ik zag hem bijna voor me – zijn handen om de telefoonhoorn geklemd, witte knokkels, hij probeerde zijn stem zo kalm mogelijk te laten klinken terwijl een woedende meute zich verdrong voor de deur en dronken verslaggevers zijn kantoor onder pisten – en hij zei op gespannen toon: 'Zeker weten, Kemp, je klinkt heel normaal, kom maar gewoon hierheen en…'

En nu was ik hier, een nieuw gezicht in de slangenkuil, een perverseling die nog als zodanig moest worden geclassificeerd, met een kleurige stropdas en een buttondown overhemd, niet jong meer maar ook nog niet over zijn hoogtepunt; een man met één been in de wereld als het ware, terug sjokkend naar de bibliotheek om te zien wat er zoal aan de hand was.

Ik was er nauwelijks twintig minuten toen een slanke, knappe Porto Ricaan binnenkwam en me op mijn schouder tikte. 'Kemp?' zei hij. 'Ik ben Nick Segarra; heb je een momentje?'

Ik stond op en we gaven elkaar een hand. Hij had kleine oogjes en zijn haar was zo netjes gekamd dat het op een toupet leek. Hij zag eruit als een man die de biografie van de Gouverneur zou kunnen schrijven, en ook als iemand die de vaste gast is op de cocktailparty's van de Gouverneur.

We staken het redactielokaal over en liepen naar zijn bureau in een hoek, toen een man, die eruitzag alsof hij rechtstreeks uit een rumreclame was gestapt, in de deuropening verscheen en naar Segarra zwaaide. Hij liep op ons af – elegant, glimlachend, een solide Amerikaans gezicht, het type ambassademedewerker, met zijn gebronsde huid en grijslinnen pak.

Hij begroette Segarra hartelijk en ze schudden elkaar de hand. 'Een mooi gezelschap daarbuiten op straat,' zei hij. 'Een van hen spuugde naar me terwijl ik langs hen liep.'

Segarra schudde het hoofd. 'Het is afschuwelijk, afschuwelijk… Ed jaagt ze voortdurend tegen zich in het harnas…' Hij keek naar mij. 'Paul Kemp,' zei hij. 'Hal Sanderson.'

We gaven elkaar een hand. Sanderson had een stevige, mannelijke handdruk, en ik kreeg het idee dat hem ergens in zijn jeugd te verstaan was gegeven dat een man wordt beoordeeld op de kracht van zijn handdruk. Hij glimlachte en keek naar Segarra. 'Heb je tijd om iets te gaan drinken? Ik ben iets op het spoor wat je vast wel interessant vindt.'

Segarra keek op zijn horloge. 'Zeker weten. Ik stond toch al op het punt om weg te gaan.' Hij keek naar mij. 'We praten morgen wel verder, goed?'

Ik draaide me om en Sanderson riep me na. 'Fijn dat je bij ons werkt, Paul. Een dezer dagen gaan we wel een keer lunchen.'

'Ja hoor,' zei ik.

Ik bracht de rest van de dag door in de bibliotheek en vertrok om acht uur. Toen ik het gebouw verliet, kwam Sala net binnen. 'Heb je plannen voor vanavond?' vroeg hij.

'Nee,' zei ik.

Hij keek voldaan. 'Mooi zo. Ik moet wat foto's maken in de casino's. Heb je zin om mee te gaan?'

'Ja, waarom niet,' zei ik. 'Kan ik zo mee?'

'Wel ja,' zei hij grijnzend. 'Je hebt alleen een stropdas nodig.'

'Oké,' zei ik. 'Ik ben onderweg naar Al's, kom daar ook maar heen als je klaar bent.'

Hij knikte. 'Over een halfuurtje. Ik moet deze film even ontwikkelen.'

De avond was warm en op de boulevard krioelde het van de stakingsbrekers. Verderop lag een groot cruiseschip aangemeerd. Duizenden lichtjes flikkerden op het dek en binnen klonk muziek. Onder aan de loopplank was een groepje dat zo te zien bestond uit Amerikaanse zakenlui en hun vrouwen. Ik passeerde hen aan de overkant van de straat, maar het was daar zo stil dat ik hen duidelijk kon horen, vrolijke licht aangeschoten stemmen van ergens uit het binnenland van Amerika, een stadje op de vlakte waar ze vijftig weken per jaar doorbrachten. Ik bleef staan luisteren in de schaduw van een stokoud pakhuis en voelde me als een ontheemde. Ze zagen me niet en ik bleef een paar minuten staan kijken en luisteren naar die stemmen uit Missouri of Kansas, die ik maar al te goed kende. Ik liep weer verder, nog steeds in de schaduw, en liep de helling op naar de Calle O'Leary.

Vóór Al's was het druk op straat: oude mannen die op stoepjes zaten, vrouwen die hun huizen in- en uitliepen, kinderen die elkaar achterna zaten op de smalle trottoirs, muziekflarden uit openstaande ramen, gemompel in het Spaans, het getingel van het Wiegelied van Brahms vanaf een ijscowagen; er scheen vaag licht boven de ingang van Al's.

Ik liep door naar de binnenplaats en bestelde onderweg bier en hamburgers. Yeamon was er al, hij zat alleen aan het achterste tafeltje en staarde naar iets wat hij opgeschreven had in zijn notitieboekje.

43

'Wat is dat?' vroeg ik, terwijl ik tegenover hem plaatsnam.

Hij keek op en schoof het notitieboekje opzij. 'Ach, dat is dat verrekte migrantenverhaal,' zei hij moedeloos. 'Het moet maandag binnen zijn, en ik ben nog niet eens begonnen.'

'Iets langs?' vroeg ik.

Hij wierp een blik op het boekje. 'Nou... misschien te lang voor een krant.' Hij keek op. 'Je weet wel, waarom verlaten Porto Ricanen Porto Rico?' Hij schudde het hoofd. 'Ik stel het al de hele week uit, en nu Chenault er is, krijg ik thuis geen letter op papier... ik word er een beetje depressief van.'

'Waar woon je?' vroeg ik.

Hij grijnsde breed. 'Man, dat zou je eens moeten zien, pal aan het strand, ongeveer dertig kilometer buiten de stad. Heel bijzonder. Kom maar eens kijken.'

'Klinkt goed,' zei ik. 'Zoiets wil ik ook wel.'

'Dan heb je wel een auto nodig,' zei hij, 'of anders zo'n ding als ik heb, een motor.'

Ik knikte. 'Ja, ik zal maandag eens op zoek gaan.'

Sala arriveerde op het moment dat Sweep mijn hamburgers serveerde. 'Ik wil er ook drie,' snauwde Sala. 'En vlug een beetje, ik heb haast.'

'Ben je nog aan het werk?' vroeg Yeamon.

Sala knikte. 'Niet voor Lotterman, hoor, maar voor de ouwe Bob.' Hij stak een sigaret op. 'Mijn agent wil wat foto's in het casino. Daar is moeilijk aan te komen.'

'Hoezo?' vroeg ik.

'Verboden,' zei hij. 'Toen ik eerste keer in het Caribé kwam, werd ik betrapt terwijl ik foto's maakte, ik moest naar commissaris Rogan.' Hij lachte. 'Hij vroeg me hoe ik me zou voelen als ik een foto nam van een of andere arme klootzak aan de roulettetafel op het moment dat hij een lening vroeg aan de bank.' Hij lachte opnieuw. 'Ik zei dat me dat geen zak kon schelen. Ik ben fotograaf, geen sociaal werker, verdomme.'

'Je bent afschuwelijk,' zei Yeamon glimlachend.

'Ja,' stemde Sala in. 'Ze kennen me nu, dus ik werk tegenwoordig hiermee.' Hij liet ons een minicamera zien die niet veel groter was dan een sigarettenaansteker. 'Ik en Dick Tracy,' zei hij met een brede grijns. 'We vatten ze allemaal in de kraag.'

Hij keek naar mij. 'Nou, je hebt je eerste dag erop zitten. Aanbiedingen gehad?'

'Aanbiedingen?'

'Je eerste dag op het werk,' zei hij. 'Iemand heeft je vast wel een aanbieding gedaan.'

'Nee,' zei ik. 'Ik heb kennisgemaakt met Segarra... en met iemand die Sanderson heet. Wat doet die?'

'Hij is een pr-man. Werkt voor Adelante.'

'De regering?'

'In zekere zin,' zei Sala. 'De mensen van Porto Rico betalen Sanderson om voor de Verenigde Staten hun image op te poetsen. Adelante is een grote pr-jongen.'

'Wanneer werkte hij voor Lotterman?' vroeg ik. Ik had Sandersons naam vermeld zien staan in een paar oude nummers van de *News*.

'Vanaf het begin; hij heeft hier ongeveer een jaar gewerkt en legde het toen aan met Adelante. Lotterman beweert dat ze hem weggekocht hebben, maar zijn vertrek was geen verlies voor ons. Hij is gluiperd, een regelrechte lul.'

'Bedoel je dat vriendje van Segarra?' vroeg Yeamon.

'Ja,' antwoordde Sala, terwijl hij nonchalant de sla en tomaat van zijn hamburger smeet. Hij at gehaast en stond op. 'Kom, we gaan, misschien zien we nog wat actie.'

Yeamon schudde het hoofd. 'Ik moet dat verrekte verhaal afmaken, en dan nog helemaal naar huis rijden.' Hij glimlachte. 'Ik ben een huiselijk type geworden.'

We betaalden de rekening en liepen naar Sala's auto. Het dak was open, en het werd een fijn ritje, lekker snel, over de boulevard naar Condado. Er stond een frisse bries en het brullen van de kleine motor echode tussen de bomen boven ons hoofd, terwijl we ons een weg baanden door het verkeer.

Het casino was op de eerste verdieping van het Caribé, het was een grote, rokerige ruimte met donkere gordijnen tegen de wanden. Sala wilde alleen werken, en dus scheidden onze wegen zich bij de deur.

Ik bleef staan bij de blackjacktafel, maar alle aanwezigen maakten een verveelde indruk, en dus liep ik door naar de dobbeltafel, waar meer vertier was. Een groepje matrozen stond te schreeuwen rond de tafel terwijl de dobbelstenen over het groene vilt rolden en de croupiers als tuiniers koortsachtig fiches heen en weer harkten. Tussen de matrozen stonden mannen gekleed in smokingjasjes of zijden kostuums. De meesten van hen rookten sigaren, en als ze iets zeiden was het met het accent van NuYak. Ergens in de rookwolk achter mij hoorde ik dat een man werd voorgesteld als de 'grootste boef van New Jersey'. Ietwat nieuwsgierig draaide ik me om en zag hoe de boef bescheiden glimlachte terwijl de vrouw naast hem in bulderend gelach uitbarstte.

Bij de roulettetafel stond een groepje habitués, van wie de meesten een stuk ouder waren dan ze wilden lijken. Het licht in goktenten is ongunstig voor oudere vrouwen. Iedere rimpel op hun gezicht en iedere wrat in hun hals wordt genadeloos uitgelicht, evenals zweetdruppels tussen geelbruine borsten, haartjes op een vluchtig ontblote tepel, een kwabbige arm, een afzakkend oog. Ik bestudeerde hun gezichten, de meeste roodverbrand door de zon, terwijl ze naar het dansende balletje staarden en zenuwachtig met hun fiches speelden.

Ik liep terug naar een tafel waar een jonge Porto Ricaan met een wit jasje aan gratis sandwiches uitdeelde. 'We hebben de poppen aan het dansen,' zei ik tegen hem.

'Sí,' antwoordde hij op ernstige toon.

Terwijl ik terugliep naar de roulettetafel, voelde ik een hand op mijn arm.

Het was Sala. 'Klaar?' zei hij. 'Dan gaan we weer.'

We reden de straat uit naar het Condalo Hotel, maar het casino daar was bijna leeg. 'Niks te doen hier,' zei hij. 'We gaan naar hiernaast.'

Ernaast zat La Concha. Hier was meer volk in het casino, maar de sfeer was hetzelfde als in de andere, een soort doffe opwinding, alsof je een peppil neemt terwijl je eigenlijk wilt gaan slapen.

Op de een of andere manier raakte ik aan de praat met een vrouw die beweerde van Trinidad te komen. Ze had grote borsten, een Brits accent, en ze droeg een strakke, groene jurk. Het ene moment stond ik naast haar aan de roulettetafel, het volgende wachtten we op de parkeerplaats op Sala die op dezelfde vreemde manier in contact was gekomen met een vrouw, die een vriendin bleek te zijn van mijn vriendin.

Met veel moeite propten we ons in de auto. Sala maakte een opgewonden indruk. 'Laat ze barsten met die andere foto's. Die maak ik morgen wel.' Hij zweeg even. 'En... wat doen we nu?'

De enige tent die ik kende was Al's, dus ik stelde voor daarheen te gaan.

Sala maakte bezwaar. 'Daar komen al die etterbakken van de krant,' zei hij. 'Het werk zit er ongeveer op.'

Er viel een korte stilte. Toen leunde Lorraine voorover en stelde voor naar het strand te gaan. 'Het is zo'n mooie avond,' zei ze. 'Zullen we gewoon wat door de duinen rijden?'

Ik moest lachen. 'Verdomd, ja,' zei ik. 'We halen wat rum en gaan door de duinen rijden.'

Sala startte mompelend de auto. Een paar straten verderop stopten we bij een slijter. 'Ik haal wel een fles,' zei hij. 'Ze zullen wel geen ijs hebben.'

'Maakt niets uit,' zei ik. 'Neem je ook wat kartonnen bekertjes mee?

In plaats van helemaal naar het vliegveld te rijden, waar volgens Sala de stranden verlaten waren, sloeg hij af bij Condado, en we hielden stil op een strand vlak voor een woonwijk.

'Hier kunnen we niet rijden,' zei hij. 'Waarom gaan we niet zwemmen?'

Lorraine stemde in, maar de andere vrouw maakte bezwaar.

'Wat is er met jou aan de hand, verdomme?' snauwde Sala.

Ze wierp hem een ijzige blik toe en zei niets. Lorraine en ik stapten uit de auto en lieten Sala achter met zijn probleem. We liepen een paar honderd meter het strand op en ik begon nieuwsgierig te worden. 'Wil je echt de zee in?' vroeg ik.

'Natuurlijk,' antwoordde ze, en ze trok haar jurk over haar hoofd. 'Hier heb ik al de hele week zin in. Wat een stomvervelende tent, zeg. Alles wat we doen is zitten en nog eens zitten.'

Ik trok mijn kleren uit en keek haar aan terwijl ze speelde met de gedachte haar ondergoed uit te trekken.

'Je kunt het net zo goed droog houden,' zei ik.

Ze glimlachte om mijn wijze woorden, haakte haar beha los en stapte uit haar slipje. We liepen naar het water en waadden de branding in. Het water was warm en zilt, maar de golven waren zo hoog dat we niet overeind konden blijven staan. Een ogenblik lang overwoog ik verder te gaan, maar één blik op de donkere zee achter de golven deed mij van gedachten veranderen. Dus we speelden wat in de branding en lieten ons heen en weer slingeren door de golven. Daarna strompelde ze terug naar het strand en zei dat ze doodmoe was. Ik liep achter haar aan en bood haar een sigaret aan toen we eenmaal in het zand zaten.

We kletsten wat en droogden ons zo goed mogelijk af. Plotseling greep ze me vast en trok me boven op haar. 'Vrij met me,' zei ze op dringende toon.

Ik leunde glimlachend voorover en beet in haar borst. Ze begon te kreunen en rukte aan mijn haar, en na een paar minuten rollebollen tilde ik haar op onze kleren, zodat we niet onder het zand zouden komen. De geur van haar lichaam wond me ontzettend op en ik hield haar billen in een woeste greep terwijl ik op haar lag en op en neer ragde. Plotseling begon ze te janken: eerst dacht ik dat ik haar pijn deed, maar toen besefte ik dat ze een extreem heftig orgasme had. Er volgden er nog paar, en iedere keer brulde ze het uit, totdat ik mijn eigen orgasme langzaam voelde openbarsten.

Zo bleven we een paar uur liggen, steeds als we op adem waren gekomen gingen we weer loos. Ik denk dat we al met al nog geen vijftig woorden wisselden. Het enige wat ze leek te willen, was het klauwen en gillen van haar orgasme, het rollen en grijpen van twee lijven in het zand.

Ik werd minstens duizend keer gestoken door *mimi's*, piepkleine beestjes met de beet van een zweetbij. Ik zat onder de pijnlijke bulten toen we ons ten slotte aankleedden en terug strompelden naar de plek waar we Sala en zijn vriendinnetje hadden achtergelaten.

Ik was niet verbaasd toen ik zag dat ze vertrokken waren. We liepen naar de weg en wachtten op een taxi. Ik zette haar af bij het Caribé en beloofde dat ik haar de volgende dag zou bellen.

Drie

Toen ik op het werk kwam, vroeg ik Sala wat er gebeurd was met hem en zijn vriendin.

'Hou op over dat kutwijf,' mompelde hij. 'Ze werd helemaal hysterisch, ik moest weg.' Hij zweeg even. 'Hoe was de jouwe?'

'Prima,' zei ik. 'We hebben ruim een kilometer gelopen, toen zijn we weer teruggerend.'

Hij wierp me een nieuwsgierige blik toe, draaide zich om en liep naar de donkere kamer.

De rest van de dag bewerkte ik artikelen. Toen ik op het punt stond weer weg te gaan, riep Tyrrell me en zei dat ik de volgende ochtend vroeg een klus op het vliegveld had. De burgemeester van Miami zou aankomen met de vlucht van halfacht, en ik moest aanwezig zijn voor een interview. In plaats van een taxi te nemen, besloot ik Sala's auto te lenen.

Op het vliegveld zag ik dezelfde mannetjes met hun spitse gezichten bij het raam op het toestel uit Miami zitten wachten.

Ik kocht voor veertig cent een *Times* en las over een sneeuwstorm in New York: 'Merritt Parkway afgesloten... BMT urenlang ingesneeuwd... sneeuwploegen in de straten... "man van de dag" was de bestuurder van een sneeuwploeg afkomstig van Staten Island... burgemeester Wagner verontwaardigd... iedereen te laat op zijn werk...'

Ik keek naar de heldere Caraïbische ochtendlucht – groen, traag, één en al zon – en legde de *Times* terzijde.

Het toestel uit Miami arriveerde, maar de burgemeester was niet aan boord. Na hier en daar inlichtingen te hebben ingewonnen, bleek dat zijn bezoek was afgelast 'om gezondheidsredenen'.

Ik liep naar een telefooncel en belde de redactie. Moberg nam de telefoon op. 'Geen burgemeester,' zei ik.

'Wat!' snauwde Moberg.

'Beweert dat hij ziek is. Er valt niet veel te schrijven. Wat moet ik doen?' vroeg ik.

'Blijf uit de buurt van de krant,' zei hij. 'Er is hier een relletje aan de gang. Gisteravond hebben ze bij twee van onze zwartwerkers de arm gebroken.' Hij moest lachen. 'Ze gaan ons allemaal nog vermoorden. Kom maar terug na de lunch, dan is de kust wel weer veilig.'

Ik liep terug naar de koffiebar en bestelde ontbijt: eieren met spek, ananas en vier koppen koffie. Daarna voelde ik me lekker voldaan en ontspannen, en het kon me eigenlijk geen moer schelen wat er gebeurd was met de burgemeester van Miami. Ik kuierde naar de parkeerplaats en besloot Yeamon met een bezoekje te vereren. Hij had een plattegrond voor me getekend om bij zijn strandhuis te komen, maar ik voelde er niets voor de zandweg te nemen. Het leek alsof hij was uitgehakt in een Filippijns oerwoud. Ik reed de hele tijd in een lage versnelling, met links de zee en rechts een reusachtig moeras, kilometers lang tussen kokospalmen door en houten hutjes vol zwijgende, starende inboorlingen, uitwijkend om kippen en koeien op de weg te omzeilen, landkrabben plettend, in de eerste versnelling kruipend door de diepe kuilen met stilstaand water, botsend en hobbelend door voren en gaten in het wegdek, en voor het eerst nadat ik New York had verlaten, had ik het gevoel dat ik in de Caraïben was.

Het vroege, schuin vallende ochtendlicht zette de palmbomen in een groen-gouden licht. Er kwam een fel witte weerschijn van de duinen, zodat ik mijn ogen halfdicht moest knijpen terwijl ik voortwaggelde door de voren in de weg. Er steeg een grijze nevel op uit het moeras, en voor de hutjes stonden negerinnen die de was te drogen hingen over houten tuinhekken. Plotseling stuitte ik op een rode bierwagen die een bestelling afleverde bij een tent genaamd El Colmado de Jesús Lopo, een piepklein winkeltje met rieten dak op een open plek naast de weg. Uiteindelijk, na een helse, primitieve rit van drie kwartier, zag ik in de verte iets wat leek op een groepje betonnen kolenbakken aan de rand van het strand. Volgens Yeamon moest het hier zijn, dus ik sloeg af en reed ongeveer twintig meter tussen de palmbomen door en hield stil naast het huis.

Ik bleef in de auto zitten wachten tot hij naar buiten zou komen. Zijn motor stond op het terras voor het huis, ik wist zeker dat hij thuis was. Toen er na een paar minuten niets gebeurde, stapte ik uit om een kijkje te nemen. De deur stond open, maar het huis was leeg. Het was eigenlijk helemaal geen huis, maar eerder een cel. Tegen een wand stond een bed met een klamboe. De hele woning bestond uit een kamer van drieënhalve bij drieenhalve meter, met kleine raampjes en een betonnen vloer, en ik moest er niet aan denken hoe het er zou zijn als de deur dicht was. Dit alles nam ik met één blik op; ik was me ten zeerste bewust van mijn onaangekondigde aanwezigheid, en ik wilde niet worden betrapt als een rondsnuffelende spion. Ik stak het terras over en liep naar een duin dat steil afliep naar het strand. Links en rechts van me alleen maar wit zand en palmen, en recht voor me de oceaan. Ongeveer vijftig meter in zee brak een barrièrerif de hoge branding.

Plotseling zag ik twee figuurtjes die elkaar vlak bij het rif omarmden. Ik herkende Yeamon en de vrouw die bij me in het vliegtuig had gezeten. Ze waren naakt en stonden tot aan hun middel in het water. Zij had haar benen om zijn heupen en haar armen om zijn hals geslagen. Haar hoofd hing achterover en haar haren dreven achter haar als blonde manen in het water.

Aanvankelijk dacht ik dat ik het me inbeeldde. Het tafereel was zo idyllisch dat mijn geest weigerde het te registeren. Ik stond er als aan de grond genageld naar te kijken. Hij hield haar vast bij haar middel en draaide haar langzaam rond. Toen hoorde ik een zachte, blije kreet, en ze strekte haar armen als vleugels uit.

Ik reed weg, terug naar de tent van Jesús Lopo. Ik kocht voor vijftien cent een flesje bier, nam plaats op een bankje buiten en voelde me een oude man. Het tafereel dat ik zojuist had aanschouwd riep tal van herinneringen op. Niet aan dingen die ik ooit had gedaan, maar die ik had nagelaten te doen: verspilde uren, momenten vol frustratie en voorgoed verloren kansen, omdat de tijd zoveel van mijn leven had opgeslokt en ik dat nooit meer terug zou krijgen. Ik benijdde Yeamon en had tegelijkertijd medelijden met mezelf, omdat ik hem gezien had op een moment dat al mijn geluksgevoelens deed verbleken.

Ik voelde me eenzaam daar op dat bankje, met Señor Lopo die me als een zwarte magiër vanachter zijn toonbank stond aan te staren, in een land waar een blanke vent in een wit corduroy jasje niets te zoeken heeft en geen enkele smoes voor zijn verblijf kan verzinnen. Ik bleef daar zo een minuut of twintig zitten onder zijn dwingende blik, en reed toen terug naar Yeamon in de hoop dat hij klaar was.

Ik naderde het huis behoedzaam, maar Yeamon stond al tegen me te schreeuwen voordat ik was afgeslagen naar het huis. 'Terug jij,' riep hij. 'Weg met je arbeidersproblemen!'

Ik lachte schaapachtig en parkeerde naast het terras. 'Dat kan alleen maar problemen betekenen, Kemp, zo'n vroeg bezoek,' zei hij grijnzend. 'Wat is er gebeurd, is de krant op de fles?'

Ik schudde het hoofd en stapte uit. 'Ik had een vroege klus.'

'Mooi,' zei hij. 'Precies op tijd voor het ontbijt.' Hij knikte in de richting van de hut. 'Chenault is iets aan het klaarmaken, we hebben net ons ochtendbad achter de rug.'

Ik liep naar de rand van het duin en keek om me heen. Plotseling voelde ik de neiging opkomen al mijn kleren uit te trekken en naar het water te rennen. De zon was heet en ik keek afgunstig naar Yeamon, die slechts gekleed was in een zwarte zwembroek. Ik voelde me als iemand die de huur ophaalt, zoals ik daar stond met mijn jasje en dasje, mijn gezicht druipend van het zweet en een doorweekt overhemd op mijn rug gekleefd.

Op dat moment kwam Chenault naar buiten. Ik zag aan haar glimlach dat ze me herkende als de vent die amok had gemaakt in het vliegtuig. Ik glimlachte nerveus terug en zei hallo.

'Ik heb jou vaker gezien,' zei ze, en Yeamon lachte terwijl ik naar woorden zocht.

Ze droeg een witte bikini en ze had haar tot op haar heupen. Ze leek nu in niets op een secretaresse; ze had iets van een wild, sensueel kind dat nooit iets anders droeg dan twee strookjes witte stof en een warme glimlach. Ze was erg klein van stuk, maar door de vormen van haar lichaam leek ze groter; niet de magere, nauwelijks ontwikkelde bouw van kleine meisjes, maar vlezige rondingen zoals heupen, dijen, tepels en langharige warmte.

'Godverdomme, wat heb ík een honger,' zei Yeamon. 'Hoe zit het met het ontbijt?'

'Bijna klaar,' zei ze. 'Heb je zin in grapefruit?'

Ik schudde het hoofd.

'Doe niet zo beleefd,' zei hij. 'Ik weet zeker dat je er zin in hebt.'

'Oké dan,' zei ik. 'Doe mij ook maar een grapefruit.'

Chenault kwam naar buiten met twee borden. Ze gaf er een aan Yeamon en zette mij het andere voor. Het was een grote omelet met repen spek erop.

Ik schudde het hoofd en zei dat ik gegeten had.

Ze glimlachte. 'Maak je geen zorgen. Er is genoeg.'

'Ik maak geen grapje,' zei ik. 'Ik heb gegeten op het vliegveld.'

'Dan eet je gewoon nog een keer,' zei Yeamon. 'Daarna gaan we kreeft vangen, je hebt de hele ochtend de tijd.'

'Ga jij niet naar de krant?' vroeg ik. 'Ik dacht dat je dat migrantenverhaal vandaag moest inleveren.'

Hij grijnsde hoofdschuddend. 'Ze hebben me op die gezonken schat gezet. Daar ga ik vanmiddag met een paar duikers heen;

ze beweren dat ze vlak buiten de haven het wrak van een Spaans galjoen hebben gevonden.'

'En hoeft dat migrantenverhaal nu niet meer?' vroeg ik.

'Jawel, daar ga ik mee verder als ik dit af heb.'

Ik haalde mijn schouders op en begon te eten. Chenault kwam naar buiten met een bord voor zichzelf en ging naast Yeamons stoel op de grond zitten.

'Kom hier maar zitten,' zei ik, en ik wilde opstaan.

Ze glimlachte en schudde het hoofd. 'Nee, ik zit hier goed.'

'Ga zitten,' zei Yeamon. 'Wat doe je raar, Kemp. Dat vroege opstaan is niks voor jou.'

Ik mompelde iets over etiquette en at verder. Over de rand van mijn bord heen zag ik de benen van Chenault: klein, stevig en zongebruind. Ze was bijna naakt en was zich daar blijkbaar niet van bewust, zodat ik me hulpeloos voelde.

Na het ontbijt en een fles rum stelde Yeamon voor om het harpoengeweer mee te nemen en bij het rif op zoek te gaan naar kreeft. Ik stemde onmiddellijk in, omdat alles beter was dan hier mijn geilheid op te kroppen.

Hij had een duikersuitrusting, compleet met een dubbel harpoengeweer, en voor mij was er een duikbril en snorkel die hij voor Chenault had gekocht. We waadden naar het rif en ik keek vanaf de oppervlakte toe hoe hij op de zeebodem zocht naar kreeft. Na een poosje kwam hij omhoog en gaf mij het geweer, maar ik kon niet goed manoeuvreren zonder zwemvliezen, dus ik hield er weer mee op en liet het duiken aan hem over. Ik vond het aan de oppervlakte trouwens veel prettiger, lekker dobberen op de lichte golven. Ik keek om naar het witte strand en de palmen erachter en dook zo nu en dan onder water om Yeamon onder mij bezig te zien, in een heel andere wereld, glijdend over de bodem als een reusachtige monstervis.

We gingen ongeveer honderd meter langs het rif, waarna hij zei dat we het aan de andere kant gingen proberen. 'We moeten wel voorzichtig zijn,' vervolgde hij, terwijl hij naar een ondiepe opening in het rif zwom. 'Er kunnen hier haaien zitten; kijk goed uit terwijl ik beneden ben.'

Plotseling vouwde hij zich dubbel en dook recht naar beneden. Enkele seconden later kwam hij naar boven met een enorme groene kreeft die spartelde aan het einde van zijn harpoen. Even later ving hij er nog een, en we besloten terug te gaan. Chenault wachtte op ons op de patio.

'Prima lunch,' zei Yeamon, terwijl hij ze in een emmer naast de deur smeet.

'En nu?' vroeg ik.

'We trekken de poten eraf en koken ze,' antwoordde Yeamon.

'Verdomme,' zei ik. 'Ik wou dat ik kon blijven.'

'Wanneer moet je weer op je werk zijn?' vroeg hij.

'Binnen niet al te lange tijd,' antwoordde ik. 'Ze wachten op mijn verslag over de burgemeester van Miami.'

'Laat die burgemeester de kanker krijgen,' zei hij. 'Blijf lekker hier; we gaan ons bezatten en een paar kippen slachten.'

'Kippen?' zei ik.

'Ja, al mijn buren hebben kippen. Die lopen los rond. Vorige week heb ik er ook een geslacht toen we geen vlees meer hadden.' Hij lachte. 'Het is een leuke sport, achter ze aan zitten met de speer.'

'Jezus,' mompelde ik. 'Die mensen komen nog achter jóú aan met een speer als ze merken dat je op hun kippen jaagt.'

Eenmaal terug op kantoor zocht ik Sala op in de donkere kamer en vertelde hem dat zijn auto terug was.

'Mooi,' zei hij. 'We moeten naar de universiteit. Lotterman wil dat je kennis maakt met de bovenbazen.'

We bleven een paar minuten staan praten, en hij vroeg me hoe lang ik nog van plan was in het hotel te blijven.

'Ik moet er binnenkort uit,' zei ik. 'Lotterman zei dat ik er kon blijven totdat ik een eigen woning had gevonden, maar hij zei ook iets over dat een week lang genoeg was.'

Hij knikte. 'Ja, hij wil dat je er zo snel mogelijk uit bent, anders betaalt hij de rekening niet meer.' Hij keek op. 'Je kunt wel bij mij logeren, als je wilt, totdat je zelf iets hebt gevonden.'

Ik dacht even na. Hij woonde in een kamer zo groot als een kerker ergens in de Oude Stad, een woning op de begane grond, met een hoog plafond, luiken voor de ramen en alleen een kookplaatje om op te koken.

'Lijkt me goed,' zei ik. 'Hoeveel huur betaal je?'

'Zestig dollar.'

'Niet gek,' zei ik. 'Denk je niet dat ik op je zenuwen ga werken?'

'Jezus,' antwoordde hij, 'ik ben er nooit, veel te deprimerend.'

Ik glimlachte. 'Oké dan, wanneer gaat het gebeuren?'

Hij haalde zijn schouders op. 'Zeg jij maar wanneer. Jezus, ik zou zo lang mogelijk in het hotel blijven. Als hij erover begint, dan zeg je dat je morgen gaat verhuizen.'

Hij pakte zijn spullen bij elkaar en we gingen via de achterdeur naar buiten om de meute voor het gebouw te vermijden. Het was zo heet dat ik meteen begon te zweten telkens als we moesten stoppen voor een rood licht. Als we dan weer gingen rijden, voelde het briesje aangenaam fris aan. Sala manoeuvreerde door het verkeer op Avanida Ponce de León, op weg naar de buitenwijken.

Ergens in Santurce hielden we stil om wat schoolkinderen te laten oversteken, en ze begonnen allemaal om ons te lachen. '*La cucaracha!*' gilden ze. 'Cucaracha! Cucaracha!'

Sala keek beduusd.

'Wat is er aan de hand?' vroeg ik.

'Die kleine klootzakjes noemen deze auto een kakkerlak,' mompelde hij. 'Ik zou er eigenlijk een paar dood moeten rijden.'

Ik leunde grijnzend achterover terwijl we verder reden. Er hing een vreemde, onwerkelijke sfeer in de wereld waarin ik terecht was gekomen. Het was amusant en tegelijkertijd ietwat deprimerend: ik logeerde in een luxehotel, scheurde door een half-Latijns-Amerikaanse stad in een speelgoedautootje dat eruitzag als een kakkerlak en klonk als een straaljager, sloop door de stegen, lag te neuken op het strand, joeg op voedsel in een van haaien vergeven zee, werd opgejaagd door een woedende meute die mij in een vreemde taal toeschreeuwde, en dat alles gebeurde in dat gekke, ouwe, Spaanse Porto Rico, waar alle bewoners Amerikaanse dollars uitgaven, in Amerikaanse auto's reden en zich verdrongen rond roulettetafels alsof ze in Casablanca waren. Een deel van de stad leek op het luxe Tampa en de rest had iets van een middeleeuws gekkenhuis. Iedereen die ik tegenkwam deed alsof hij zojuist een allesbeslissende proefopname had gedaan. En ik kreeg een belachelijk salaris om een beetje rond te lopen en het allemaal op me in te laten werken, om 'te zien wat er zoal speelde.'

Ik wilde al mijn vrienden schrijven en ze uitnodigen hierheen te komen. Ik moest denken aan Phil Rollins, die zich uit de naad werkte in New York, als een gek achter stilstaande metro's en bendeoorlogen aan rende; aan Duke Peterson, die in de White Horse Tavern zat en zich afvroeg wat hij nu weer eens zou gaan doen; aan Carl Browne in Londen, die zat te kankeren over het klimaat en eindeloos op zoek was naar opdrachten; aan Bill Minnish, die zichzelf zat dood te zuipen in Rome. Ik wilde ze allemaal een telegram sturen: 'Kom snel stop genoeg plek in het rumvat stop geen werk stop veel geld stop hele dag drinken stop hele nacht neuken stop opschieten duurt niet eeuwig.'

Ik zat zo te mijmeren terwijl de palmbomen langs flitsten en ik de zon in mijn gezicht voelde, toen we met piepende remmen tot stilstand kwamen en ik met mijn gezicht tegen de voorruit sloeg. Tegelijkertijd schoot een roze taxi ons over het kruispunt rakelings voorbij.

Sala's ogen puilden uit en de aderen klopten in zijn hals. 'Godverdomme!' schreeuwde hij. 'Zag je die klootzak? Hij ging dwars door het rode licht!'

Hij schakelde, en we scheurden weg. 'Jezus!' mompelde hij. 'Ik heb genoeg van die mensen hier. Ik moet hier weg voordat ik nog vermoord word.'

Hij beefde over zijn hele lijf en ik bood aan om te rijden. Hij negeerde me. 'Man, ik meen het serieus,' zei hij. 'Ik moet hier weg, mijn geluk laat me in de steek.'

Hij had dat eerder ook al gezegd, en volgens mij geloofde hij het zelf. Hij had het voortdurend over geluk en ongeluk, maar wat hij eigenlijk bedoelde was een goed geordend soort noodlot. Hij was zich daar erg van bewust, het geloof dat grote en onbedwingbare dingen vóór en tegen ons werkten, dingen die iedere minuut van de dag en over de hele wereld plaatsvonden. De opkomst van het communisme baarde hem zorgen, omdat het betekende dat mensen geen oog meer hadden voor zijn gevoeligheid als mens. De problemen van de joden deprimeerden hem, want die betekenden dat mensen op zoek waren naar zondebokken, en vroeg of laat zou hij ook aan de beurt zijn. Ook andere dingen zaten hem voortdurend dwars: de onmenselijkheid van het kapitalisme, omdat zijn talenten werden uitgebuit; de stompzinnige vulgariteit van de Amerikaanse toeristen, omdat die ten koste ging van zijn goede naam; de domheid en onverschilligheid van de Porto Ricanen, omdat ze zijn leven steeds moeilijker en gevaarlijker maakten; en om een reden die ik nooit zou begrijpen, zelfs de honderden zwerfhonden van San Juan zaten hem dwars.

Het meeste van wat hij zei was niet origineel. Wat hem uniek maakte was het feit dat hij volstrekt geen gevoel had voor afstandelijkheid. Hij was als een fanatieke footballspeler die het veld op rent en een speler tackelt. Hij beschouwde het leven als één Grote Wedstrijd, en de hele mensheid was verdeeld in twee partijen: Sala's Boys en de Anderen. De inzet was torenhoog en iedere actie was van groot belang, en hoewel hij met obsessieve belangstelling toekeek, was hij voor honderd procent de supporter, ongevraagd adviezen schreeuwend in een publiek vol ongevraagde adviseurs, terwijl hij wist dat niemand enige aandacht aan hem schonk omdat hij geen aanvoerder was en dat ook nooit zou worden. En zoals alle supporters was hij gefrustreerd door de wetenschap dat het beste wat hij kon doen, zelfs in geval van nood, was om het veld op te rennen en iets uithalen wat niet mocht, waarna hij door de bewaking werd afgevoerd onder luid gelach van het publiek.

We zijn nooit op de universiteit aangekomen, omdat hij een epileptische aanval kreeg en we moesten omdraaien. Ik was nogal van streek, maar hij maakte een wegwerpgebaar en weigerde mij te laten rijden. Op weg terug naar de krant vroeg ik hem hoe hij het hier minstens een jaar lang had volgehouden.

Hij moest lachen. 'Denk je dat ze een ander kunnen krijgen? Ik ben de enige prof op het eiland.'

We kropen vooruit in een kilometerslange file, en op den duur werd hij zo nerveus dat ik het stuur wel móést overnemen. Toen we bij de krant kwamen, waren die agressieve klootzakken verdwenen, maar in het redactielokaal heerste chaos. Tyrrell, het werkpaard, had zojuist zijn ontslag ingediend, en Moberg was halfdood geslagen door die bullebakken van de bond. Ze hadden hem voor het gebouw te pakken gekregen en wraak genomen voor hun verlies tegen Yeamon.

Lotterman zat op een stoel midden in het redactielokaal, kreunend en brabbelend, terwijl twee politieagenten met hem probeerden te praten. Op nog geen meter afstand zat Tyrrell in alle rust achter zijn bureau te werken. Hij zou over een week vertrekken.

Vier

Zoals verwacht bleek mijn gesprek met Segarra tijdsverspilling te zijn. We zaten bijna een uur aan zijn bureau, onnozelheden uitwisselend en grinnikend om elkaars grapjes. Hoewel hij vlekkeloos Engels sprak, deed zich toch een taalbarrière voor, en ik besefte onmiddellijk dat er nooit enig wederzijds begrip tussen ons zou overvloeien. Ik kreeg de indruk dat hij wist wat er aan de hand was in Porto Rico, maar hij scheen niets te weten van de journalistiek. Wanneer hij sprak als politicus was hij goed te volgen, maar ik vond het moeilijk me hem voor te stellen als de hoofdredacteur van een krant. Hij leek te denken dat het voldoende was om van alles op de hoogte te zijn. Het idee dat hij alles wat hij wist zou moeten doorvertellen aan iedereen, vooral aan het grote publiek, kwam hem voor als doldrieste ketterij. Op een bepaald moment gaf hij me een doodschrik toen hij zei dat hij en Sanderson jaargenoten waren geweest op Columbia University.

Het duurde een hele poos voordat ik begreep wat Segarra's functie bij de *News* was. Ze noemden hem de Hoofdredacteur, maar in werkelijkheid was hij een klaploper, en ik besteedde verder geen aandacht aan hem.

Misschien maakte ik daarom geen vrienden in Porto Rico – althans niet het soort vrienden dat ik had kunnen maken, omdat, zoals Sanderson me op een dag uiterst tactvol uitlegde, Segarra uit een van de rijkste en meest invloedrijke families op het eiland stamde, en zijn vader ooit minister van Justitie was geweest. Toen Nick redacteur werd van de *Daily News*, leverde dat de krant een heleboel waardevolle vrienden op.

Ik had Lotterman niet in staat geacht tot dit soort sluwe tactieken, maar naarmate de tijd verstreek, begreep ik dat hij Segarra uitsluitend inzette als stroman, als een goedgeolied, gesoigneerd boegbeeld dat het lezerspubliek ervan kon overtuigen dat de *News* geen spreekbuis was van de *yanqui*, maar een uitstekend plaatselijk product, zoiets als rum en *sugarballs*.

Na ons eerste gesprek wisselden Segarra en ik gemiddeld zo'n dertig woorden per week. Zo nu en dan liet hij een briefje achter in mijn typemachine, maar hij zorgde ervoor zo weinig mogelijk te zeggen. Aanvankelijk beviel me dat uitstekend, ook nadat Sanderson uitlegde dat zolang Segarra niets van me moest hebben, ik mijn sociale leven wel kon vergeten. Maar ik had in die tijd geen enkele sociale ambitie. Ik was vrij om te gaan en te staan waar ik wilde. Ik was een actieve journalist en ik kon gemakkelijk overal heen waar ik wilde, inclusief de chicste recepties bij de Gouverneur thuis en geheime kreken waar debutantes 's nachts naakt zwommen.

Na een poosje begon Segarra me dwars te zitten. Ik had het gevoel dat ik overal buiten werd gehouden en dat hij daar verantwoordelijk voor was. Toen ik bijvoorbeeld niet werd uitgenodigd voor feestjes waar ik toch al niet heen wilde, of toen ik een of andere regeringsambtenaar wilde bellen en werd afgepoeierd door zijn secretaresse, begon ik me een soort melaatse te voelen. Ik zou me er verder niet druk over hebben gemaakt, als het mijn eigen schuld was geweest, maar het stond vast dat Segarra een sinister soort macht over me uitoefende, en dat begon me op mijn zenuwen te werken. Wat hij me precies wist te ontzeggen was onbelangrijk; het ging erom dat hij me überhaupt iets kon ontzeggen, zelfs de dingen die ik niet wilde hebben.

In het begin had ik de neiging erom te lachen, het hem zo moeilijk mogelijk te maken en hem rustig zijn gang te laten gaan. Maar dat deed ik niet, omdat ik er nog niet aan toe was om mijn spullen te pakken en weer verder te reizen. Ik werd een beetje te oud om machtige vijanden te maken als ik zelf geen troeven in handen had, en bovendien was ik wat van mijn oude geestdrift kwijtgeraakt die me er in het verleden toe had aangezet om precies te doen waar ik zin in had, in de wetenschap dat ik altijd nog kon wegrennen voor de gevolgen. Ik had er genoeg van om weg te lopen, en ook om geen troeven in handen te hebben. Op een avond, toen ik alleen op de binnenplaats bij Al's zat, drong het tot me door dat je maar een beperkte tijd van de hand in de tand kon leven. Ik deed dat nu al tien jaar en had het gevoel dat ik aan het einde van mijn Latijn begon te raken.

Segarra en Sanderson waren goed bevriend met elkaar, en hoewel Segarra mij een lomperik vond, sloofde Sanderson zich vreemd genoeg uit om aardig tegen me te doen. Een paar weken nadat ik hem voor het eerst had ontmoet, moest ik Adelante bellen over een artikel waaraan ik werkte, en ik besloot dat ik het net zo goed met Sanderson kon bespreken.

Hij begroette me als een oude vriend, en nadat hij me alle informatie had gegeven die ik nodig had, nodigde hij me uit om die avond bij hem thuis te komen eten. Ik was zo verbaasd dat ik zijn aanbod zonder verder nadenken aannam. Door de toon van zijn stem leek het zo vanzelfsprekend dat ik bij hem zou komen dineren, dat ik al had opgehangen voordat ik me realiseerde dat het helemaal niet zo vanzelfsprekend was. Na het werk nam ik een taxi naar zijn huis. Toen ik daar aankwam, stond Sanderson op de veranda met een echtpaar dat zojuist was gearriveerd uit New York. Ze waren onderweg naar hun jacht op St. Lucia, dat door de bemanning was overgevaren vanuit Lissabon. Een gemeenschappelijke vriend had gezegd dat ze bij aankomst in San Juan moesten langsgaan bij Sanderson, die totaal verrast was door hun bezoek.

'Ik heb kreeft besteld,' zei hij tegen ons. 'We hebben geen andere keus dan aan de drank te gaan totdat die wordt bezorgd.'

Het werd uiteindelijk een prima avond. Het echtpaar uit New

York deed me denken aan mensen die ik lange tijd niet had ontmoet. Het gesprek beperkte zich tot jachten, waarover ik kon
meepraten omdat ik in Europa op jachten had gewerkt, en waarover zij konden meepraten omdat ze in kringen verkeerden
waar iedereen er een leek te hebben. We dronken witte rum, wat
volgens Sanderson veel lekkerder was dan gin, en rond middernacht waren we allemaal zo dronken dat we besloten naar het
strand te gaan en naakt te zwemmen.

Na die avond bracht ik bijna net zo veel tijd door bij Sanderson
als bij Al's. Zijn appartement leek te zijn ontworpen in Holly-
wood als een Caraïbisch filmdecor. Het was de onderste verdieping van een oud gepleisterd huis, pal aan het strand aan de
rand van de stad. De woonkamer had een koepelvormig plafond
waaraan een ventilator hing, en een brede deur die uitgaf op een
veranda. Achter de veranda lag een tuin vol palmen, vanwaar
een hek rechtstreeks naar het strand leidde. De veranda was hoger dan de tuin, en 's avonds kon je daar van je drankje genieten met uitzicht op de hele stad. Zo nu en dan voer er op zee een
schitterend verlicht cruiseschip langs dat op weg was naar St.
Thomas of de Bahama's.
    Als het 's avonds te warm was of als je te dronken was, pakte
je gewoon een handdoek en liep het strand op om te zwemmen.
Daarna was er altijd goede cognac, en als je dan weer dronken
werd, stond er altijd een logeerbed voor je klaar.
    Er zaten me maar drie dingen dwars bij Sanderson. Het eerste
was Sanderson zelf, die zo'n uitstekende gastheer was dat ik me
afvroeg of er soms iets aan hem mankeerde; het tweede was Segarra, die er heel vaak al was als ik op bezoek kwam; en het derde was een vent genaamd Zimburger, die boven woonde.
    Zimburger was meer beest dan mens: lang, met een dikke buik
en kaal hoofd en een gezicht uit een of ander duivels stripver-
haal. Hij beweerde dat hij investeerder was, en hij had het voort-

durend over het hier en daar overnemen en runnen van hotels, maar voor zover ik wist deed hij maar één ding: op woensdagavond naar het reserve-marinierscorps gaan. Zimburger raakte er nooit over uitgepraat dat hij kapitein was geweest bij het corps mariniers. Elke woensdagmiddag trok hij al vroeg zijn uniform aan en kwam dan bij Sanderson op de veranda zitten drinken totdat de vergadering begon. Soms droeg hij het uniform ook op maandag of vrijdag, meestal met een of andere doorzichtige smoes.

'Ingelaste training vandaag,' zei hij dan. 'Commandant zus of zo wil dat ik help met de pistoolinspectie.'

Dan begon hij te lachen en nam nog een drankje. Hij deed nooit zijn zeepet af, ook niet als hij al vijf, zes uur binnen was. Hij dronk aan één stuk door, en als het donker werd, liep hij stomdronken te schreeuwen. Dan ijsbeerde hij over de veranda of door de woonkamer, en schold en vloekte tegen 'die lafaards en slappelingen in Washington' omdat ze de mariniers niet naar Cuba hadden gestuurd.

'Ik ga meteen!' schreeuwde hij dan. 'Reken godverdomme maar dat ik ga! Iemand moet die klootzakken toch op hun sodemieter geven, dus dan doe ik het wel!'

Vaak droeg hij zijn pistoolriem en holster – zijn wapen moest hij achterlaten op de basis – en van tijd tot tijd sloeg hij met zijn vlakke hand op het leer en grauwde hij naar een denkbeeldige vijand buiten. Het was gênant om hem naar zijn pistool te zien grijpen, omdat hij blijkbaar dacht dat hij het bij zich droeg, losjes bungelend op zijn kwabbige heup, 'net als op Iwo Jima'. Het was een pijnlijk tafereel, en ik was altijd blij als hij wegging.

Zimburger meed ik zo veel mogelijk, maar soms wist hij ons te verrassen. Als ik een meisje meenam naar Sanderson dat ik ergens had opgepikt, en we zaten na het eten nog even te babbelen, werd er plotseling op de hordeur gebonsd. En dan stormde hij binnen, met een rood gezicht, zijn overhemd doorweekt van het zweet en zijn zeepet op die kogelronde kop geklemd, en dan kwam hij god weet hoe lang bij ons zitten, eindeloos en met harde stem doorzeurend over een of andere internationale ramp die hij met het grootste gemak had kunnen afwenden, 'als ze godverdomme de marine gewoon hun gang hadden laten gaan, in plaats van ons aan de ketting te houden als een stel honden'.

Wat mij betreft hadden ze Zimburger helemaal niet hoeven aan te lijnen als een hond maar als een dolle hond moeten afschieten. Het was mij een raadsel hoe Sanderson zijn aanwezigheid kon verdragen. Hij deed altijd even vriendelijk tegen Zimburger, ook als iedereen ervan overtuigd was dat de man moest worden geboeid en gekneveld en als een zak afval in zee gesmeten. Ik vermoedde dat het kwam doordat Sanderson te veel een pr-figuur was. Ik heb hem nooit zijn zelfbeheersing zien verliezen, terwijl hij in zijn werk met meer ouwehoeren, klootzakken en snobs te maken had dan wie ook op het eiland.

Sandersons kijk op Porto Rico was heel anders dan van wie ook bij de *News*. Hij kende geen andere plek met zo veel mogelijkheden, zei hij. Over tien jaar zou het een 'paradijs' zijn, een nieuwe Amerikaanse goudkust. Er lagen zo veel kansen, dat was gewoon onvoorstelbaar.

Hij kon erg opgewonden raken als hij praatte over wat er allemaal al gebeurde in Porto Rico, maar ik kwam er niet achter hoeveel hij zelf geloofde van wat hij zei. Ik sprak hem nooit tegen, maar hij wist dat ik hem niet helemaal serieus nam.

'Zit niet zo te grijnzen', zei hij soms. 'Ik heb ook bij de krant gewerkt, hoor; ik weet wat al die idioten beweren.'

Hij begon nu pas echt opgewonden te raken. 'Waar haal je die arrogante houding vandaan?' zei hij. 'Niemand hier kan het ook maar ene moer schelen of je wel of niet op Yale hebt gezeten. Voor de mensen hier ben je niet meer dan een ordinaire verslaggever, gewoon zo'n lul van de *Daily News*.'

Die toestand met Yale was een uit de hand gelopen grap. Ik

was nooit zelfs maar in de buurt New Haven geweest, maar in Europa kwam ik erachter dat het veel gemakkelijker was om te beweren dat ik was afgestudeerd aan Yale dan om uit te leggen waarom ik na twee jaar Vanderbilt gesjeesd was en vrijwillig in dienst was gegaan. Ik had Sanderson nooit verteld dat ik op Yale had gezeten; en dus moest hij het van Segarra hebben gehoord, die ongetwijfeld mijn brief aan Lotterman had gelezen.

Sanderson was naar de universiteit van Kansas geweest en had daarna journalistiek gedaan op Columbia. Hij beweerde trots te zijn op zijn boerenafkomst, maar hij schaamde zich er zo duidelijk voor dat ik medelijden met hem had. Toen hij op een keer dronken was, vertelde hij me dat de Hal Sanderson uit Kansas dood was – hij was gestorven in de trein naar New York – en de Hal Anderson die ik kende was geboren op het moment dat de trein binnenreed op Penn Station.

Hij loog natuurlijk. Ondanks al zijn Caraïbische kleren en zijn Madison Avenue-maniertjes, zelfs met zijn appartement aan het strand en zijn Alfa Romeo-sportwagen, had Sanderson nog steeds zoveel van Kansas over zich dat het gewoon gênant was om het hem te horen ontkennen. En Kansas was niet het enige wat hij over zich had. Hij had ook een heleboel New York, een beetje Europa en nog iets anders over zich dat met geen enkel land te maken had en dat waarschijnlijk het wezen van zijn bestaan uitmaakte. Toen hij me ooit vertelde dat hij een schuld van vijfentwintighonderd dollar had bij een psychiater in New York en vijftig dollar per week uitgaf bij een psychiater in San Juan, sloeg ik steil achterover. Vanaf die dag zag ik hem in een heel ander licht.

Niet dat ik vond dat hij gek was of zo. Hij was natuurlijk een snob, een huichelaar, maar ik dacht heel lang dat hij zo'n snob was die naar eigen goeddunken zo'n houding kan aannemen. Hij kwam heel oprecht op mij over, en tijdens de zeldzame momenten dat hij ontspannen was, genoot ik enorm van zijn gezelschap. Maar het kwam zelden voor dat hij zo open was – meestal kwam het door de rum – en zo ontspannen; zijn natuurlijke houding kwam zo onwennig en kinderlijk over dat het bijna pathetisch was. Hij was zo van zichzelf vervreemd geraakt dat hij waarschijnlijk zelf niet meer wist wie hij was.

Ondanks al zijn tekortkomingen had ik respect voor Sanderson; hij was als verslaggever naar San Juan gekomen voor een krant die door de meeste mensen als een geintje werd beschouwd, en drie jaar later was hij vicepresident van het grootste pr-kantoor in het Caraïbisch gebied. Hij had er verdomd hard voor gewerkt, en ook al kon ik er persoonlijk weinig mee, ik moest toegeven dat hij het prima had gedaan.

Sanderson had alle reden om optimistisch te zijn over Porto Rico. Vanuit zijn gunstige positie in Adelante was hij betrokken bij tal van deals en verdiende hij meer geld dan hij kon uitgeven. Ik twijfelde er geen moment aan dat hij – als zich tussentijds geen gigantische verhoging van psychiatershonoraria voordeed – over uiterlijk tien jaar miljonair zou zijn. Hij zei zelf vijf, maar ik had zo mijn twijfels omdat het bijna onfatsoenlijk leek dat een man die het soort werk deed als Sanderson vóór zijn veertigste een miljoen dollar zou kunnen incasseren.

Hij zat overal zo bovenop dat hij, naar ik vermoedde, de grens niet meer wist te trekken tussen zakendoen en samenzweren. Als iemand grond wilde kopen voor een nieuw hotel, als een geschil op hoog niveau het eilandsbestuur op zijn grondvesten deed trillen of als er iets belangrijks stond te gebeuren, was Sanderson meestal eerder en beter op de hoogte dan de Gouverneur.

Ik vond dat fascinerend omdat ik altijd een waarnemer was geweest, iemand die ergens ten tonele verscheen en voor een fooi opschreef wat hij zag en wat hij te weten kon komen door hier en daar een paar haastige vragen te stellen. Maar luisterend naar Sanderson had ik het gevoel dat ik op het punt stond van een geweldige doorbraak. Gezien de verwarring rond *The Boom* en de hebzuchtige mentaliteit waardoor deze gaande werd gehouden, voelde ik voor het eerst in mijn leven dat ik de gelegenheid had de loop der dingen te beïnvloeden in plaats van louter toe te kijken. Ik zou zelfs rijk kunnen worden, wie weet, het leek allemaal zo simpel. Ik dacht er lang over na, en hoewel ik er wel voor zorgde mijn mond te houden, zag ik hoe zich in alles wat er gebeurde een nieuwe dimensie openbaarde.

Vijf

Sala's appartement aan de Calle Tetuán had de gezelligheid van een grot, een donker hol in het binnenste van de oude stad. De omgeving was niet bepaald chic. Sanderson meed de buurt en Zimburger noemde het een riool. Het deed me denken aan een groot handbalveld in een stinkende jeugdherberg. Het plafond was zes meter hoog, geen ventilatie, geen meubilair op twee metalen kampeerbedden en een geïmproviseerde picknicktafel na, en omdat het op de begane grond was, konden we nooit de ramen opendoen want dan zouden de dieven vanaf de straat naar binnen klimmen en de zaak leegroven. Een week nadat Sala er was ingetrokken, had hij een van de ramen niet afgesloten; al zijn bezittingen waren gestolen, zelfs zijn schoenen en zijn vuile sokken.

We hadden geen koelkast en daarom ook geen ijs, en dus dronken we hete rum uit vuile glazen en probeerden de woning zo veel mogelijk te mijden. Het viel gemakkelijk te begrijpen waarom Sala geen bezwaar had tegen inwoning; we gingen er alleen maar heen om te slapen of ons om te kleden. Avond na avond zat ik mezelf bij Al's stomdronken te zuipen omdat ik verschrikkelijk opzag tegen het moment dat ik naar het appartement moest.

Nadat ik er een week woonde had ik een tamelijk rigoureuze routine ontwikkeld. Ik sliep tot een uur of tien, afhankelijk van de herrie op straat, ging onder de douche en wandelde naar Al's voor mijn ontbijt. Op een paar uitzonderingen na was een normale werkdag bij de krant van twaalf uur 's middags tot acht uur 's avonds, soms een paar uur meer of minder. Daarna gingen we voor het avondeten weer naar Al's, en daarna was het casino's, een feestje, of gewoon bij Al's blijven zitten, elkaars verhalen aanhoren totdat we dronken waren, en dan strompelend naar bed. Soms ging ik 's avonds naar Sanderson, en meestal waren daar wel mensen om mee te drinken. Afgezien van Segarra en die hebzuchtige lul van een Zimburger, kwam bijna iedereen bij Sanderson uit New York, Miami of de Maagdeneilanden. Het waren op de een of andere manier altijd kopers of aannemers of verkopers, en nu ik erop terugkijk, herinner ik me niet één naam of gezicht van de honderd of zo die ik daar heb ontmoet. Niet één individu dat eruit sprong, maar er hing een aangename, gezellige sfeer, en het was een welkome afwisseling met die sombere avonden bij Al.

Op een maandagochtend werd ik wakker van lawaai dat klonk alsof een stel kinderen buiten voor het raam werd afgeslacht. Ik keek door een kier in de jaloezieën en zag ongeveer vijftien Porto Ricanen die op het trottoir stonden te dansen en een hond met drie poten pestten. Ik vervloekte ze hartgrondig en liep snel naar Al's voor mijn ontbijt.

Chenault was er ook, ze zat alleen op de binnenplaats te lezen in een tweedehands exemplaar van *Lady Chatterley's Lover*. Ze zag er erg jong en knap uit, met haar witte jurk en sandalen en haar lange haar dat los over haar rug hing. Ze glimlachte toen ik naar haar tafeltje liep en bij haar kwam zitten.

'Wat doe jij hier zo vroeg?' vroeg ik.

Ze sloeg het boek dicht. 'O, Fritz moest ergens heen om dat verhaal af te maken waar hij al zo lang aan bezig is. Ik moet een paar reischeques inwisselen en wacht tot de bank opengaat.'

'Wie is Fritz?' vroeg ik.

Ze keek me aan alsof ik niet helemaal wakker was.

'Yeamon?' zei ik snel.

Ze lachte. 'Ik noem hem altijd Fritz. Dat is zijn tweede naam: Addison Fritz Yeamon. Schattig, niet?'

Daar was ik het mee eens. Ik had nooit anders aan hem gedacht dan als Yeamon. Eerlijk gezegd wist ik vrijwel niets over hem. In de loop van al die avonden bij Al's had ik het levensverhaal van iedereen bij de krant al gehoord, maar Yeamon ging na het werk altijd rechtstreeks naar huis, en ik was hem gaan beschouwen als een eenling zonder verleden en met een toekomst die zo vaag was dat het geen zin had er een woord aan vuil te maken. Niettemin had ik het gevoel dat ik hem goed genoeg kende om niet te veel met hem te hoeven praten. Vanaf het begin voelde het meteen vertrouwd met Yeamon, een subtiel soort onderling begrip dat praten op zich niet veel voorstelt en dat een man die wist wat hij wilde verdomd weinig tijd had om dat te bereiken, laat staan om rustig te gaan zitten en met zichzelf te overleggen.

Ik wist ook niets over Chenault, behalve dat ze enorm was veranderd sinds ik haar voor het eerst had gezien op het vliegveld. Ze was nu blij en zongebruind, lang niet meer zo gespannen en vol nerveuze energie als toen ze er met haar mantelpak als een secretaresse bijliep. Maar nog niet alle spanning was verdwenen. Ik voelde dat ergens onder dat uitbundige blonde haar en die vriendelijke jongemeidenlach iets bewoog in de richting van een lang verwachte, zachte explosie. Ik werd er zelf een beetje zenuwachtig van, en bovendien herinnerde ik me mijn aanvankelijke lustgevoelens voor haar en de aanblik van haar in de armen van Yeamon die ochtend. Ik zag ook nog die twee schaamteloze reepjes witte stof die om haar kleine, rijpe lijfje gewikkeld waren. Ik moest heel erg aan die dingen denken toen ik daar met haar bij Al's zat te ontbijten.

Mijn ontbijt bestond uit hamburgers met ei. Toen ik in San Juan kwam bestond het menu bij Al's uit bier, rum en hamburgers. Het was een tamelijk explosief ontbijt, en soms was ik al dronken als ik op mijn werk verscheen. Op een dag vroeg ik om eieren en koffie. Aanvankelijk weigerde hij, maar toen ik

75

mijn vraag herhaalde, zei hij dat het in orde was. Tegenwoordig kon je een ei op je hamburger bestellen, en koffie in plaats van rum.

'Blijf je hier voorgoed?' vroeg ik, terwijl ik Chenault aankeek. Ze glimlachte. 'Ik weet het niet. Ik heb mijn baan in New York opgezegd.' Ze keek naar de lucht. 'Ik wil gewoon gelukkig zijn. Ik ben gelukkig met Fritz, daarom ben ik hier.'

Ik knikte peinzend. 'Ja, dat klinkt logisch.'

Ze lachte. 'Het duurt niet eeuwig, hoor. Niets duurt eeuwig. Maar op het moment ben ik gelukkig.'

'Gelukkig,' mompelde ik, en ik probeerde het woord te doorgronden. Maar 'gelukkig' is net zo'n woord als 'liefde', dat ik ook nooit helemaal begrepen heb. De meeste mensen die werken met taal, hebben niet veel vertrouwen in woorden, en ik vorm hierop geen uitzondering. Vooral grote woorden als Gelukkig en Liefde en Eerlijk en Sterk. Die zijn veel te ongrijpbaar en betrekkelijk als je ze vergelijkt met puntige, rake woordjes als Lul en Goedkoop en Snob. Bij dat soort woorden voel ik me thuis, omdat ze kort zijn en gemakkelijk te duiden, maar die grote woorden zijn moeilijk, en je moet priester zijn of gestoord om ze met een beetje zelfvertrouwen te kunnen gebruiken.

Ik was er nog niet aan toe om een etiket op Chenault te plakken, en dus veranderde ik van onderwerp.

'Waar is hij op het moment mee bezig?' vroeg ik, en ik bood haar een sigaret aan.

Ze schudde het hoofd. 'Nog steeds hetzelfde,' antwoordde ze. 'Hij heeft het er ontzettend moeilijk mee, met dat verhaal over Porto Ricanen die naar New York vertrekken.'

'Verdomme,' zei ik. 'Ik dacht dat hij dat allang af had.'

'Nee,' zei ze. 'Er kwamen steeds nieuwe opdrachten tussendoor. Maar dit artikel moet hij vandaag inleveren. En daar werkt hij nu dus aan.'

Ik haalde mijn schouders op. 'Jezus, waar maakt hij zich druk over? Een verhaal meer of minder maakt toch niets uit in zo'n snertkrant als deze.'

Ongeveer zes uur later merkte ik dat het wel degelijk iets uitmaakte, alleen niet op de manier die ik had verwacht. Na mijn ontbijt wandelde ik met Chenault naar de bank en liep daarna door naar mijn werk. Het was rond zessen toen Yeamon terugkwam vanwaar hij de hele middag was geweest. Ik knikte naar hem en hoorde met enige verbazing dat Lotterman hem bij zich riep. 'Ik wil het even met je hebben over dat emigratieverhaal,' zei hij. 'Wat probeer je me in godsnaam in mijn maag te splitsen?'

Yeamon keek verbaasd. 'Hoe bedoel je?'

Plotseling begon Lotterman te schreeuwen. 'Wat ik bedoel is dat je hier niet zomaar mee wegkomt! Je bent drie weken met dat artikel bezig geweest en nu zegt Segarra dat het waardeloos is!'

Yeamons hoofd liep rood aan, en hij leunde voorover alsof hij hem bij de keel wilde grijpen. 'Waardeloos?' zei hij op kalme toon. 'En waarom is het... waardeloos?'

Ik had Lotterman nog nooit zo kwaad gezien, maar Yeamon nam zo'n dreigende houding aan dat hij snel van toon veranderde, niet veel, maar wel merkbaar. 'Luister,' zei hij. 'Ik betaal je niet om tijdschriftartikelen te schrijven, hoe haal je het in je hoofd om zesentwintig pagina's kopij in te leveren?'

Yeamon leunde voorover. 'Verdeel het in stukken,' antwoordde hij. 'Je hoeft het niet in één keer te plaatsen.'

Lotterman lachte. 'O, zit het zo? Je wilt dat ik een feuilleton ga uitgeven? Je wilt zeker de Pulitzer Prize krijgen, hè?' Hij deed een stap naar voren en begon weer te schreeuwen. 'Yeamon, als ik een feuilleton wil, dan vraag ik wel om een feuilleton, of ben je te dom om dat te snappen?'

Iedereen keek inmiddels toe en ik verwachtte min of meer dat

Yeamon Lotterman alle tanden uit zijn bek zou slaan. Hij nam het woord en ik was verbaasd door zijn kalme toon. 'Moet je horen,' zei hij afgemeten, 'jij wilde een artikel over waarom Porto Ricanen wegtrekken uit Porto Rico, niet?'

Lotterman staarde hem aan.

'Goed, ik heb een week aan dit verhaal gewerkt – geen drie weken, vanwege die andere shit die ik voor je moest doen – en nu sta je de longen uit je lijf te schreeuwen omdat het zesentwintig pagina's lang is! Nou, het had godverdomme zestig pagina's moeten zijn! Als ik het verhaal had geschreven dat ik wilde schrijven, dan zou je de stad uitgezet zijn omdat je het gepubliceerd had!'

Lotterman maakte een onzekere indruk. 'Nou,' zei hij na een korte stilte, 'als jij een verhaal van zestig pagina's wilt schrijven, dan is dat jouw zaak. Maar als je voor mij wilt blijven werken dan breng je dat artikel terug tot duizend woorden voor de krant van morgen.'

Yeamon glimlachte fijntjes. 'Segarra is toch zo goed in die dingen, waarom laat je het hem niet inkorten?'

Lotterman zwol op als een pad. 'Wat bedoel je daar precies mee?' schreeuwde hij. 'Dat je het weigert?'

Yeamon glimlachte opnieuw. 'Ik vroeg me gewoon af,' zei hij, 'of bij jou ooit je nek omgedraaid is.'

'Wat zeg je daar?' snauwde Lotterman. 'Is dat een dreigement? Wil je mij m'n nek omdraaien?'

Yeamon lachte. 'Je weet maar nooit wanneer je nek wordt omgedraaid.'

'Mijn god!' riep Lotterman. 'Je lijkt wel gek, Yeamon. Je kunt achter tralies belanden voor dat soort dingen!'

'Ja, dat klopt,' antwoordde Yeamon. 'Een nek kan zomaar worden OMGEDRAAID!' Hij schreeuwde dat laatste woord uit en maakte een agressieve draaibeweging met zijn handen, terwijl hij Lotterman recht bleef aankijken.

Nu begon Lotterman zich echt ongerust te maken. 'Je bent écht gek,' zei hij op gespannen toon. 'Misschien kun je maar beter ontslag nemen, Yeamon, hier en nu.'

'Niks ervan,' reageerde Yeamon snel. 'Geen sprake van, ik heb het veel te druk.'

Lotterman werd onzeker. Ik wist dat hij Yeamon niet wilde ontslaan, omdat hij hem dan een maand ontslagpremie moest meegeven. Na een korte stilte herhaalde hij: 'Ja, Yeamon, ik denk dat je beter ontslag kunt nemen. Je voelt je hier niet thuis. Hou er toch gewoon mee op.'

Yeamon lachte. 'Ik voel me hier prima. Waarom ontsla je me niet?'

Er volgde een ongemakkelijke stilte. We wachtten allemaal op Lottermans volgende zet, geamuseerd en enigszins verbijsterd als we waren door de hele toestand. Aanvankelijk leek het gewoon een van Lottermans gebruikelijke tirades, maar Yeamons maniakale reacties hadden de sfeer een vreemd, agressief tintje gegeven.

Lotterman bleef hem aanstaren en leek steeds nerveuzer te worden. Toen draaide hij zich om en ging zijn kantoor in.

Ik leunde achterover op mijn stoel, grijnsde naar Yeamon en hoorde toen Lotterman mijn naam roepen. Ik hief mijn handen gespreid op, stond langzaam op en liep naar zijn kantoor.

Hij zat over zijn bureau gebogen en speelde met de honkbal die hij als presse-papier gebruikte. 'Kijk hier eens naar,' zei hij. 'Laat me weten of je vindt dat het de moeite waard is om ingekort te worden.' Hij gaf me een stapel papier waarvan ik wist dat het Yeamons artikel was.

'Stel dat het zo is,' zei ik. 'Moet ik het dan inkorten?'

'Inderdaad,' antwoordde hij. 'En nu geen gelul. Lees het gewoon en laat me horen of je er iets mee kunt.'

Ik nam het artikel mee terug naar mijn bureau en las het twee keer. Na de eerste keer begreep ik waarom Segarra het waardeloos vond. Het grootste deel was dialoog, gesprekken met Porto Ricanen op het vliegveld. Ze vertelden waarom ze naar New York vertrokken, waar ze naar op zoek waren en wat ze vonden van het leven dat ze achterlieten.

Op het eerste gezicht was het behoorlijk saai. De meesten kwamen naïef en dom over – ze hadden de reisbrochures en rumreclames niet gelezen, ze waren niet op de hoogte van de Boom, het enige wat ze wilden was naar New York gaan. Het was een treurigstemmend document, maar nadat ik het gelezen had, had ik geen enkele twijfel meer waarom die mensen weg wilden. Niet dat hun redenen ergens op sloegen, maar het waren wel redenen, eenvoudige verklaringen, ontstaan in een gedachtewereld die ik nooit zou kunnen volgen omdat ik was opgegroeid in een huis met twee badkamers in St. Louis, naar footballwedstrijden, feestjes en dansles ging, maar ik was nooit een Porto Ricaan.

Ik bedacht dat de echte reden dat die mensen dit eiland verlieten in wezen dezelfde reden was dat ik St. Louis had verlaten, van de universiteit was gegaan en gezegd had: val maar dood met al die dingen die ik zo nodig moet willen – alle dingen waarvoor ik vanuit mijn verantwoordelijkheid moest kiezen, die ik als het ware hoog moest houden – en ik vroeg me af hoe ík geklonken had als iemand me de dag voordat ik naar New York ging had aangesproken op Lambert Airport, met twee koffers, driehonderd dollar en een envelop vol knipsels uit een legerkrant.

'Zeg eens, meneer Kemp, waarom verlaat u St. Louis eigenlijk, waar uw familie al generaties lang woont en waar u naar wens een plekje zou kunnen vinden voor u en uw kinderen, zodat u de rest van uw goeddoorvoede bestaan in vrede en veiligheid zou kunnen leven?'

'Nou, weet u, ik… eh… tja, ik heb een beetje raar gevoel. Ik… eh… ik zit hier een beetje en ik kijk om me heen en ik wil gewoon weg, weet je wel? Ik wil ertussenuit.'

'Meneer Kemp, u lijkt me een redelijk mens; wat mankeert er toch aan St. Louis dat u hier weg wilt? Ik wil me nergens mee bemoeien, begrijpt u me goed, ik ben maar een verslaggever en ik kom zelf uit Tallahassee, en ik ben hierheen gestuurd om...'

'Natuurlijk. Ik wou dat ik... eh... weet je wel, dat ik zou kunnen uitleggen dat... eh... misschien kan ik het beter zo zeggen, ik heb het gevoel dat ik een rubberen zak over mijn hoofd heb... puur symbolisch natuurlijk, weet je wel... de corrupte onwetendheid van de vader die overgaat op de zoon... kunt u me nog volgen?'

'Tja, ha ha, ik geloof wel dat ik u kan volgen, meneer Kemp. Bij ons in Tallahassee was het altijd een katoenen zak, maar ik geloof dat hij even groot was en...'

'Ja, het is die zak, godverdomme, dus ik smeer hem en ik denk dat ik... eh...'

'Meneer Kemp, ik wou dat ik onder woorden kon brengen hoe ik met u meeleef, maar u begrijpt wel dat als ik terugkom met een verhaal over een rubberen zak, ze dat waardeloos vinden, en waarschijnlijk word ik dan ontslagen. Ik wil u natuurlijk niet onder druk zetten, maar ik vraag me toch af of u me niet iets concreters kunt vertellen, weet u wel. Zijn er hier bijvoorbeeld geen kansen voor agressieve jongelui? Komt St. Louis haar verantwoordelijkheid wel na ten aanzien van de jeugd? Is onze samenleving niet flexibel genoeg voor jonge mensen met ideeën? U kunt het me rustig vertellen, meneer Kemp. Wat is er?'

'Nou, kerel, ik wou dat ik je kon helpen. Ik zou het vreselijk vinden als je terug moet zonder verhaal en ontslagen wordt. Ik weet hoe het is... ik ben zelf journalist, moet je weten... maar... ik heb Angst... kun je daar iets mee? St. Louis Boezemt Jongelui Angst In, geen slechte kop, hè?'

'Kom op, Kemp, je weet toch dat dat niet kan: Rubberzakken, Angst.'

'Godverdomme, man, ik zeg toch: het is de angst voor de zak!

Vertel maar dat Kemp St. Louis ontvlucht omdat hij bang is dat de zak vol zit met iets naars en dat hij er niets mee te maken wil hebben. Dat hij dat van een afstand aanvoelt. Die Kemp is geen doorsneejongere. Hij is opgegroeid met twee toiletten en een rugbybal, maar ergens is er iets fout gegaan. En hij wil nu maar één ding: wegwezen! St. Louis kan hem geen zak meer schelen, en zijn familie, vrienden en de hele zooi ook niet... hij wil gewoon op zoek naar een plek waar hij op adem kan komen... heb je daar iets aan?'

'Nou, eh, Kemp, je klinkt een beetje hysterisch. Ik weet niet of ik wel een verhaal over jou kan schrijven.'

'Val dan maar dood, jij. Sodemieter op, mijn vlucht wordt omgeroepen, hoor je die stem? Hoor je dat?'

'Je bent geschift, Kemp! Het loopt nog slecht met je af! Ik kende ook mensen zoals jij in Tallahassee, en weet je hoe zijn die geëindigd?'

Ja, als Porto Ricanen, stuk voor stuk. Ze ontvluchtten hun stad en wisten niet waarom, maar ze wilden per se weg en het kon ze niks schelen of de kranten er wel of niet begrip voor hadden. Op de een of andere manier hadden ze het idee dat ze iets beters konden vinden gewoon door hem als de sodemieter te smeren. Ze hadden het woord gehoord, dat afschuwelijke, duivelse woord waardoor mensen hun gezonde verstand verliezen en alleen maar weg willen – niet iedereen in de wereld woont in blikken hutjes zonder geld of toilet en met alleen maar rijst en bonen als voedsel; niet iedereen hakt suikerriet voor een dollar per dag of sjouwt kokosnoten naar de stad om die voor twee cent per stuk te verkopen. De goedkope, hete, hongerige wereld van hun vaders en grootvaders en al hun broers en zussen was niet hun lotsbestemming, want als een man het lef of zelfs de wanhoop had om een paar duizend kilometer te reizen, was er een gerede kans dat hij geld in zijn zak kreeg en eten in zijn maag, en dat hij een verdomd mooie tijd tegemoet ging.

Yeamon had hun stemming volmaakt getroffen. In zesentwintig pagina's was hij veel verder gegaan dan de kernvraag van het verhaal waarom Porto Ricanen hem smeren naar New York; uiteindelijk was het een verhaal over waarom een man tegen alle verwachtingen in huis en haard verlaat, en toen ik het uit had, voelde ik me klein en onnozel vanwege alle troep die ik had geschreven sinds ik in San Juan was. Sommige gesprekken waren amusant en andere waren aandoenlijk, maar de kern, de rode draad in het hele verhaal was het feit dat deze mensen oprecht geloofden dat ze een kans hadden in New York, terwijl ze in Porto Rico geen schijn van kans hadden.

Nadat ik het een tweede keer had gelezen, ging ik ermee terug naar Lotterman en zei dat ik vond dat hij het moest afdrukken als een feuilleton in vijf delen.

Hij sloeg keihard met zijn honkbal op het bureau. 'Wel godverdomme, jij bent al net zo gek als Yeamon! Hoe kan ik nou een serie artikelen plaatsen die geen hond leest.'

'Dit wordt heus wel gelezen, hoor,' zei ik, zeker wetend dat geen hond het zou lezen.

'Hou op met dat geouwehoer, zeg!' blafte hij. 'Ik heb twee bladzijden gelezen, en ik vond het al stomvervelend, wat een saai gelul, zeg. Hoe haalt hij het in zijn hoofd? Hij is hier nog geen twee maanden en probeert me te paaien met een artikel dat leest als iets uit de *Pravda*, en dan wil hij ook nog een feuilleton!'

'Nou,' zei ik. 'U vroeg wat ik ervan vond.'

Hij wierp me een woedende blik toe. 'Wil je daarmee zeggen dat je het niet doet?'

Het liefst wilde ik ronduit weigeren en ik was het ook van plan, denk ik, maar ik weifelde iets te lang, slechts een fractie van een seconde, maar lang genoeg om de gevolgen te beseffen: ontslag, geen salaris, weer vertrekken en vechten om elders weer een poot aan de grond te krijgen. Dus ik zei: 'U bent hier de baas, ik zeg alleen maar wat ik vind, omdat u daarom vroeg.'

Hij staarde me aan, en ik zag dat hij nadacht over mijn opmerking. Plotseling sloeg hij de bal van zijn bureau af, die naar een hoek van het vertrek stuiterde. 'Wel godverdomme!' brulde hij. 'Ik betaal die vent een dik salaris en wat krijg ik ervoor? Een hoop rotzooi waar ik niets mee kan beginnen!' Hij liet zich achterovervallen in zijn stoel. 'Nou, ik heb het gehad met hem. Toen ik hem voor het eerst zag, wist ik meteen dat hij herrie zou trappen. Nu hoor ik van Segarra dat hij door de stad rijdt op een motor zonder knaldemper, en iedereen een doodsschrik bezorgt. Heb je gehoord dat hij dreigde mijn nek om te draaien? Zag je die blik in zijn ogen? Die vent is gek, eigenlijk zou ik hem moeten laten opsluiten. We staan niet te wachten op dat soort figuren,' zei hij. 'Het is iets anders als je geen bal aan ze hebt, maar zo is hij niet. Hij is gewoon een grote klaploper, die alleen maar rotzooi wil trappen.'

Ik haalde mijn schouders op en draaide me om; ik was boos en in de war, en ik schaamde me een beetje.

Lotterman riep me na: 'Zeg maar dat hij hier moet komen! Dan betaal ik hem en dan kan hij opdonderen.'

Ik stak het redactielokaal over en zei tegen Yeamon dat Lotterman hem wilde spreken. Op hetzelfde moment hoorde ik Lotterman naar Segarra roepen dat hij naar zijn kantoor moest komen. Ze waren daar allebei aanwezig toen Yeamon naar binnen ging.

Tien minuten later stapte hij weer naar buiten en kwam naar mijn bureau. 'Nou, geen salaris meer,' zei hij op kalme toon. 'Hij beweert dat hij me ook geen ontslagpremie hoeft te betalen.'

Ik schudde bedrukt het hoofd. 'Man, wat een klotetoestand. Ik heb geen idee wat hem mankeert.'

Yeamon liet zijn blik doelloos door de ruimte gaan. 'Niets bijzonders,' zei hij. 'Ik denk dat ik maar een biertje ga drinken bij Al's.'

'Daar kwam ik Chenault nog tegen,' zei ik.

Hij knikte. 'Ik heb haar naar huis gebracht. Ze heeft haar laatste reischeques ingewisseld.'

Ik schudde opnieuw het hoofd en probeerde iets slims en opgewekts te bedenken, maar hij was al halverwege zijn bureau.

'Tot straks!' riep ik hem na. 'Zullen we ons gaan bezatten?'

Hij knikte zonder zich om te draaien. Ik keek toe terwijl hij zijn bureau leeghaalde. Daarna vertrok hij, zonder een woord tegen iemand te zeggen.

De rest van de dag doodde ik mijn tijd met brieven schrijven. Om acht uur zocht ik Sala op in de doka, en we reden naar Al's. Yeamon zat alleen op de binnenplaats aan een tafeltje in de hoek. Hij had zijn voeten op een stoel gelegd en staarde dromerig in de verte. Hij keek op toen we hem naderden. 'Hé,' zei hij op kalme toon. 'De journalisten.'

We mompelden iets en gingen zitten met de drankjes die we van de bar hadden meegebracht. Sala leunde achterover en stak een sigaret op. 'Dus die klootzak heeft je ontslagen,' zei hij.

Yeamon knikte. 'Ja.'

'Nou, zorg dat hij niet gaat klooien met die ontslagpremie,' zei Sala. 'Als hij moeilijk doet, stuur dan het ministerie van Werkgelegenheid op hem af; je krijgt je geld heus wel.'

'Dat hoop ik maar,' zei Yeamon. 'Anders moet ik die lul 's avonds een keer buiten bij de krant opwachten en het geld uit hem rammen.'

Sala schudde het hoofd. 'Maak je geen zorgen. Toen hij Art Glinnin ontsloeg, moest hij vijf ruggen betalen. Glinnin heeft hem uiteindelijk voor de rechter gesleept.'

'Hij heeft me voor drie dagen betaald,' zei Yeamon. 'Tot op het uur precies uitgerekend.'

'Jezus,' zei Sala. 'Geef hem morgen aan. Pak hem. Laat ze een aanklacht indienen, dan betaalt hij heus wel.'

Yeamon dacht even na. 'Dat wordt dan ruim vierhonderd dollar. Daar kan ik wel een poosje van leven.'

'Dit is een kloteplek om je baan te verliezen,' zei ik. 'Vierhonderd is niet veel als je nagaat dat je al vijftig dollar kwijt bent om in New York te komen.'

Hij schudde het hoofd. 'Dat is het laatste waar ik heen wil. New York en ik, dat gaat niet goed samen.' Hij nam een slok. 'Nee, als ik hier wegga, dan denk ik dat ik naar het zuiden ga, de eilanden langs, en op zoek naar een goedkoop vrachtschip naar Europa.' Hij knikte peinzend. 'Ik weet niet hoe het verder met Chenault moet.'

We bleven de hele avond bij Al's en bespraken waar je zoal heen kon in Mexico, de Caraïben en Zuid-Amerika. Sala was zo verbitterd over Yeamons ontslag, dat hij verscheidene keren zei ook ontslag te willen nemen. 'Wie heeft er iets aan deze kloteplek?' schreeuwde hij. 'Opblazen die hele handel hier, godverdomme. Wie heeft er wat aan?'

Ik wist dat de rum aan het woord was, maar na een poosje begon die ook mij parten te spelen, en tegen de tijd dat we teruggingen naar het appartement, was ikzelf ook van plan ontslag te nemen. Hoe langer we praatten over Zuid-Amerika, hoe liever ik erheen wilde.

'Het is een fantastisch oord,' zei Sala steeds weer. 'Geld genoeg, Engelstalige kranten in alle grote steden, mijn god, misschien is dat het paradijs!'

Op weg de helling af liepen we gedrieën naast elkaar door het klinkerstraatje, dronken, lachend en pratend als mannen die wisten dat ze de volgende ochtend afscheid zouden nemen en naar de verste uithoeken van de wereld zouden reizen.

Zes

Het hoeft geen betoog dat Sala geen ontslag nam en ik ook niet. De sfeer op de krant was gespannener dan ooit. Op woensdag kreeg Lotterman een dagvaarding van het ministerie van Werkgelegenheid, waarin hij werd gesommeerd te verschijnen op een hoorzitting over de kwestie van Yeamons ontslagpremie. Hij vloekte en tierde de hele middag, en zei dat het wel héél raar moest lopen zou hij die idioot ook maar één cent uitbetalen. Sala begon weddenschappen af te sluiten over de uitkomst, en gaf Yeamon een kans van één op drie dat hij aan het langste eind zou trekken.

Om het nog erger te maken was Lotterman door het vertrek van Tyrrell verplicht diens taak als stadsredacteur over te nemen. Dat betekende dat hij het meeste werk deed. Het was maar tijdelijk, zei hij, maar tot dusver had zijn advertentie in *Editor & Publisher* nog niets opgeleverd.

Dat verbaasde me niets. 'Redacteur gevraagd,' stond er. 'Dagblad in San Juan. Met onmiddellijke ingang. Zwervers en dronkaards niet reageren s.v.p.'

Op een bepaald moment bood hij mij de baan aan. Toen ik op een dag binnenkwam, zat er een briefje in mijn typemachine, waarop stond dat Lotterman me wilde spreken. Toen ik de deur van zijn kantoor opendeed, zat hij afwezig te spelen met zijn honkbal. Hij glimlachte sluw en gooide de bal omhoog. 'Ik heb eens nagedacht,' zei hij. 'Jij lijkt me een slimme jongen; heb je ooit stadsredactie gedaan?'

'Nee,' antwoordde ik.

'Zou je het niet willen proberen?' vroeg hij, de bal opnieuw in de lucht gooiend.

Ik wilde er niets van weten. Ik zou er in salaris flink op vooruitgaan, maar ik zou ook verdomd veel harder moeten werken. 'Daarvoor ben ik hier nog niet lang genoeg,' zei ik. 'Ik ken de stad niet.'

Hij gooide opnieuw de bal op en liet hem op de grond stuiteren. 'Dat weet ik,' zei hij. 'Ik zat gewoon te denken.'

'En Sala?' zei ik, zeker wetend dat Sala mijn suggestie zou afslaan. Hij had zo veel freelanceopdrachten dat ik me afvroeg waarom hij in loondienst bleef.

'Geen schijn van kans,' antwoordde hij. 'Sala is niet geïnteresseerd in die hele krant, hij is nergens in geïnteresseerd.' Hij leunde voorover en liet de honkbal op zijn bureau vallen. 'Wie hebben we nog meer? Moberg is alcoholicus, Vanderwitz is een psychopaat, Noonan is gek, Benetiz kan geen Engels... Jezus Christus! Hoe kom ik aan al die figuren?' Hij liet zich met een luide kreun achterover zakken. 'Ik moet toch íémand hebben!' riep hij. 'Ik word hartstikke gek als ik die hele krant zelf moet doen!'

'En de advertentie?' vroeg ik. 'Nog reacties?'

Hij kreunde opnieuw. 'Jazeker, alleen maar zuiplappen! Eén vent beweerde dat hij de zoon was van Oliver Wendell Holmes. Alsof mij dat ene moer kan schelen!' Hij smeet de bal vol agressie op de grond. 'Wie stuurt steeds die zuiplappen hierheen?' schreeuwde hij. 'Waar komen ze vandaan?'

Hij schudde zijn vuist naar me en zei, alsof het zijn laatste woorden waren: 'Iemand moet de strijd met ze aanbinden, Kemp, ze nemen alles over. Die zuiplappen nemen de wereld over. Als de pers er onderdoor gaat, gaan we allemaal naar de kloten. Besef je dat?'

Ik knikte.

'Allejezus,' vervolgde hij, 'wij hebben een verantwoordelijkheid! Een vrije pers is van levensbelang. Als zo'n stel klaplopers deze krant in handen krijgt, is dat het begin van het einde. Ze beginnen hier, dan nemen ze er daar nog een paar over, en op een dag krijgen ze de *Times* in handen. Kun je je dat voorstellen?'

Ik zei dat ik me dat niet kon voorstellen.

'Ze nemen ons allemaal over!' schreeuwde hij. 'Ze zijn gevaarlijk, geniepig! Die vent die beweerde dat hij de zoon van rechter Holmes was – ik zou hem in een menigte zó herkennen – met dat haar in zijn nek en die krankzinnige blik!'

Alsof het doorgestoken kaart was, kwam op dat moment Moberg binnen met een knipsel uit *El Diario* in zijn hand.

Lotterman kreeg een woeste blik in zijn ogen. 'Moberg!' schreeuwde hij. 'Jezus, waar haal je het lef vandaan om zonder kloppen binnen te komen! Ik laat je opsluiten, godverdomme, ik zweer het je! Opgesodemieterd!'

Moberg trok zich schielijk terug en rolde op weg naar de deur met zijn ogen naar mij.

Lotterman keek hem woedend na. 'Godverdomme, wat een brutale snotneus,' zei hij. 'Zo'n zuiplap zouden ze een spuitje moeten geven.'

Moberg was pas een paar maanden in San Juan, maar Lotterman had gruwelijk de pest aan hem, met een heftigheid die anderen alleen in jaren konden genereren. Moberg was volstrekt gedegenereerd. Hij was klein van stuk, had sluik blond haar en een bleek, kwabbig gezicht. Ik heb nooit iemand ontmoet die zo gericht was op zelfdestructie, en op destructie van alles en iedereen in zijn omgeving. Hij was obsceen en corrupt op alle denkbare manieren. Hij haatte rum, en toch sloeg hij binnen tien minuten een hele fles achterover, waarna hij alles uitkotste en in elkaar zakte. Hij at alleen maar puddingbroodjes en spaghetti, en kotste alles weer uit zodra hij dronken was. Hij sloeg al zijn geld stuk aan hoeren, en als hij daar genoeg van had, sloeg hij soms een flikker aan de haak, gewoon omdat het weer eens wat anders was. Hij deed alles voor geld, en uitgerekend die man deed politiezaken. Vaak bleef hij dagen achtereen weg, en dan ontdekte iemand hem waar de goorste kroegen van La Perla waren, in een steeg zo smerig dat hij op de plattegrond van San Juan als witte vlek voorkomt. La Perla was het hoofdkwartier van Moberg; hij voelde zich er thuis, zei hij, in de rest van de stad – afgezien van een paar afschuwelijke kroegen – was hij een verloren ziel.

Hij vertelde me dat hij de eerste twintig jaar van zijn leven in Zweden had doorgebracht, en ik probeerde me hem vaak voor te stellen tegen het decor van een helder Scandinavisch landschap. Ik probeerde hem voor me te zien op ski's, of rustig levend met zijn familie in een of ander oud bergdorp. Uit het weinige wat hij me over Zweden vertelde, maakte ik op dat hij in een klein stadje woonde en dat zijn ouders comfortabel leefden en genoeg geld hadden om hem naar een Amerikaanse universiteit te sturen.

Hij zat twee jaar op New York University en woonde in Greenwich Village in zo'n hostel waar vooral buitenlanders logeren. Hij was ooit gearresteerd op Sixth Avenue, vertelde hij, omdat hij als een hond tegen een brandkraan had staan pissen. Dat leverde hem tien dagen cel op, en toen hij vrijkwam, verhuisde hij onmiddellijk naar New Orleans. Daar zwierf hij wat rond en vond uiteindelijk werk op een vrachtschip dat op de Oost voer. Hij werkte een paar jaar op schepen en kwam daarna in de journalistiek terecht. Nu was hij drieëndertig en hij zag eruit als vijftig, zijn geest was gebroken en zijn lichaam opgezwollen door de drank; hij vluchtte van het ene land naar het andere, verhuurde zichzelf als verslaggever en klooide net zolang aan tot hij ontslagen werd.

Hoewel hij doorgaans een walgelijke indruk maakte, vertoonde hij heel soms een opwelling van onverwachte intelligentie. Maar zijn geest was zo verrot door de drank en zijn liederlijke leefstijl, dat deze telkens wanneer hij er een beroep op deed, werkte als een oude motor die helemaal van slag was door een teveel aan reuzel.

'Volgens Lotterman ben ik Demogorgon,' zei hij vaak. 'Weet je wie dat is? Zoek maar op – geen wonder dat hij me niet mag.'

Toen we op een avond bij Al's zaten, vertelde hij dat hij een boek aan het schrijven was getiteld *De onvermijdelijkheid van een vreemde wereld*. Hij deed er bloedserieus over. 'Het is het soort boek dat een Demogorgon zou schrijven,' zei hij. 'Vol stront en angst, ik heb de meest afschuwelijke dingen gekozen die ik kon bedenken. De hoofdfiguur is een vleesetende man vermomd als priester – ik ben gefascineerd door kannibalisme. Toen ik een keer in de gevangenis zat werd een dronkenlap bijna dood geslagen, ik vroeg een van de politieagenten of ik een stukje van zijn been mocht opeten voordat ze hem helemaal dood sloegen...' Hij lachte. 'Die klootzak sloeg me met een knuppel en stuurde me weg.' Hij lachte opnieuw. 'Ik zou het ook echt opgegeten hebben, waarom niet? Er is niets heiligs aan mensenvlees, het is gewoon vlees, net als al het andere vlees; waarom zou je dat ontkennen?'

'Ja,' zei ik. 'Waarom zou ik dat ontkennen?'

Het was een van de weinige keren dat ik met hem sprak en begreep waar hij het over had. Meestal was er geen touw aan vast te knopen bij hem. Lotterman dreigde voortdurend dat hij hem zou ontslaan, maar we kampten met zo'n personeelstekort dat hij het zich niet kon veroorloven iemand de laan uit te sturen. Toen Moberg een paar dagen in het ziekenhuis lag nadat hij door de stakers in elkaar was geslagen, hoopte Lotterman dat hij zou bijtrekken. Maar toen hij weer op het werk verscheen, was hij labieler dan ooit.

Soms vroeg ik me af wie het langst zou leven, Moberg of de *News*. Het had er alle schijn van dat de krant op zijn laatste benen liep. De oplage liep terug en we raakten zo snel zo veel adverteerders kwijt dat het mij een raadsel was hoe Lotterman het nog uithield. Hij had zich zwaar in de schulden gestoken om de krant draaiende te houden, en volgens Sanderson hadden ze nooit een stuiver winst gemaakt.

Ik bleef hopen op vers bloed, maar Lotterman was zo op zijn hoede voor 'zuiplappen' dat hij iedere reactie op zijn advertenties afwees. 'Ik moet voorzichtig zijn,' legde hij uit. 'Nog zo'n pervers type en we zijn verloren.'

Ik vreesde dat hij de salarissen niet meer zou kunnen betalen, maar op een dag verscheen er een man genaamd Suarez op kantoor die zei dat hij zojuist uit Venezuela was gezet, en Lotterman nam hem onmiddellijk in dienst. Tot ieders verbazing deed hij al het werk dat Tyrrell had gedaan.

Dit verminderde de druk op Lotterman aanzienlijk, maar de krant schoot er niet veel mee op. We gingen van vierentwintig pagina's terug naar zestien en uiteindelijk naar twaalf. De vooruitzichten waren zo somber dat er beweerd werd dat *El Diario* het overlijdensbericht van de *News* al had gezet.

Ik voelde geen enkele loyaliteit tegenover de krant, maar het was prima om een salaris te hebben terwijl ik op zoek was naar een beter betaalde baan. Het idee dat de *News* op de fles kon gaan begon me zorgen te baren, en ik vroeg me af waarom San Juan met al zijn welvaart niet zo'n Engelstalig krantje op de been kon houden. De *News* was geen kwaliteitskrant, maar wel zeer leesbaar.

Lotterman vormde zelf een groot deel van het probleem. Hij was capabel genoeg, in zuiver technische zin, maar hij had zichzelf in een onhoudbare positie gemanoeuvreerd. Als erkend ex-communist stond hij onder voortdurende druk om te bewijzen hoezeer hij van mening veranderd was. Het Amerikaanse ministerie van Buitenlandse Zaken noemde toentertijd Porto Rico 'De beste reclame voor Amerika in het Caraïbisch gebied – het levende bewijs dat het kapitalisme succes heeft in Latijns-Amerika.' De mensen die hierheen waren gekomen om dat te bewijzen beschouwden zichzelf als helden en zendelingen, die de heilige boodschap van het vrije ondernemen verkondigden onder de onderdrukte *jíbaro's*. Ze haatten communisten zoals ze de duivel haatten, en ze waren niet erg blij met het feit dat een voormalige rooie in hun stad een krant uitbracht.

Lotterman kon er simpelweg niet mee omgaan. Hij deed zijn uiterste best om alles aan te vallen wat ook maar vaag naar politiek links zweemde, omdat hij wist dat hij aan het kruis genageld zou worden als hij dat niet deed. Aan de andere kant was hij een slaaf van de met geld strooiende Gemenebest, waarvan de subsidie aan de Verenigde Staten niet alleen de helft van de nieuwe industrie op het eiland bekostigde, maar ook garant stond voor het grootste deel van de advertentie-inkomsten van de *News*. Het was een duivels dilemma, niet alleen voor Lotterman maar ook voor vele anderen. Om geld te kunnen verdienen, moesten ze zakendoen met de regering, maar om zaken te doen met de regering moesten ze het 'sluipende socialisme' door de vingers zien, wat niet bepaald strookte met hun zendelingenwerk.

Het was grappig om te zien hoe ze dat aanpakten, want als ze er goed over nadachten, was er maar één uitweg: het doel prijzen en de middelen verwaarlozen, een eeuwenoud gebruik dat een rechtvaardiging vormt voor vrijwel alles, behalve dalende winsten.

Een bezoekje aan een cocktailparty in San Juan gunde je een blik op alles wat goedkoop en hebzuchtig was in de mens. Wat moest doorgaan voor de betere kringen was in werkelijkheid een lawaaiige, duizelingwekkende poel van dieven en zelfingenomen oplichters, een stomvervelend spektakel vol charlatans, clowns en hypocrieten met een onbetrouwbare inborst. Het was een nieuwe golf arme gelukzoekers die naar het zuiden in plaats van naar het westen was getrokken, en in San Juan hingen ze de grote jongens uit omdat ze de hele stad letterlijk hadden overgenomen.

Ze vormden clubs en organiseerden enorme evenementen, en uiteindelijk besloot een van hen een schaamteloze roddelkrant uit te brengen die iedereen wiens politieke verleden niet brandschoon was de stuipen op het lijf joeg. Dat gold voor de helft van de gemeenschap, inclusief de arme Lotterman, die bijna iedere week afschuwelijke lasterpraat te verduren had.

Er was geen gebrek aan gratis drank voor de pers, omdat alle oplichters graag de aandacht van de media op zich gericht zagen. Geen gelegenheid was te onbeduidend om er wat ze noemden een 'persfeestje' voor te geven. Telkens als er een nieuw filiaal werd geopend van Woolworth's of de Chase Manhattan Bank, werd dat gevierd met een rumorgie. Er ging geen maand voorbij of er werd een nieuwe bowlingbaan geopend, op ieder braakliggend stukje grond verscheen er wel een, tot er zoveel bowlingbanen waren dat het afschuwelijk werd om na te denken over de betekenis ervan.

Vanuit de nieuwe Kamer van Koophandel in San Juan kwam een stroom aan verklaringen en proclamaties waarbij de Jehova's getuigen verbleekten en de moed verloren: lange, brallerige, dikdoenerige tirades waarin de ene overwinning na de andere werd aangekondigd in de kruistocht voor het grote geld. En bovendien was er nog het nooit ophoudende circuit van privéfeestjes voor bezoekende beroemdheden. Opnieuw was iedere bezoekende zakenman belangrijk genoeg om een orgie voor aan te richten.

Meestal ging ik met Sala naar dat soort gelegenheden. Bij het zien van zijn camera werden de gasten bijna gek. Sommigen gedroegen zich als afgerichte varkens en anderen draaiden als makke schapen om hem heen, in afwachting van het moment dat 'de man van de krant' op zijn magische knopje zou drukken en hun overvloedige gastvrijheid zou gaan lonen.

We probeerden er altijd zo vroeg mogelijk te zijn, en terwijl Sala hen bijeendreef voor een serie volstrekt waardeloze foto's die hij waarschijnlijk nooit zou ontwikkelen, stal ik zoveel flessen rum als ik kon dragen. Als er een barkeeper was, zei ik dat ik graag wat drank wilde hebben voor de pers, en als hij protesteerde, nam ik ze evengoed mee. Wat voor schoftenstreken ik ook uithaalde, ik wist zeker dat ze nooit een klacht zouden indienen.

Daarna gingen we naar Al's en brachten onderweg daarheen de rum naar ons appartement. We zetten alle flessen op een lege plank in de boekenkast, en soms stonden er wel twintig of dertig. In een goede week bezochten we wel drie feestjes met een gemiddelde van drie of vier flessen voor ieder halfuur dat we geforceerd gezellig deden. Het gaf een goed gevoel dat je een voorraad rum had die nooit op zou raken, maar na een poosje hield ik het nog maar een paar minuten uit op zo'n feest, en moest ik ermee kappen.

Zeven

Op een zaterdag eind maart, toen het toeristenseizoen bijna afgelopen was en de kooplui zich voorbereidden op de benauwde
zomer zonder veel verdiensten, kreeg Sala een opdracht in Fajardo op de oostelijke punt van het eiland, om foto's te maken
van een nieuw hotel dat werd gebouwd op een heuvel, met uitzicht op de haven. Lotterman meende dat de *News* wel een vrolijke toon kon aanslaan door te melden dat het volgende seizoen
nog beter zou worden.

Ik besloot met hem mee te rijden. Sinds ik in San Juan was,
was ik al van plan het eiland te onderzoeken, maar zonder auto
was dat onmogelijk. Verder dan bij Yeamon, ruim dertig kilometer verderop, was ik nooit geweest, en Fajardo was in dezelfde
richting, maar dan tweemaal zo ver. We besloten wat rum mee
te nemen en hem op de terugweg een bezoek te brengen in de
hoop dat hij net terug zou komen van het rif met een grote zak
vol kreeft. 'Hij is er inmiddels natuurlijk hartstikke goed in,' zei
ik. 'Joost mag weten waar hij van leeft, ze hebben vast een dieet
van kreeft en kip.'

'Jezus,' merkte Sala op, 'kip is duur.'

Ik lachte. 'Daarginds niet. Hij vangt ze met zijn harpoengeweer.'

'Godallemachtig!' riep Sala uit. 'Ze doen daar aan voodoo, dat
wordt zijn dood, ze vermoorden hem!'

Ik haalde mijn schouders op. Ik was er meteen al van uitge-
gaan dat Yeamon vroeg of laat zou worden vermoord, door een
persoon of door een anonieme meute, om wat voor reden dan
ook, het leek onvermijdelijk. Ooit was ik ook zo geweest. Ik wil-

de alles hebben en wel meteen, en er was geen obstakel, hoe groot ook, dat me kon tegenhouden. Sindsdien had ik geleerd dat sommige dingen groter waren dan ze van een afstand leken, en nu wist ik niet meer zo zeker wat ik zou krijgen of zelfs wat ik verdiende. Ik was niet trots op wat ik had geleerd, maar ik twijfelde er geen moment aan dat alles de moeite de waard was. Als Yeamon dezelfde dingen niet leerde, zou hij er zeker onderdoor gaan.

Dat en meer hield ik mezelf voor op die hete middagen in San Juan, toen ik dertig was en mijn overhemd aan mijn rug plakte, en ik voelde dat ik, eenzaam en wel, op mijn hoogtepunt was, mijn wilde jaren achter me, en dat het van nu af alleen maar bergaf zou gaan. Het was een angstaanjagende tijd, en mijn fatalistische kijk op Yeamon was niet zozeer een kwestie van overtuiging als wel van noodzaak, want als ik hem daarin zelfs maar een greintje optimisme toestond, dan zou ik een heleboel noodlottige dingen over mezelf moeten toegeven.

Na een rit van een uur in de brandende zon kwamen we in Fajardo, en we stapten de eerste de beste bar binnen om iets te drinken. Daarna reden we een helling aan de rand van de stad op, waar Sala bijna een uur lang rondstruinde en zijn camerainstellingen testte. Hij was een knarsetandende perfectionist, hoezeer hij zijn opdracht ook verafschuwde. Als de 'enige professional' op het eiland vond hij dat hij een reputatie had op te houden.

Toen we klaar waren, kochten we twee flessen rum en een zak ijs. We reden terug en namen de afslag die ons naar het strandhuis van Yeamon zou brengen. De weg was geplaveid tot aan het strand bij Loíza, waar twee inboorlingen een veerpont bedienden. Ze vroegen een dollar voor de auto, boomden ons naar de overkant en zeiden al die tijd geen woord. Ik voelde me als een pelgrim die de Ganges oversteekt zoals ik daar naast de auto in de zon naar het water stond te staren, terwijl de veerlui op hun vaarboom leunden en ons naar het palmbosje aan de overkant duwden. We botsten tegen de steiger en legden de praam vast, waarna Sala de auto de oever op reed.

We hadden acht kilometer zandweg af te leggen voordat we bij Yeamon kwamen. Sala zat de hele rit te vloeken en te tieren dat hij wilde omdraaien maar dat het dan weer een dollar zou kosten om de rivier over te steken. Het autootje hotste en botste over de bulten in het wegdek, en ik vreesde dat het ieder moment uit elkaar kon vallen. Onderweg passeerden we een groepje naakte kinderen dat naast de weg een hond stond te stenigen. Sala stapte uit en nam een paar foto's.

'Jezus,' mompelde hij, 'moet je die agressieve klootzakjes zien. We mogen blij zijn als we hier levend uit komen.'

Toen we eindelijk bij Yeamon kwamen, zat hij op het terras, gekleed in dezelfde smerige zwarte broek, van wrakhout een boekenkast te maken. Zijn huis zag er nu beter uit. Een deel van het terras was overdekt met een luifel gemaakt van palmbladeren, en eronder stonden twee linnen strandstoelen die kennelijk bij een of andere chique strandclub hoorden.

'Man,' zei ik, 'hoe kom je dááraan?'

'Zigeuners,' antwoordde hij. 'Vijf dollar per stuk. Gejat in de stad, denk ik.'

'Waar is Chenault?' vroeg Sala.

Hij wees naar het strand. 'Die ligt waarschijnlijk te zonnen bij die boomstronk. Ze doet het voor de inboorlingen. Die vinden het schitterend.'

Sala haalde de rum en de zak ijs uit de auto. Yeamon grinnikte blij en stortte het ijs in een kuip naast de deur. 'Bedankt,' zei hij. 'Ik word gek van die armoede, we kunnen zelfs geen ijs betalen.'

'Man,' zei ik. 'Je hebt niks meer. Je moet werk zien te vinden.'

Hij lachte en vulde drie glazen met ijs. 'Ik zit nog steeds achter Lotterman aan,' zei hij. 'Het ziet ernaar uit dat ik misschien toch mijn geld krijg.'

Op dat moment kwam Chenault terug van het strand. Ze droeg dezelfde bikini en had een grote strandhanddoek over haar arm geslagen. Ze glimlachte naar Yeamon: 'Ze waren er weer. Ik hoorde ze praten.'

'Godverdomme,' snauwde Yeamon. 'Waarom ga je daar steeds naartoe? Wat is er aan de hand met je?'

Ze glimlachte en ging op de handdoek zitten. 'Het is mijn lievelingsplekje. Waarom zou ik daar wegblijven vanwege hen?'

Yeamon keek mij aan. 'Ze gaat naar het strand en trekt al haar kleren uit; de inboorlingen staan in de bosjes naar haar te kijken.'

'Niet altijd,' zei Chenault. 'Meestal alleen in het weekend.'

Yeamon leunde voorover en schreeuwde tegen haar. 'Wel godverdomme! Ik wil niet meer dat je erheen gaat! Vanaf nu blijf je maar hier als je naakt wilt zonnen! Ik ga me niet de hele tijd zorgen lopen maken dat je verkracht wordt.' Hij schudde vol walging zijn hoofd. 'Vroeg of laat pakken ze je, en als je die arme klootzakken blijft pesten, dan geef ik ze verdomme nog gelijk ook!'

Ze staarde naar het beton. Ik had met haar te doen, stond op en schonk een drankje voor haar in. Toen ik het haar gaf, wierp ze me een dankbare blik toe en nam een forse teug.

'Drink op,' zei Yeamon. 'We nodigen wat van jullie vrienden uit en richten een echt feest aan!' Hij liet zich achterovervallen in zijn stoel. 'Ach, het goede leven,' mompelde hij.

We zaten zo een poosje te drinken, terwijl Chenault niets zei en Yeamon vrijwel voortdurend aan het woord was. Ten slotte stond hij op en raapte een kokosnoot op uit het zand naast het terras. 'Kom,' zei hij, 'wat dacht je van een potje football?'

Ik was blij dat er eindelijk iets gebeurde dat de lucht klaarde, dus ik zette mijn glas neer en rende onhandig weg om een pass te ontvangen. Hij gaf de bal een mooie draaiing mee, maar hij kwam als een loden kogel in mijn handen terecht en ik liet hem vallen.

'Zullen we naar het strand gaan?' riep hij. 'Plaats genoeg om te rennen.'

Ik knikte en zwaaide naar Sala. Hij schudde zijn hoofd. 'Ga jij maar spelen,' mompelde hij. 'Chenault en ik hebben serieuze zaken te bespreken.'

Chenault lachte halfhartig en zwaaide ons na naar het strand. 'Ga maar,' zei ze.

Ik liet me van het steile duin afglijden op het harde zand van het strand. Yeamon stak zijn arm op en rende schuin naar de branding. Ik wierp de kokosnoot hoog en ver weg en zag hoe hij vlak achter hem met een plens in het water viel. Hij stortte zich erbovenop, stond op en hield hem in zijn handen.

Ik draaide me om, sprintte weg en zag hoe de bal vanuit de hete blauwe lucht met een boog op me afkwam. Mijn handen deden opnieuw pijn, maar deze keer liet ik niet los. Het gaf me een goed gevoel om zo'n lange pass te vangen, ook al was het een kokosnoot. Mijn handen waren rood en voelden rauw, maar het was een prettig gevoel en het kon me niets schelen. We wierpen korte passes over het midden en lange zwevers langs de zijlijnen, en na een poosje kreeg ik het gevoel dat we betrokken waren in een of ander heilig ritueel, een herhaling van al onze jongenszaterdagen – nu waren we bannelingen, voorgoed los gesneden van die wedstrijden en die dronken, brullende stadions, los van het lawaai en blind voor de vloekende kleuren van dat zalige spektakel – na jaren van afgeven op football en alles waar football voor staat, ren ik hier op een verlaten Caraïbisch strand als een gek passes te geven met het enthousiasme van de ware fanaticus van het trapveldje.

Terwijl we heen en weer sprintten en ons in de branding stortten, moest ik denken aan de zaterdagen op Vanderbilt en aan de schoonheid van de verdediging van Georgia Tech, die ons steeds verder terugdrong met die afgrijselijke *belly series*. Een slank figuur in een goudkleurig shirt die razendsnel een gat dichtte dat er nooit had mogen zijn, nu losgeslagen op het pas gemaaide gras tegenover onze achterste verdedigingslinie, en onderweg een heidens kabaal vanaf de tribunes. Om die klootzak neer te leggen moet je de blokkers omzeilen die als kanonskogels op je afkomen, dan weer een linie vormen, en dan die verschrikkelijke machine onder ogen komen. Het was een kwelling, maar op zich ook weer heel mooi; je stond tegenover kerels die erna nooit meer zo zouden functioneren of zelfs zouden snappen hoe ze zo goed zouden kunnen functioneren als die dag. Het waren overwegend randdebielen en halve criminelen, reusachtige vleesklompen getraind tot op het scherpst van de snede, maar op de een of andere manier hadden ze zich die complexe techniek en tactiek eigengemaakt, en op sommige momenten waren het kunstenaars.

Uiteindelijk werd ik te moe om te rennen, en we gingen terug naar het terras, waar Sala en Chenault nog steeds met elkaar zaten te praten. Ze maakten allebei een ietwat dronken indruk, en na een paar minuten drong het tot me door dat Chenault stomdronken was. Ze zat maar in zichzelf te grinniken en grapjes te maken over het zuidelijke accent van Yeamon.

We bleven nog een uur of zo zitten drinken, we lachten welwillend om Chenault en zagen de zon schuin in de richting van Jamaica en de Golf van Mexico zakken. In Mexico City is het nog licht, dacht ik. Ik was daar nog nooit geweest, en plotseling werd ik overvallen door een tomeloze nieuwsgierigheid naar die stad. Uren lang rum drinken, in combinatie met mijn toenemende aversie voor Porto Rico, zorgde ervoor dat ik niets liever wilde dan teruggaan naar de stad, wat kleren inpakken en op het eerste vliegtuig in westelijke richting stappen. Waarom ook niet? Ik had mijn salarischeque van die week nog niet geïnd, had dus een paar honderd dollar op de bank staan, had hier kind noch kraai, dus inderdaad: waarom niet? Het was er vast en zeker beter dan hier, waar mijn enige houvast een lullig baantje was, dat ik bovendien ieder moment kon kwijtraken.

Ik vroeg aan Sala: 'Hoe duur is het van hier naar Mexico City?'

Hij haalde zijn schouders op en nam nog een slok. 'Te duur,' antwoordde hij. 'Hoezo? Ben je van plan weg te gaan?'

Ik knikte. 'Ik denk erover, ja.'

Chenault keek me aan, voor de verandering stond haar gezicht ernstig. 'Je zult Mexico City geweldig vinden, Paul.'

'Wat weet jij daar nou weer van?' blafte Yeamon.

Ze wierp hem een woedende blik toe en nam een grote slok.

'Toe maar,' zei hij. 'Zuip maar lekker door, je bent nog lang niet dronken genoeg.'

'Hou je bek!' schreeuwde ze terwijl ze opsprong. 'Laat me godverdomme met rust, opgeblazen idioot die je bent!'

Zijn arm schoot zo snel uit dat ik de beweging nauwelijks waarnam; er klonk het geluid van een pets toen de rug van zijn hand haar wang raakte. Het was bijna een nonchalant gebaar, zonder woede, zonder enige inspanning, en toen ik goed en wel besefte wat er gebeurd was, leunde hij alweer achterover in zijn stoel en keek onaangedaan toe terwijl ze een meter naar achter wankelde en in tranen uitbarstte. Niemand zei een woord, waarna Yeamon zei dat ze naar binnen moest gaan. 'Opschieten,' snauwde hij. 'Naar bed jij.'

Ze hield op met huilen en haalde haar hand van haar wang. 'Val dood, jij,' snikte ze.

'Naar binnen,' zei hij.

Ze keek hem nog even woedend aan, draaide zich om en ging naar binnen. We hoorden het piepen van de springveren toen ze zich op bed liet vallen, waarna het snikken opnieuw begon.

Yeamon stond op. 'Nou, zei hij op kalme toon, 'sorry dat jullie hiervan getuige moeten zijn.' Hij knikte bedachtzaam en staarde naar de hut. 'Ik denk dat ik maar met jullie de stad in ga, is er iets te doen vanavond?'

Sala haalde zijn schouders op. Ik zag dat hij aangedaan was.

'Niks te doen,' zei hij. 'Bovendien wil ik alleen maar ergens iets eten.'

Yeamon liep naar de deur.' Wacht even,' zei hij. 'Ik kleed me even om.'

Toen hij binnen was, keek Sala me aan en schudde terneergeslagen het hoofd. 'Hij behandelt haar als een slavin,' fluisterde hij. 'Het duurt niet lang meer of ze stort in.'

Ik staarde naar de zee en naar de ondergaande zon.

We hoorden hem binnen wat aanrommelen, maar er werd niet gesproken. Toen hij weer naar buiten kwam, was hij gekleed in zijn geel-bruine pak, hij had een stropdas losjes gestrikt. Hij trok de deur achter zich dicht en sloot die van buiten af. 'Dan loopt ze tenminste niet weg,' legde hij uit. 'Bovendien is ze al bijna buiten westen.'

Plotseling klonk er luid gesnik vanuit de hut. Yeamon haalde in een hopeloos gebaar zijn schouders op en gooide zijn colbert in Sala's auto. 'Ik ga wel met de motor,' zei hij, 'dan hoef ik niet in de stad te blijven.'

We reden achteruit de weg op en lieten hem voorgaan. Zijn motor zag eruit als zo'n ding dat ze in de Tweede Wereldoorlog achter de linies parachuteerden: een kaal chassis met resten rode verf en veel roest, en onder het zadel een motortje dat een herrie maakte als een mitrailleur. Er zat geen knalpot op en de banden hadden geen profiel meer.

We reden achter hem aan en botsten een paar keer tegen hem op toen hij slipte in het zand. Hij had een behoorlijke vaart, en het kostte ons de grootste moeite om hem bij te houden zonder de auto aan barrels te rijden. Toen we de hutten van de inboorlingen passeerden, kwamen kleine kinderen ons zwaaiend tegemoet lopen. Yeamon zwaaide terug, groette hen breed grijnzend met opgeheven arm en liet een wolk van stof en veel lawaai achter.

We hielden stil waar het vaste wegdek begon, en Yeamon stelde voor om naar een tent een paar kilometer verderop te gaan. 'Redelijk goed eten en de drank is er goedkoop,' zei hij, 'en bovendien geven ze me krediet.'

We volgden hem totdat we bij een uithangbord kwamen waarop CASA CABRONES stond. Een pijl wees naar een zandpad dat richting strand ging. Het liep door een palmbos en eindigde op een klein parkeerterrein, naast een morsig restaurant met tafeltjes op het terras en een jukebox naast de bar. Afgezien van de palmen en de Porto Ricaanse clientèle deed het me denken aan een derderangs saloon in het Amerikaanse Midwesten. Aan weerszijden van het terras hing een snoer met blauwe lampjes tussen twee palen, en om de halve minuut of zo werd de hemel boven ons doorkliefd door een gele lichtstraal vanuit de verkeerstoren van het vliegveld, op slechts een kilometer afstand.

Terwijl we gingen zitten en onze drankjes bestelden, realiseerde ik me dat we de enige gringo's waren. De rest was plaatselijke bevolking. Ze maakten erg veel kabaal, zongen en schreeuwden mee met de jukebox, maar ze maakten stuk voor stuk een vermoeide en gedeprimeerde indruk. Het was niet de ritmische droefheid van de Mexicaanse muziek, maar een schreeuwende leegheid die ik nooit ergens anders heb gehoord dan in Porto Rico: een combinatie van kreunen en janken, begeleid door een treurig gebonk en het geluid van stemmen die verstikt zijn door pure wanhoop.

Het was afschuwelijk treurig, niet zozeer de muziek zelf als wel het feit dat ze niet beter konden dan dit. De meeste deuntjes waren vertaalde versies van Amerikaanse rock-'n-rollmuziek, maar dan zonder enige energie. Een song herkende ik als Maybelline. De originele versie was een hit toen ik op school zat. Ik herinnerde het me als een woest en pikant liedje, maar de Porto Ricanen hadden er een steeds weer herhaalde klaagzang van gemaakt, net zo hol en hopeloos als de gezichten van de mannen die het nu meezongen, in dit godverlaten krot van een uitspanning. Het waren geen ingehuurde muzikanten, maar ik had het gevoel dat ze een voorstelling gaven en dat ze ieder moment konden ophouden en met de pet rondgaan. Dan zouden ze hun glas leegdrinken en achter elkaar in de nacht verdwijnen, als een troep clowns aan het einde van een humorloze dag. Plotseling hield de muziek op, en een aantal mannen rende op de jukebox af. Er ontstond ruzie, beledigingen werden heen en weer geschreeuwd totdat plotseling, van ergens uit de verte, als een volkslied dat werd gespeeld om een opgewonden meute tot kalmte te manen, het langzame getingel van het Wiegelied van Brahms weerklonk. De ruzie stopte, er viel een ogenblik stilte, er ratelden een paar munten in de buik van de jukebox, waarna een jammerlijk gekrijs opklonk. De mannen liepen lachend terug naar de bar en sloegen elkaar op de rug.

We bestelden nog drie glazen rum, die door de ober werden geserveerd. We besloten nog even te blijven drinken en daarna iets te eten. Toen het zover was en we wilden bestellen, deelde de ober mee dat de keuken gesloten was.

'Ben je besodemieterd!' schreeuwde Yeamon. 'Op dat bord staat middernacht.' Hij wees naar het bord boven de bar.

De ober schudde zijn hoofd.

Sala keek hem aan. 'Alstublieft,' zei hij. 'U bent mijn vriend. Ik hou het niet meer uit. Ik sterf van de honger.'

De ober schudde opnieuw zijn hoofd en staarde naar het groene bestelboekje in zijn hand.

Plotseling sloeg Yeamon met zijn hand op tafel. De ober keek geschrokken op en schuifelde naar de bar. Iedereen in het etablissement keek naar ons.

'Wij willen nu vlees hebben!' riep Yeamon. 'En nog wat rum!'

Er kwam een kleine, dikke man met een wit T-shirt aan de keuken uit gerend. Hij legde zijn hand op Yeamons schouder. 'Beste kerels,' zei hij met een nerveus lachje. 'Goede klanten, geen moeilijkheden, oké?'

Yeamon keek hem aan. 'We willen alleen maar vlees,' zei hij op prettige toon, 'en nog een rondje rum.'

De kleine man schudde zijn hoofd. 'Geen eten na tienen,' zei hij. 'Ziet u wel?' Hij wees naar de klok. Het was twintig over tien.

'Op dat bord staat middernacht,' antwoordde Yeamon.

De man schudde zijn hoofd.

'Wat is het probleem?' vroeg Sala. 'Een biefstuk duurt vijf minuten. Laat de aardappelen maar zitten.'

Yeamon hield zijn glas op. 'Drie rum, graag,' zei hij en hij stak drie vingers op naar de barkeeper.

De barkeeper keek naar onze man, die de baas leek te zijn. Hij knikte snel en liep weg. Ik dacht dat de crisis bezworen was.

Hij kwam meteen terug en had een groene rekening bij zich waarop $11,20 stond. Hij legde het papiertje voor de neus van Yeamon op tafel.

'Maak je geen zorgen,' zei Yeamon.

De eigenaar klapte in zijn handen. 'Oké,' zei hij boos. 'U betalen.' Hij hield zijn hand op.

Yeamon schoof de rekening van tafel. 'Ik zei, maak je geen zorgen.'

De eigenaar griste de rekening van de vloer. 'U betalen!' krijste hij. 'Nu betalen!'

Yeamons gezicht liep rood aan en hij kwam half omhoog uit zijn stoel. 'Ik betaal die rekening heus wel, net als anders,' schreeuwde hij. 'En ga nu verdomme wat vlees voor ons klaarmaken.'

De eigenaar aarzelde, deed een stap naar voren en legde de rekening met een klap op tafel. 'Nu betalen!' riep hij. 'Nu betalen en wegwezen, of ik bel de politie.'

Hij was nog niet uitgesproken of Yeamon greep hem bij zijn overhemd. 'Smerig, klein onderkruipsel!' grauwde hij hem toe. 'Als je zo blijft schreeuwen krijg je geen rooie cent van me.'

Ik keek naar de mannen aan de bar. Ze stonden met opengesperde ogen en zo gespannen als honden toe te kijken. De barkeeper stond bij de deur, klaar om weg te rennen of om een machete te halen, dat wist ik niet zeker.

De eigenaar verloor zijn zelfbeheersing. Hij balde zijn vuist naar ons en krijste: 'Betalen, godverdomde Yankees! Betalen en wegwezen!' Hij keek ons woedend aan, rende naar de barkeeper en fluisterde hem iets in het oor.

Yeamon stond op en pakte zijn colbert. 'Kom, we gaan,' zei hij. 'Ik reken straks wel af met die klootzak.'

De eigenaar leek zeer ontsteld door het vooruitzicht van een stel wanbetalers die zomaar zijn zaak uit liepen. Hij volgde ons naar de parkeerplaats, afwisselend vloekend en smekend. 'Nu betalen!' brulde hij. 'Wanneer betaalt u? ... Weet u, de politie komt... betalen, dan geen politie!'

Ik dacht dat de man gek was geworden, en ik wilde maar één ding: die vent kwijtraken. 'Jezus,' zei ik. 'Waarom betalen we niet gewoon?'

'Ja,' zei Sala, terwijl hij zijn portefeuille pakte. 'Wat een zieke tent.'

'Maak je geen zorgen,' zei Yeamon. 'Hij weet best dat we betalen.' Hij gooide zijn colbert in de auto en richtte zich tot de eigenaar. 'Beheers je een beetje, smerige rat die je bent.'

We stapten in de auto. Zodra Yeamon zijn motor had gestart, rende de eigenaar terug en begon te schreeuwen tegen de mannen in de bar. Zijn gekrijs vulde de lucht terwijl we achter Yeamon aan wegreden over de lange oprit. Hij weigerde haast te maken en reed op zijn gemak, als iemand die geïntrigeerd is door de omgeving, en binnen een paar seconden hadden we twee auto's vol krijsende Porto Ricanen op onze hielen. Ik vreesde dat ze ons onder de voet zouden rijden. Ze reden in grote Amerikaanse sleeën en hadden de Fiat kunnen pletten als een kakkerlak.

'Godverdomme,' herhaalde Sala steeds, 'ze gaan ons vermoorden.'

Toen we de geplaveide weg bereikten, hield Yeamon in en liet ons passeren. We stopten een paar meter verderop en ik riep tegen hem: 'Kom nou, verdomme! Wegwezen hier.'

De andere auto's hielden naast hem stil, en ik zag dat hij zijn handen omhoogstak, alsof hij geraakt was. Hij sprong van de motor af, liet die vallen, en greep naar een man wiens hoofd uit een raampje hing. Vrijwel op hetzelfde moment zag ik dat de politie kwam aanrijden. Vier agenten sprongen uit een kleine blauwe Volkswagen, zwaaiend met hun gummiknuppels. De Porto Ricanen begonnen luid te juichen en klauterden uit hun auto's. Ik wilde wegrennen, maar we werden onmiddellijk omsingeld. Een politieagent kwam op Yeamon afgerend en duwde hem naar achteren. 'Dief!' schreeuwde hij. 'Dacht je dat het voor gringo's gratis drinken is in Porto Rico?'

De beide portieren van de Fiat werden tegelijkertijd opengerukt, en Sala en ik werden naar buiten gesleurd. Ik probeerde me los te rukken, maar een aantal mannen hield mijn armen vast. Ergens naast me hoorde ik Yeamon steeds weer herhalen: 'Nou, maar die vent spuugde naar me, hij spuugde naar me...'

Plotseling hield het geschreeuw op en was er alleen nog een dispuut tussen Yeamon, de eigenaar en een agent die blijkbaar de leiding had. Niemand hield mij nog vast, dus kwam ik dichterbij om te horen wat ze zeiden.

'Luister,' zei Yeamon. 'Ik heb al mijn rekeningen steeds betaald, waarom zou ik deze dan niet betalen?'

De eigenaar zei iets over dronken, arrogante Yankees.

Voordat Yeamon kon antwoorden, kwam een van de agenten vlak achter hem staan en ramde hem op zijn schouder met zijn gummiknuppel. Hij stortte zich schreeuwend op een van de mannen naast zich, die ons in de auto's hadden achtervolgd. De man zwaaide wild met een bierfles en trof hem in zijn ribben. Het laatste wat ik zag voordat ik neerging was Yeamon die zich woest op de man met de bierfles stortte. Ik hoorde diverse klappen van bot op bot, en toen zag ik vanuit een ooghoek iets op mijn hoofd afkomen. Ik bukte op tijd en kreeg de klap op mijn rug. Mijn ruggengraat sloeg zowat dubbel, en ik viel op de grond.

Sala schreeuwde ergens boven me en ik lag te kronkelen op mijn rug; ik probeerde de voeten te vermijden die als hamers op me in ramden. Ik bedekte mijn hoofd met mijn armen en schopte wild om me heen, maar het afschuwelijke rammen ging door. Ik voelde niet veel pijn, maar ondanks de verdoofdheid wist ik dat ze me pijn deden, en plotseling was ik ervan overtuigd dat mijn laatste uur geslagen had. Ik was nog bij bewustzijn, en het besef dat ik werd doodgeschopt in een straat in Porto Rico voor elf dollar en vijftig cent vervulde mij met zo veel angst dat ik begon te krijsen als een dier. Uiteindelijk, net toen ik dacht dat ik bewusteloos raakte, voelde ik dat ik in een auto werd geduwd.

Acht

Tijdens de rit was ik half bewusteloos, en toen de auto eindelijk stilhield, keek ik naar buiten en zag een woedende meute op het trottoir. Ik wist dat ik niet nog een pak slaag zou kunnen verduren; toen ze me naar buiten probeerden te slepen, hield ik me wanhopig vast aan de rugleuning van mijn stoel totdat een van de agenten me met zijn knuppel op mijn arm sloeg.

Tot mijn verbazing maakte de menigte geen aanstalten ons aan te vallen. We werden de trap opgeduwd, langs een groepje norse agenten bij de deur, en een kleine raamloze ruimte binnengeleid, waar we op een bank moesten gaan zitten. Ze sloten de deur en lieten ons alleen.

'Jezus Christus,' zei Yeamon. 'Dit is niet te geloven. We moeten iemand te pakken zien te krijgen.'

'We gaan natuurlijk naar La Princesa,' kreunde Sala. 'Nu hebben die klootzakken ons echt waar ze ons hebben willen, dit is het einde.'

'Ze moeten ons toestemming geven om te bellen,' zei ik. 'Dan bel ik Lotterman.'

Yeamon snoof verachtelijk. 'Die zal echt niets voor mij doen. Jezus, hij is blij als ik achter de tralies zit.'

'Hij heeft geen keus,' antwoordde ik. 'Hij kan Sala en mij niet zomaar in de steek laten.'

Yeamon leek te twijfelen. 'Tja... ik kan ook niemand anders bedenken die we kunnen bellen.'

Sala kreunde opnieuw en wreef over zijn hoofd. 'Jezus, we mogen blij zijn als we hier levend uit komen.'

'We mogen nog van geluk spreken,' zei Yeamon, terwijl hij

voorzichtig aan zijn tanden voelde. 'Ik dacht even dat we er geweest waren.'

Sala schudde zijn hoofd. 'Die mensen zijn levensgevaarlijk,' mompelde hij. 'Ik probeerde die smeris te ontwijken en toen sloeg iemand me van achteren met een kokosnoot, hij had mijn nek wel kunnen breken.'

De deur ging open en de smeris die de leiding had kwam binnen, glimlachend alsof er niets gebeurd was. 'Oké?' zei hij, ons nieuwsgierig aankijkend.

Yeamon keek hem aan. 'We zouden graag even van de telefoon gebruik willen maken.'

De smeris schudde zijn hoofd. 'Uw namen?' zei hij, en hij haalde een notitieboekje tevoorschijn.

'Als ik me niet vergis,' zei Yeamon, 'hebben we het recht om iemand te bellen.'

De smeris maakte een dreigend gebaar met een gebalde vuist. 'Ik zei NEE!' brulde hij. 'Geef me jullie namen!'

We gaven onze namen.

'Waar logeren jullie?' vroeg hij.

'We wonen hier, godverdomme!' snauwde Sala. 'Ik werk voor de *Daily News*, en ik woon al meer dan een jaar in deze stinkende puinzooi!' Hij trilde van woede en de smeris reageerde geschrokken. 'Mijn adres is Calle Tetuán 409,' vervolgde Sala, 'en ik wil onmiddellijk een advocaat.'

De smeris dacht even na. 'Werkt u voor de *Daily News*?'

'Ja, dat zei ik toch,' antwoordde Sala.

De smeris keek en glimlachte boosaardig. 'Stoere jongens,' zei hij. 'Stoere Yankee-journalisten.'

Niemand zei iets. Even later verzocht Yeamon de agent opnieuw om gebruik te mogen maken van een telefoon. 'Luister,' zei hij, 'niemand probeert hier stoer te doen. Jullie hebben ons net verrot geslagen en nu willen we een advocaat. Is dat soms te veel gevraagd?'

De smeris glimlachte opnieuw. 'Oké, stoere jongens.'

'Wat heeft dat te betekenen, verdomme, dat "stoere jongens"?' riep Sala. 'Waar is hier ergens een telefoon?'

Hij wilde opstaan en was half overeind gekomen toen de smeris een stap naar voren deed en hem een keiharde nekslag gaf. Sala zakte op zijn knieën en de smeris schopte hem in zijn ribben. Er kwamen nog drie agenten binnengestormd, die kennelijk op een teken hadden staan wachten. Twee van hen grepen Yeamon vast en draaiden zijn armen op zijn rug, de andere sloeg mij van de bank af en bleef dreigend met zijn knuppel over me heen gebogen staan. Ik wist dat hij me wilde slaan, en dus bleef ik roerloos liggen om hem geen aanleiding te geven. Na een lange pauze riep de baas: 'Oké, stoere jongens, we gaan.' Ik werd ruw omhoog getrokken en ze dwongen ons in looppas de gang door te gaan, terwijl ze onze armen pijnlijk op onze rug draaiden. Aan het einde van de gang was een grote ruimte die vol zat met politie en burgers, en waar veel bureaus stonden. En daar, achter een tafeltje midden in de zaal, zat Moberg. Hij schreef iets op in een notitieboekje.

'Moberg!' schreeuwde ik, het kon me niets schelen of ik opnieuw slaag zou krijgen, zolang ik maar aandacht kreeg. 'Bel Lotterman! Bel een advocaat!'

Bij het horen van Mobergs naam keek Sala op, en hij schreeuwde met een van woede en pijn verwrongen stem: 'Hé, Zweed! Bel in godsnaam iemand! Ze vermoorden ons!'

We werden in hoog tempo door de zaal geleid, en ik had slechts een glimp van Moberg opgevangen voordat we weer een andere gang in liepen. De agenten besteedden geen aandacht aan ons geschreeuw; waarschijnlijk waren ze gewend aan mensen die wanhopig schreeuwden terwijl ze god weet waarheen werden weggeleid. Mijn enige hoop was dat Moberg niet te dronken was geweest om ons te herkennen.

De volgende zes uur zaten we opgesloten in een piepkleine

betonnen cel met ongeveer twintig Porto Ricanen. We konden niet gaan zitten omdat ze de hele vloer nat gepist hadden, en dus stonden we midden in de cel en deelden sigaretten uit als waren we vertegenwoordigers van het Rode Kruis. Het was een gevaarlijk uitziend allegaartje: sommigen waren dronken, anderen leken wel gek. Ik voelde me veilig zolang we hen van sigaretten konden voorzien, maar ik vroeg me af wat er zou gebeuren zodra we daardoorheen waren.

De bewaker loste dit probleem voor ons op: hij verkocht ze voor een stuiver per stuk. Telkens als we er zelf een wilden, moesten we er twintig kopen, voor ieder in de cel één. Na twee rondjes liet de bewaker een nieuwe slof aanrukken. Later berekenden we dat ons verblijf in de cel ons ruim vijftien dollar had gekost, waar Sala en ik voor opdraaiden omdat Yeamon geen geld had.

Het leek wel zes uur te duren voordat de bewaker eindelijk de deur opendeed en ons wenkte. Sala kon nauwelijks lopen, en Yeamon en ik waren zo moe dat we de grootste moeite hadden hem te ondersteunen. Ik had geen idee waar we heen gingen. Waarschijnlijk naar de kerker, dacht ik. Dit is hoe mensen verdwijnen.

We gingen terug naar het gebouw, liepen door diverse gangen en kwamen ten slotte in een grote rechtszaal. Terwijl we naar binnen werden geduwd, er inmiddels even smerig en gehavend uitzagen als de grootste boeven in de cel die we zojuist hadden verlaten, keek ik koortsachtig om me heen, zoekend naar een bekend gezicht.

De rechtszaal zat bomvol, en pas na enkele minuten ontdekte ik Moberg en Sanderson, die ernstig kijkend in een hoek stonden. Ik knikte naar hen en Moberg stak zijn vingers op, waarmee hij een cirkel vormde.

'Godzijdank,' zei Sala. 'We hebben contact kunnen leggen.'

'Is dat Sanderson?' vroeg Yeamon.

'Hij lijkt er wel op,' zei ik, zonder enig idee te hebben wat dat betekende.

'Wat moet die lul hier?' mompelde Sala.

'We hadden het veel erger kunnen treffen,' zei ik. 'We hebben verdomme geluk dat er überhaupt iemand is.'

Het duurde bijna een uur voordat onze zaak voorkwam. De hoofdagent kwam als eerste aan het woord en legde zijn verklaring in het Spaans af. Sala, die delen verstond van wat er gezegd werd, mompelde: 'Die vuile leugenaar… hij beweert dat we gedreigd hebben de hele tent te vernielen… dat we de eigenaar hebben aangevallen… weggelopen zonder te betalen… een politieagent geslagen… Jezus Christus!... dat we ruzie zochten op het hoofdbureau… mijn god, dit is te erg voor woorden! We zijn er geweest!'

Nadat de hoofdagent klaar was, vroeg Yeamon om een vertaling van diens verklaring, maar de rechter negeerde hem.

Vervolgens kwam de eigenaar met zijn verklaring, zwetend en opgewonden gebarend, en zijn stem nam een hysterische toonhoogte aan terwijl hij zijn vuisten balde, met zijn armen zwaaide en naar ons wees alsof we zijn hele gezin hadden uitgemoord.

We begrepen geen woord van wat hij zei, maar het was zonneklaar dat onze zaak er slecht voor stond. Toen het eindelijk onze beurt was, stond Yeamon op en eiste een vertaling van de tegen ons ingebrachte verklaringen.

'U hebt het gehoord,' zei de rechter in vloeiend Engels.

Yeamon legde uit dat geen van ons het Spaans voldoende beheerste om te begrijpen wat er gezegd was. 'Deze heren spraken eerder Engels,' zei hij, en hij wees naar de smeris en de eigenaar. 'Waarom kunnen ze dat dan nu niet doen?'

De rechter glimlachte minachtend. 'U vergeet waar u bent,' zei hij. 'Welk recht hebt u om hierheen te komen, problemen te veroorzaken en ons vervolgens te verplichten uw taal te spreken?'

Ik zag dat Yeamon op het punt stond zijn zelfbeheersing te

verliezen, en ik gebaarde naar Sanderson dat hij iets moest doen. Op dat moment hoorde ik Yeamon tegen de rechter zeggen dat hij 'een eerlijker behandeling had verwacht onder Batista'.

Er viel een doodse stilte in de rechtszaal. De rechter staarde Yeamon aan. Zijn ogen fonkelden van woede. Ik voelde bijna de bijl suizend neerkomen.

Sanderson riep van achter uit de rechtszaal: 'Edelachtbare, mag ik iets zeggen?'

De rechter keek op. 'Wie bent u?'

'Mijn naam is Sanderson. Ik werk voor Adelante.'

Een man die ik niet eerder had gezien, stapte op de rechter af en fluisterde hem iets in zijn oor. De rechter knikte en keek weer naar Sanderson. 'Ga uw gang,' zei hij.

Sandersons stem klonk als uit een andere wereld na de wilde beschuldigingen van de smeris en de café-eigenaar. 'Deze heren zijn Amerikaanse journalisten,' zei hij. 'De heer Kemp is van de *New York Times*. De heer Yeamon vertegenwoordigt de Amerikaanse Bond van Reisschrijvers, en de heer Sala werkt voor het tijdschrift *Life*.' Hij zweeg even, en ik vroeg me af in hoeverre dit gunstig kon zijn voor onze zaak. Onze eerdere ontmaskering als Amerikaanse journalisten had een desastreuze uitwerking gehad.

'Misschien vergis ik me,' vervolgde Sanderson, 'maar ik vrees dat de getuigenverklaringen tot dusver enigszins verwarrend zijn geweest, en ik zou het uiterst vervelend vinden als ze tot onnodige beschamende toestanden zouden kunnen leiden.' Hij keek naar de hoofdagent en vervolgens naar de rechter.

'Jezus,' fluisterde Yeamon, 'ik hoop dat hij weet wat hij doet.'

Ik knikte en bekeek het gezicht van de rechter. In Sandersons laatste opmerking had een onbetwistbare waarschuwende ondertoon doorgeklonken, en even dacht ik dat hij misschien dronken was. Wie weet was hij rechtstreeks hierheen gekomen van een of ander feestje, waar hij vanaf die middag onafgebroken had staan drinken.

'Nou, meneer Sanderson,' zei de rechter op neutrale toon. 'Wat stelt u voor?'

Sanderson glimlachte beleefd. 'Ik denk dat het verstandig zou zijn om deze zitting te verdagen totdat de gemoederen enigszins gekalmeerd zijn.'

Dezelfde man die eerder met de rechter had gesproken, stond weer naast de rechterstoel. Er werden snel wat woorden gewisseld, waarna de rechter het woord richtte tot Sanderson.

'U hebt een punt,' zei hij, 'maar deze heren hebben zich arrogant gedragen, ze hebben geen enkel respect voor onze wetten.'

Sanderson kreeg een ernstige uitdrukking op zijn gezicht. 'Nou, edelachtbare, als hun zaak vanavond nog wordt berecht, dan moet ik u toch verzoeken die te verdagen totdat ik contact heb gehad met Adolfo Quinones.' Hij knikte. 'Ik zal Señor Quinones natuurlijk uit bed moeten bellen, maar verder dan dat gaan mijn bemoeienissen als advocaat niet.'

Er werd opnieuw haastig overlegd achter de balie. Ik zag dat de naam Quinones het een en ander teweeg had gebracht in de rechtszaal. Hij was de advocaat van de *News*, voormalig senator, en een van de meest prominente mannen op het eiland.

Tijdens het overleg keken we allen gespannen toe. Uiteindelijk keek de rechter naar ons en beval ons te gaan staan. 'U wordt op borgtocht vrijgelaten,' zei hij. 'Maar u mag uw proces ook in de gevangenis afwachten, als u dat wilt.' Hij schreef iets op een vel papier.

'Robert Sala,' zei hij. Sala stond op. 'U wordt beschuldigd van openbare dronkenschap, verstoring van de openbare orde en verzet tegen arrestatie. Ik stel de borgsom vast op duizend dollar.'

Sala mompelde iets en wendde zijn blik af.

'Addison Yeamon,' zei de rechter. 'U wordt beschuldigd van openbare dronkenschap, verstoring van de openbare orde en verzet tegen arrestatie. Ik stel de borgsom vast op duizend dollar.'

Yeamon zei niets.

'Paul Kemp,' zei de rechter. 'U wordt beschuldigd van openbare dronkenschap en verzet tegen arrestatie. Ik stel de borgsom vast op driehonderd dollar.'

Dit was minstens zo'n grote schok als al het andere wat die avond was gebeurd. Ik had het gevoel dat ik minimaal landverraad had gepleegd. Ik had de indruk dat ik me behoorlijk had verzet, kwam het door mijn geschreeuw? Had de rechter medelijden met mij omdat hij wist dat ik in elkaar was geslagen? Ik piekerde daar nog steeds over toen we de rechtszaal uit werden geleid en de gang in liepen.

'Wat nu?' zei Yeamon. 'Kan Sanderson dat soort borgsommen betalen?'

'Maak je geen zorgen,' zei ik. 'Die regelt wel iets.' Terwijl ik dat zei, voelde ik me een idioot. In het ergste geval zou ik mijn eigen borgsom kunnen betalen. En ik wist ook dat iemand het geld voor Sala zou kunnen ophoesten, maar Yeamon was een andere kwestie. Niemand stond erop te wachten dat hij maandag weer aan het werk zou gaan. Hoe langer ik erover nadacht, hoe zekerder ik ervan werd dat wij over een paar minuten vrij man zouden zijn en hij terugging naar die cel, omdat er op het eiland niemand was met duizend dollar die er enig belang bij had dat Yeamon niet in de gevangenis zou blijven.

Plotseling verscheen Moberg, gevolgd door Sanderson en de man die had staan fluisteren met de rechter. Moberg had een dronken grijns op zijn gezicht terwijl hij op ons af kwam. 'Ik dacht dat ze je dood zouden slaan,' zei hij.

'Dat hebben ze ook bijna gedaan,' antwoordde ik. 'Hoe zit het met die borgsom? Kunnen we aan dat geld komen?'

Hij lachte opnieuw. 'Het is al betaald. Segarra zei dat ik een cheque moest tekenen.' Op zachtere toon vervolgde hij: 'Hij zei dat ik de boetes moest betalen als ze niet hoger waren dan honderd dollar. Hij heeft geluk, jullie hebben geen boete gekregen.'

'Bedoel je dat we vrij zijn?' vroeg Sala.

Moberg grijnsde. 'Natuurlijk. Ik heb ervoor getekend.'

'Ik ook?' zei Yeamon.

'Zeker weten,' antwoordde Moberg. 'Ik heb getekend, jullie zijn allemaal vrij man.'

Terwijl we naar de deur liepen schudde Sanderson de hand van de man met wie hij had staan praten en voegde zich snel bij ons. Het was al bijna ochtend, de hemel kleurde lichtgrijs. Afgezien van een paar mensen in de buurt van het politiebureau waren de straten stil en verlaten. In de haven lagen een paar grote vrachtschepen voor anker, wachtend op de morgen en de sleepboten die hen binnen zouden brengen.

Toen we op straat waren zag ik de eerste zonnestralen, een koele roze gloed aan de oostelijke hemel. Doordat ik de hele nacht had doorgebracht in een cel en een rechtszaal, was het een van de mooiste ochtenden die ik ooit heb gezien. Er ging rust en helderheid vanuit, een frisse Caraïbische zonsopgang na een nacht in een smerige bajes. Ik keek naar de schepen en verder, naar de zee, en ik was door het dolle heen: ik was vrij en ik had een hele dag vóór me.

Ik realiseerde me dat ik het grootste deel van de dag slapend zou doorbrengen, en mijn opwinding nam af. Sanderson wilde ons afzetten bij het appartement en we wensten Moberg, die op zoek ging naar zijn auto, welterusten. Hij was vergeten waar hij had geparkeerd, maar hij verzekerde ons dat dat geen enkel probleem was. 'Ik ga gewoon op de geur af,' zei hij. 'Ik ruik hem van grote afstand.' En hij liep schuifelend de straat in, een klein mannetje in een smerig grijs pak, snuffelend naar zijn auto.

Sanderson vertelde later dat Moberg eerst Lotterman had gebeld, die niet thuis was, en daarna Quinones, die in Miami was. Daarna had hij Segarra gebeld, die zei dat hij een cheque moest uitschrijven voor wat volgens hem kleine geldboetes zouden zijn. Sanderson was bij Segarra thuis geweest, die stond op het punt te vertrekken toen Moberg belde en hij was op weg naar huis langs de rechtbank gegaan.

'Heel goed van je,' zei ik. 'Als je niet gekomen was, hadden we godverdomme nog steeds in die kerker gezeten.'

Yeamon en Sala stemden mompelend in.

'Geniet van je vrijheid,' antwoordde Sanderson. 'Zolang het duurt.'

We reden zwijgend verder. Terwijl we langs de Plaza Colón kwamen, hoorde ik de eerste geluiden van de ochtend: een bus die aan zijn eerste rit begon, de kreten van de eerste fruitkooplui, en ergens boven op de heuvel het gillen van een politiesirene.

Negen

Na een paar uur slaap werd ik gewekt door een geweldig geschreeuw. Het was Sala, hij sprong op alsof hij wakker werd uit een nachtmerrie. 'God gloeiende tering!' schreeuwde hij. 'De auto! De gieren!'

Na een kort moment van verwarring herinnerde ik me weer dat we zijn auto langs de weg hadden achtergelaten bij Casa Cabrones. De Porto Ricanen zijn zeer geïnteresseerd in achtergelaten auto's, ze storten zich er als hongerige dieren op en slopen ze helemaal: als eerste de wieldoppen, dan de wielen, dan de bumpers en portieren, en ten slotte slepen ze met twintig of dertig man het hele karkas weg, als mieren een dode kever, naar een of andere sloperij voor tien *yanqui*-dollars, waarna de gevechten met messen en kapotte flessen losbarsten om het geld.

Yeamon werd langzaam wakker, kreunend van de pijn. Om zijn mond zat een korst opgedroogd bloed. Hij zat rechtop op de matras en staarde ons aan.

'Wakker worden,' zei ik. 'Je motor staat daar ook.'

Sala zwaaide zijn benen over de rand van het bed. 'Het is al te laat. Ze hebben twaalf uur de tijd gehad. Jezus, ze strippen een hele auto binnen twaalf minuten. Als we geluk hebben vinden we nog een olievlek.'

'Weg?' zei Yeamon. Hij bleef ons aanstaren, nog niet helemaal wakker. Ik knikte. 'Waarschijnlijk wel.'

'Nou, laten we daar dan als de sodemieter heengaan!' riep hij, terwijl hij overeind sprong. 'We pakken ze op heterdaad en slaan er een paar de tanden uit hun bek!'

'Maak je niet druk,' zei Sala. 'Het is allang gebeurd.' Hij ging staan en rechtte zijn rug. 'Jezus, het lijkt wel alsof ik gestoken ben.' Hij kwam op mij af. 'Wat is er met mijn schouder, zit daar ergens een steekwond?'

'Nee,' zei ik. 'Alleen maar een schram, misschien van een nagel.'

Hij vloekte en liep naar de badkamer om te douchen.

Yeamon had zijn gezicht al gewassen en kleedde zich gehaast aan. 'Kom, opschieten,' zei hij. 'We nemen een taxi.' Hij deed een raam open, zodat het daglicht naar binnen viel.

Ik kleedde me met tegenzin aan. Ik had blauwe plekken over mijn hele lijf en het deed pijn als ik me bewoog. Ik wilde weer naar bed en de hele dag blijven slapen, maar ik besefte dat daar geen sprake van kon zijn.

We liepen een eindje tot aan Plaza Colón en namen daar een taxi. Yeamon zei tegen de chauffeur waar we heen wilden.

Ik had de stad nooit eerder gezien op zondagmorgen. Meestal stond ik tegen het middaguur op en ging dan naar Al's voor een uitgebreid ontbijt. Nu waren de straten vrijwel leeg. Er was geen spoor van de doordeweekse chaos, van het geschreeuw en gebrul van het leger aan kooplui dat in onverzekerde auto's door de binnenstad trok. De boulevard was bijna verlaten, de winkels waren dicht en alleen de kerken leken goede zaken te doen. We passeerden er een aantal, en voor ieder gebouw stond een kleurige groep mensen – gebruinde mannen en jongens in pas gestreken pakken, met bloemen versierde vrouwen met sluiers, kleine meisjes in witte jurkjes, en hier en daar een priester in een zwarte toog en met een zwarte hoge hoed op.

We scheurden over de snelweg naar Condado. Hier was alles anders. Ik zag geen kerken, en de trottoirs waren vol toeristen in sandalen en felgekleurde bermuda's. Ze stroomden de grote hotels in en uit, babbelend, kranten lezend, tassen dragend, allemaal met zonnebrillen op en druk in de weer.

Yeamon depte zijn gezicht met een zakdoek. 'Man,' zei hij, 'ik denk dat ik gek word als ik die motor ook nog kwijtraak. Jezus, ontslagen, afgerost, gearresteerd…'

Ik knikte en Sala zei niets. Hij leunde over de schouder van de chauffeur, alsof hij ieder moment de menigte verwachtte te zien die zijn auto stond te slopen.

Na wat een eeuwigheid leek lieten we de weg naar het vliegveld achter ons en sloegen we de smalle zandweg naar Casa Cabrones in. We waren daarvan nog een paar honderd meter verwijderd toen ik Sala's auto zag staan. 'Daar is hij,' zei ik, voor me uit wijzend.

'Jezus,' zei hij. 'Een wonder.'

We hielden stil naast de auto en ik zag dat hij op twee kokosstammen rustte, in plaats van op vier wielen. Die waren verdwenen, en Yeamons motor ook.

Sala reageerde beheerst. 'Nou, dat valt me nog mee.' Hij stapte in de auto en onderzocht het interieur. 'Alles is er nog, behalve de wielen. Pure mazzel.'

Yeamon was woedend. 'Ik herken dat ding uit duizenden!' schreeuwde hij. 'Vroeg of laat zie ik iemand erop rijden.'

Ik wist zeker dat ons nog meer ellende te wachten stond als we langer in de buurt van Casa Cabrones bleven. Ik werd nerveus bij de gedachte aan nog zo'n aframmeling. Ik liep een paar honderd meter in de richting van het restaurant om te zien of er iemand aankwam. De tent was gesloten en het parkeerterrein lag er verlaten bij.

Op de terugweg naar de auto zag ik iets roods in de bosjes naast de oprit. Het was Yeamons motor, bedekt met een laag palmbladeren. Iemand had hem verstopt met de bedoeling hem later op te pikken.

Ik riep hem en hij trok hem tevoorschijn. Er ontbrak niets aan. Hij startte meteen. 'Verdomme,' zei hij. 'Eigenlijk zou ik hier moeten blijven wachten tot die klootzak terugkomt, dan zou ik hem een leuke verrassing bezorgen.'

'Ja hoor,' zei ik. 'En dan zit je de rest van de zomer in La Princesa. Kom, laten we maken dat we wegkomen.'

Bij de auto stond Sala de kosten te berekenen van vier wielen en banden. Hij maakte een depressieve indruk.

'Zullen we ergens gaan ontbijten?' zei Yeamon. 'Ik moet wat te eten hebben.'

'Ben je gek?' antwoordde Sala. 'Ik kan die auto hier niet achterlaten, straks blijft er niets van over.' Hij haalde iets uit zijn portefeuille. 'Hier,' zei hij tegen Yeamon. 'Ga naar dat benzinestation, bel de Fiatdealer en zeg dat hij vier wielen moet bezorgen. Dit is zijn privénummer, zeg maar dat het voor Lotterman is.'

Yeamon nam het kaartje aan en reed knetterend weg. Binnen een paar minuten was hij terug. We moesten een uur wachten tot de takelwagen kwam. Tot mijn verbazing had de man inderdaad vier wielen gestuurd. We zetten ze eronder, Sala tekende de bon met Lottermans naam, waarna we naar het Long Beach Hotel reden om te ontbijten. Yeamon volgde ons op zijn motor.

Het was druk op het terras, dus we gingen de snackbar binnen. We werden omringd door mensen die ik tien jaar lang had proberen te mijden – vormloze vrouwen in wollen badpakken, dom kijkende en verlegen lachende mannen met haarloze benen, allemaal Amerikanen, die er allemaal griezelig hetzelfde uitzagen. Al die lui hadden thuis moeten blijven, dacht ik; sluit ze op in de kelder van een of andere liefdadigheidsgebouw en hou ze rustig met erotische films; als ze op vakantie willen, laat ze dan een buitenlandse kunstfilm zien; en als ze dan nog niet tevreden zijn, stuur ze dan het oerwoud in met een stel valse honden.

Ik wierp hen verachtelijke blikken toe terwijl ze probeerden het smerige ontbijt naar binnen te werken dat de serveerster hun had voorgezet: slijmerige eieren, vet spek en slappe Amerikaanse koffie.

'Godverdomme,' zei ik. 'Het is hier geen espressobar. Hebben jullie geen Porto Ricaanse koffie?'

Ze schudde haar hoofd.

Sala liep naar buiten en kocht een *Miami Herald*. 'Ik vind het hier wel leuk,' zei hij grijnzend. 'Ik hou er wel van om vanaf hier naar het strand beneden te kijken en te fantaseren over de mooie dingen die ik zou kunnen doen met een Luger.'

Ik legde twee dollar op tafel en stond op.

'Waar ga jij naartoe?' vroeg Yeamon, terwijl hij opkeek van het stuk krant dat hij van Sala had afgepakt.

'Dat weet ik nog niet,' zei ik. 'Waarschijnlijk naar Sanderson. In ieder geval ergens waar ik niet in de buurt van dat volk hoef te zijn.'

Sala keek op. 'Jij en Sanderson kunnen het goed vinden met elkaar, hè?' zei hij met een glimlach.

Ik wilde zo graag weg dat ik geen aandacht aan hem besteedde, maar toen ik op straat stond, besefte ik dat hij me had willen beledigen. Ik vermoedde dat hij verbitterd was omdat mijn borgsom veel lager was dan de zijne. Laat hem doodvallen, dacht ik. Sanderson had er niets mee te maken.

Een eindje verderop ging ik op een terrasje zitten en bestelde Porto Ricaanse koffie. Voor zeventig cent kocht ik een *New York Times*. Ik voelde me een stuk beter door die krant, die me eraan herinnerde dat er een grote, vertrouwde wereld was, vlak achter de horizon. Ik bestelde nog een kop koffie en toen ik wegging, nam ik de *Times* mee, die ik met me mee over straat zeulde als een kostbare bron van wijsheid, de zwaarwichtige verzekering dat ik nog niet afgesloten was van dat deel van de wereld dat echt was.

Het duurde een halfuur voordat ik bij Sanderson was maar ik liep langs het strand en de wandeling deed me goed. Toen ik bij zijn huis kwam, lag hij in de tuin te zonnebaden op een plastic luchtkussen. Hij zag er een stuk magerder uit dan toen hij gekleed was.

'Hé, ouwe straatvechter,' zei hij. 'Hoe was het in de gevangenis?'

'Afschuwelijk,' zei ik.

'Nou,' zei hij, 'de volgende keer is het nog erger. Je bent nu getekend.'

Ik staarde hem aan en vroeg me af wat voor ziek grapje hij met me uithaalde.

Sanderson kwam overeind op zijn ellebogen en stak een sigaret op. 'Hoe is het begonnen?' vroeg hij.

Ik vertelde hem het verhaal, liet hier en daar een paar details weg en ontkende categorisch het weinige wat ik van de officiële versie wist.

Ik leunde achterover in de stoel, keek naar het witte strand en de palmbomen om ons heen, en dacht hoe vreemd het was dat ik me in een heerlijk oord als dit zorgen maakte over een verblijf in de gevangenis. Het leek bijna onmogelijk dat je naar het Caraïbisch gebied kon gaan en voor een of ander lullig vergrijp in de bak kon belanden. Porto Ricaanse gevangenissen waren voor Porto Ricanen, en niet voor Amerikanen die bonte stropdassen en buttondown-overhemden droegen.

'Waarom was jouw borgsom zoveel lager?' vroeg hij. 'Zijn zij soms begonnen?'

Daar had je het weer. Ik wilde bijna dat ik beschuldigd was van iets ergs, zoals 'openlijke geweldpleging' of 'mishandeling van een ambtenaar in functie'.

'Ik zou het verdomd niet weten,' zei ik.

'Je hebt geluk,' zei hij. 'Voor verzet tegen een arrestatie kun je een jaar krijgen.'

'Nou,' zei ik, van onderwerp veranderend, 'volgens mij zijn we gered door jouw toespraakje. Toen wij zeiden dat we voor de *News* werkten, leken ze niet erg onder de indruk.'

Hij stak nog een sigaret op. 'Nee, daarvan raakt niemand onder de indruk.' Hij keek weer op. 'Maar je moet niet denken dat ik wat jou betreft stond te liegen. De *Times* is inderdaad op zoek naar een reiscorrespondent hier, en ze hebben mij gevraagd iemand te zoeken. Met ingang van morgen ben je aangenomen.'

Ik haalde mijn schouders op. 'Prima.'

Ik ging naar binnen om een drankje te halen. Terwijl ik in de keuken stond, hoorde ik een auto stoppen. Het was Segarra, die gekleed was als een of andere gigolo aan de Italiaanse Rivièra. Hij kwam binnen en knikte stijfjes. 'Goedemiddag, Paul. Wat was dat voor gedoe gisteravond?'

'Ik kan me er niets van herinneren,' zei ik, terwijl ik mijn borrel door de gootsteen spoelde. 'Vraag het maar aan Hal. Ik moet weg.'

Hij wierp me een afkeurende blik toe en liep het huis door en de tuin in. Vanuit de deuropening zei ik tegen Sanderson dat ik wegging.

'Kom je morgen langs op kantoor?' zei hij. 'Dan hebben we het even over je nieuwe baan.'

Segarra keek verbaasd.

Sanderson glimlachte naar hem. 'Ik pak weer een van je jongens af,' zei hij.

Segarra ging fronsend zitten. 'Mij best. Neem ze allemaal maar mee.'

Ik ging weg, wandelde naar Calle Modesto en vroeg me af wat ik de rest van de dag zou gaan doen. Dat was altijd een probleem. Zondag was mijn vrije dag, en meestal had ik zaterdags ook vrij. Maar ik had er genoeg van om steeds met Sala rond te rijden of bij Al's te zitten, en verder was er niets te doen. Ik wilde het eiland onderzoeken, een paar andere steden bekijken, maar daarvoor had ik een auto nodig.

En niet alleen een auto, dacht ik, ik had ook een appartement nodig. Het was een hete middag, ik was moe en had overal pijn. Ik wilde slapen, of in ieder geval liggen rusten, maar ik kon nergens heen. Ik liep een eind verder, slenterend in de schaduw van de grote flamboyanbomen, en dacht aan alle dingen die ik zou kunnen doen in New York of Londen, vervloekte de maffe impuls om hier naar dit saaie, bloedhete rotsblok te komen, en liep ten slotte een autochtone bar binnen om een biertje te drinken. Ik kocht een flesje, nam het mee en nam zo nu en dan een slok terwijl ik verder liep. Ik vroeg me af waar ik zou kunnen gaan slapen. Van Sala's appartement kon geen sprake zijn. Het was er heet en lawaaiig en zo deprimerend als in een grafkelder. Misschien bij Yeamon, maar dat was te ver en ik kon er ook niet komen. Toen ik eindelijk tot de conclusie kwam dat ik alleen maar over straat kon zwerven, besloot ik op zoek te gaan naar een eigen flat, een woning waar ik in mijn eentje kon relaxen, met mijn eigen koelkast en mijn eigen drankjes, en waar ik zo nu en dan misschien zelfs een meisje mee naartoe kon nemen. Het idee van een eigen bed in een eigen flat vrolijkte me zo op dat ik wilde dat deze dag afgelopen was en ik morgen aan mijn zoektocht kon beginnen.

Ik besefte dat ik me met een flat en misschien een auto waarschijnlijk meer zou binden aan deze plek dan ik eigenlijk wilde, ook omdat ik ieder moment achter de tralies kon verdwijnen, of omdat de krant op de fles kon gaan, of omdat ik een brief zou kunnen krijgen van een oude vriend die me een baantje aanbood in Buenos Aires. Uiteindelijk was ik gisteren nog van plan geweest naar Mexico City te gaan.

Maar ik wist dat ik het punt had bereikt waarop ik een beslissing moest nemen over Porto Rico. Ik was hier nu drie maanden en het voelde als drie weken. Tot dusver had ik geen enkel houvast gevoeld, geen van de echte voor- of nadelen die ik in andere plaatsen had gevonden. Sinds ik in San Juan was, had ik het vervloekt zonder er echt een hekel aan te hebben. Ik had het gevoel dat ik vroeg of laat die dimensie zou zien, dat gevoel van diepte waardoor een stad echt wordt en dat je pas krijgt als je er een hele tijd bent. Maar hoe langer ik bleef, des te meer ik vermoedde dat ik voor het eerst van mijn leven ergens terecht was gekomen waar die essentiële dimensie niet bestond, of zo wazig was dat die geen enkel verschil maakte. Misschien was de stad wat ze leek te zijn – wat God verhoedde – een mengelmoes van verarmde migranten, dieven en verwarde jíbaro's.

Ik liep nog bijna twee kilometer te denken, te roken en te zweten, en ik tuurde over hoge hagen door de lage ramen. Ik luisterde naar het brullen van de bussen en het onophoudelijk blaffen van zwerfhonden, zag bijna niemand behalve de mensen die langsreden in volgepakte auto's – hele gezinnen in wagens gepropt, beetje door de stad crossen, toeteren, schreeuwen, zo nu en dan stoppen om *pastillo's* te kopen en *coco frío* te drinken, dan weer de auto in en verder rijden, en steeds maar kijken, vol verbazing, naar alle dingen die de *yanquis* deden met de stad: hier werd een kantoor uit de grond gestampt van wel tien verdiepingen hoog, daar een nieuwe snelweg aangelegd die nergens heen ging, en altijd waren er die nieuwe hotels om naar te kijken, of anders de *yanqui* vrouwen op het strand, en als je 's avonds vroeg genoeg kwam was er nog wel een plaatsje vrij om televisie te kijken op de pleinen.

Ik liep door en raakte bij iedere stap meer gefrustreerd. Uiteindelijk hield ik in wanhoop een taxi aan en ging naar het Caribé Hotel, waar een internationaal tennistoernooi plaatsvond. Ik kon met mijn perskaart naar binnen en bracht de rest van de middag op de tribune door.

Hier stoorde de zon me niet, die leek erbij te horen, bij de gravelbanen, bij de gin en de witte bal die heen en weer vloog. Ik herinnerde me andere tennisbanen, lang geleden, dagen vol zon en gin en mensen die ik nooit meer zou zien omdat we niet meer met elkaar konden praten zonder verveeld en teleurgesteld te klinken. Ik zat daar op de tribune, hoorde het gepok van de pluizige bal en besefte dat het nooit meer zou klinken zoals destijds, toen ik wist wie er speelden en nog geïnteresseerd was.

Toen het begon te schemeren was de wedstrijd voorbij, en ik nam een taxi naar Al's. Op weg naar de binnenplaats zag ik

Sweep, en ik bestelde twee rum en drie hamburgers. Terwijl ik dichterbij kwam, keek Sala op.

'Je ziet er gejaagd uit,' zei hij. 'Alsof je ergens voor op de vlucht bent.'

'Ik heb Sanderson gesproken,' zei ik. 'Hij denkt dat de zaak misschien niet meer voorkomt, of anders duurt het misschien wel drie jaar.'

Ik kreeg meteen spijt van mijn woorden. Nu zou hij natuurlijk weer beginnen over mijn borgsom. Voordat hij iets kon zeggen, stak ik mijn handen op. 'Laat maar,' zei ik. 'Laten we het over iets anders hebben.'

Hij haalde zijn schouders op. 'Jezus, ik kan niets bedenken wat niet deprimerend of bedreigend is. Ik voel me omringd door ellende.'

'Waar is Yeamon?' vroeg ik.

'Die is naar huis,' antwoordde hij. 'Vlak nadat je vertrokken was, herinnerde hij zich dat Chenault nog opgesloten zat in de hut.'

Sweep arriveerde met onze drankjes en het eten, en ik pakte alles van het dienblad af.

'Volgens mij is hij zo gek als een deur,' zei Sala.

'Je hebt gelijk,' antwoordde ik. 'Joost mag weten wat er van hem terechtkomt. Je kunt zo niet door het leven gaan, nooit en nergens een duimbreed willen toegeven.'

Op dat moment kwam Bill Donovan, de sportredacteur, schreeuwend op ons tafeltje af.

'Daar zitten ze!' riep hij. 'De heren van de pers, stiekeme drinkers!' Hij lachte vrolijk. 'Jullie hebben het gisteravond wel bont gemaakt, hè, stelletje klootzakken? Man, wat een mazzel dat Lotterman naar Ponce ging!' Hij kwam bij ons aan tafel zitten. 'Wat is er gebeurd? Ik hoorde dat jullie gevochten hebben met de politie.'

'Ja,' zei ik. 'We hebben ze helemaal verrot geslagen. Lachen!'

'Godverdomme,' zei hij. 'Jammer dat ik dat gemist heb. Ik ben dol op een goeie knokpartij, zeker met de politie.'

We praatten verder. Ik mocht Donovan wel, maar hij had het altijd over teruggaan naar San Francisco, 'waar het allemaal gebeurt'. Volgens hem was het allemaal zó geweldig aan de westkust dat ik ervan overtuigd was dat hij loog, maar ik wist nooit precies waar de waarheid ophield en de leugens begonnen. Zelfs als de helft van wat hij beweerde waar was, dan nog zou ik er onmiddellijk heen willen, maar met Donovan kon je zelfs niet zeker zijn van die ene helft, en daarom was het nogal frustrerend om naar hem te luisteren.

We gingen rond middernacht weg en liepen zwijgend de heuvel af. De nacht was benauwd, en overal om me heen voelde ik dezelfde spanning, het gevoel dat de tijd voorbij raasde terwijl hij eigenlijk stilstond. Steeds als ik in Porto Rico aan de tijd dacht, moest ik denken aan die oude magnetische klokken die aan de muur hingen in de klaslokalen van mijn middelbare school. De wijzer stond minuten lang stil, en als je er lang genoeg naar keek en je afvroeg of de klok eindelijk stuk was, sprong de wijzer met een plotselinge klik drie of vier streepjes vooruit, en elke keer schrok ik er weer van.

Tien

Sandersons kantoor bevond zich op de bovenste verdieping van het hoogste gebouw in de oude stad. Ik zat in een leren fauteuil, en onder me zag ik de hele kustlijn, het Caribé Hotel en het grootste deel van Condado. Ik had sterk het gevoel dat ik in een controletoren zat.

Sanderson had zijn voeten op de vensterbank gelegd. 'Twee dingen,' zei hij. 'Dat gedoe met de *New York Times* stelt niet veel voor – een paar artikelen per jaar, maar dat project van Zimburger is het betere werk.'

'Zimburger?' zei ik.

Hij knikte. 'Ik wilde er gisteren niet over beginnen, omdat hij ieder moment binnen kon komen.'

'Wacht even,' zei ik. 'Hebben we het over dezelfde Zimburger, de generaal?'

Hij keek geïrriteerd. 'Ja, dat klopt, hij is een klant van ons.'

'Verdomme,' zei ik, 'dan gaat het vast slecht met de zaken. Die vent is een lul.'

Hij rolde een potlood heen en weer tussen zijn vingers. 'Kemp,' zei hij langzaam, 'de heer Zimburger is bezig een jachthaven te bouwen, een hele grote.' Hij zweeg even. 'Hij gaat ook een van de beste hotels op het eiland bouwen.'

Ik liet me lachend achterover in mijn fauteuil zakken.

'Luister,' zei hij op scherpe toon, 'je bent hier inmiddels lang genoeg om het een en ander door te hebben, en een van de eerste dingen die je moet weten is dat geld soms een héél rare verpakking heeft.' Hij tikte met het potlood op zijn bureau. 'Zimburger, voor jou beter bekend als "die lul", kan jou dertig keer kopen en verkopen, als hij wil. Als je steeds alleen maar op uiterlijkheden blijft afgaan, dan kun je beter verhuizen naar Texas of zo.'

Ik lachte opnieuw. 'Misschien heb je wel gelijk. Maar vertel me eerst maar wat je plannetje is. Ik heb haast.'

'Het duurt niet lang meer,' zei hij, 'of die stomme arrogantie van jou gaat je nog een heleboel geld kosten.'

'Godverdomme,' antwoordde ik, 'ik ben hier niet gekomen voor een psychoanalyse.'

Hij glimlachte stijfjes. 'Goed. De *Times* wil een overzichtsverhaal voor hun reiseditie in het voorjaar. Mevrouw Ludwig zoekt het materiaal voor je bij elkaar. Ik vertel haar wel wat je nodig hebt.'

'Wat willen ze precies?' zei ik. 'Duizend opbeurende woorden?'

'Min of meer,' antwoordde hij. 'Wij zorgen wel voor de foto's.'

'Oké,' zei ik. 'Dat wordt een hels karwei. En hoe zit dat met Zimburger?'

'Nou,' zei hij. 'De heer Zimburger wil een brochure. Hij legt een jachthaven aan op het eiland Vieques, tussen hier en St. Thomas. Wij zorgen voor de foto's en de lay-out. Jij schrijft de tekst, ongeveer vijftienhonderd woorden.'

'Hoeveel betaalt hij?' vroeg ik.

'Hij betaalt niet,' antwoordde Sanderson. 'Hij geeft ons een lumpsum, wij betalen jou vijfentwintig dollar per dag, plus onkostenvergoeding. Je zult een trip moeten maken naar Vieques, waarschijnlijk met Zimburger.'

'Jezus,' zei ik.

Hij glimlachte. 'Er is niet echt haast bij. Laten we zeggen aanstaande vrijdag. De brochure is bedoeld voor investeerders,' vervolgde hij. 'Het wordt een enorme jachthaven, met twee hotels, honderd bungalows, de hele santenkraam.'

'Hoe komt Zimburger aan zijn geld?' vroeg ik.

Hij schudde zijn hoofd. 'Het is niet alleen Zimburger. Hij doet dit samen met nog een paar mensen. Sterker nog: hij heeft mij ook gevraagd mee te doen.'

'Waarom heb je dat niet gedaan?'

Hij draaide zich weer om naar het raam. 'Ik ben nog niet aan mijn pensioen toe. Dit is een heel interessante plek om te werken.'

'Ja, dat zal wel,' zei ik. 'Hoeveel krijg jij, tien procent van iedere dollar die er op het eiland wordt geïnvesteerd?'

Hij grijnsde. 'Je denkt als een huurling, Paul. Wij zijn hier om te helpen, om de zaak draaiende te houden.'

Ik stond op. 'Ik kom morgen wel langs om het spul op te halen.'

'Wat dacht je van een lunch?' zei hij, terwijl hij op zijn horloge keek. 'Daar is het ongeveer tijd voor.'

'Sorry,' zei ik. 'Ik moet echt weg.'

Hij glimlachte. 'Kom je anders te laat op je werk?'

'Precies,' zei ik. 'Ik moet terug om een overzichtsartikel af te maken.'

'Laat je niet te veel meeslepen door je padvindersethiek,' zei hij, nog steeds glimlachend. 'O ja, over padvinders gesproken, wil je tegen je vriend Yeamon zeggen dat hij even moet langskomen als hij tijd heeft? Ik heb iets voor hem.'

Ik knikte. 'Zet hem aan het werk met Zimburger. Dat gaat vast goed tussen die twee.'

Toen ik op de krant kwam, riep Sala me bij zich en liet me een exemplaar van *El Diario* zien. Op de voorpagina stond een foto van ons drieën. Ik herkende mezelf nauwelijks: spleetogen, achterbakse blik, onderuitgezakt op de bank als een keiharde crimineel. Sala zag er dronken uit en Yeamon leek wel waanzinnig.

'Wanneer is die gemaakt?' zei ik.

'Dat kan ik me niet herinneren,' antwoordde hij. 'Maar ze hebben hem wel.'

Onder de foto stond een verhaaltje. 'Wat staat er?' vroeg ik.

'Hetzelfde als wat die smeris zei,' antwoordde hij. 'We mogen van geluk spreken als we niet gelyncht worden.'

'Heeft Lotterman al iets van zich laten horen?'

'Hij is nog in Ponce.'

Ik begon bang te worden. 'Je kunt maar beter een wapen bij je dragen,' had Moberg me geadviseerd. 'Ze komen nu achter je aan. Ik ken die zwijnen. Ze zullen proberen je te vermoorden.' Tegen zessen was ik zo depressief dat ik iedere poging om te werken opgaf en naar Al's ging.

Toen ik de Calle O'Leary in sloeg, hoorde ik van de andere kant Yeamons motor naderen. Hij maakte een hels kabaal in die smalle straatjes, en je hoorde hem al van zes straten ver aankomen. We kwamen tegelijk bij Al's aan. Chenault zat achterop, en ze sprong eraf terwijl hij de motor afzette. Ze maakten allebei een dronken indruk. Op weg naar de binnenplaats bestelden ze rum en hamburgers.

'De toestand wordt er niet beter op,' zei ik, terwijl ik een stoel voor Chenault bijtrok.

Yeamon keek chagrijnig. 'Die klootzak van een Lotterman is vandaag weggebleven van de hoorzitting. Afschuwelijk was het – die lui van het ministerie van Werkgelegenheid hebben die foto van ons in *El Diario* gezien. Eigenlijk ben ik blij dat Lotterman niet is komen opdagen. Dan had hij vandaag misschien gewonnen.'

'Geen wonder,' zei ik. 'Wat een verschrikkelijke foto was dat.' Ik schudde mijn hoofd. 'Lotterman zit in Ponce: we hebben mazzel gehad.'

'Verdomd,' zei hij. 'Ik heb dit weekend dat geld nodig. We gaan naar St. Thomas voor het carnaval.'

'O ja,' zei ik. 'Dat heb ik gehoord. Het schijnt er nogal ruig aan toe te gaan.'

'Ik heb gehoord dat het fantastisch is!' zei Chenault enthousiast. 'Het schijnt net zoiets geweldigs te zijn als in Trinidad.'

'Waarom ga je niet mee?' stelde Yeamon voor. 'Je zegt gewoon tegen Lotterman dat je er een artikel over wilt schrijven.'

'Ik zou best willen,' zei ik. 'Ik word gek in San Juan.'

Yeamon wilde iets zeggen, maar Chenault was hem voor. 'Hoe laat is het?' vroeg ze op gespannen toon.

Ik keek op mijn horloge. 'Bijna zeven uur.'

Ze stond meteen op. 'Ik moet weg, het begint om zeven uur.' Ze pakte haar tasje en liep naar de deur. 'Over een uur ben ik terug,' riep ze. 'Zorg dat jullie niet te dronken worden.'

Ik keek naar Yeamon.

'Er is een soort dienst in de grote kathedraal,' zei hij vermoeid. 'Joost mag weten wat het is, maar ze wil er per se heen.'

Ik schudde glimlachend mijn hoofd.

Hij knikte. 'Ja, het is verschrikkelijk. Ik weet verdomme niet wat ik met haar aan moet.'

'Aan moet?' zei ik.

'Ja, ik heb min of meer besloten dat dit oord totaal verrot is en dat ik hier weg moet.'

'O,' zei ik. 'Nu je het zegt: Sanderson heeft een klus voor je: reisverhalen schrijven. Zijn integriteit dwingt hem ertoe een rechtvaardiging te vinden voor wat hij laatst over ons zei.'

Hij kreunde. 'Jezus Christus, reisverhalen. Hoe diep kan een mens zinken?'

'Zoek dat maar uit met Sanderson,' zei ik. 'Hij wil dat je hem belt.'

Hij leunde achterover en staarde een poosje zwijgend naar de muur. 'Zijn integriteit, hè?' zei hij uiteindelijk, alsof hij het woord grondig had geanalyseerd. 'Ik vind dat een vent als Sanderson ongeveer net zo veel integriteit heeft als een lokvogel.'

Ik nipte van mijn glas.

'Waarom ga je eigenlijk om met dat figuur?' vroeg hij. 'Je loopt de deur bij hem plat. Heeft hij iets wat ik misschien niet zie?'

'Ik weet het niet,' zei ik. 'Wat zie jij dan?'

'Niet veel,' antwoordde hij. 'Ik weet wat Sala beweert – dat hij homo is – en natuurlijk is hij een gluiperd en een lul en Joost mag weten wat nog meer.' Hij zweeg even. 'Maar Sala smijt wel vaker met woorden – homo, gluiperd, lul, wat stelt dat voor? Ik ben gewoon benieuwd wat jíj in die vent ziet.'

Nu begreep ik Sala's sneer van laatst aan het ontbijt. En ik voelde dat wat ik nu ook over Sanderson ging zeggen, van het grootste belang was, niet zozeer voor Sanderson als wel voor mezelf. Want ik wist waarom ik met hem omging en mijn redenen waren nogal kleinschalig: hij had het gemaakt en ik niet, en hij leek me een prima kruiwagen voor een heleboel dingen die ik graag wilde. Aan de andere kant had hij ook iets over zich wat mij aanstond. Misschien was het Sandersons innerlijke strijd met zichzelf die me fascineerde: de harde man van de wereld die langzaam maar zeker de plattelandsjongen uit Kansas uitwiste. Ik herinnerde me dat hij me vertelde dat de Hal Sanderson uit Kansas gestorven was in de trein naar New York, en iemand die zoiets kan zeggen en het zelfs met een zekere trots probeert te zeggen, is het aanhoren waard, tenzij je op zo'n moment iets beters te doen hebt.

Yeamons stem bracht me terug bij de werkelijkheid. 'Oké,' zei hij met een handgebaar, 'als je er zo lang over moet nadenken, dan zit er vast iets in, maar ik blijf hem een vervelende klier vinden.'

'Je denkt te veel,' zei ik.

'Ik denk aan één stuk door,' mompelde hij. 'Dat is mijn probleem; ik moet speciaal op vakantie om niet te denken.' Hij knikte. 'Het werkt net als bij andere vakanties: twee weken ontspannen en dan vijftig weken om het compenseren.'

'Ik volg je niet helemaal,' zei ik.

Hij glimlachte. 'je onderbrak me. We hadden het over Chenault, en plotseling begon jij over de lokvogel.'

'Goed,' zei ik. 'Wat is er met haar? Is dit jouw manier om te zeggen dat je haar bij mij wilt achterlaten?'

Hij tikte met zijn vingers op tafel. 'Kemp, ik heb liever niet dat je dat soort dingen zegt. Ik ben nogal ouderwets als het gaat om partnerruil, vooral met een meisje waar ik nogal dol op ben.' Hij sprak beheerst, maar ik hoorde de scherpe ondertoon.

Ik schudde mijn hoofd. 'Je bent een inconsequente klootzak; dit is wel het laatste wat ik gedacht had van jou te horen te krijgen.'

'Ik ben niet bezig met consequentie,' zei hij, opnieuw op ontspannen toon. 'Nee, ik dacht gewoon hardop; dat doe ik wel vaker.'

'Dat weet ik,' zei ik.

Hij nam een slok. 'Ik heb gisteren de hele dag lopen nadenken,' zei hij. 'Ik moet hier weg, maar ik weet niet wat ik met Chenault moet.'

'Waar ben je van plan naartoe te gaan?' vroeg ik.

Hij haalde zijn schouders op. 'Ik weet het niet, misschien naar een van de eilanden. Misschien naar Europa.'

'Niks mis met Europa,' zei ik. 'Als je werk hebt.'

'En dat heb ik niet,' zei hij.

'Nee, waarschijnlijk niet.'

'Daar zat ik over te denken,' zei hij. 'En ik vroeg me af waarom ik verdomme naar Europa wil.'

Ik haalde mijn schouders op. 'Waarom niet?'

'Weet je,' zei Yeamon, 'ik ben in geen drie jaar thuis geweest, maar de laatste keer dat ik er was, heb ik veel tijd doorgebracht in de bossen.'

'Ik kan je weer niet volgen,' zei ik. 'Ik weet niet eens waar je vandaan komt.'

'Een plaats die London heet, in Kentucky,' zei hij. 'Laurel County, een mooie plek om in te verdwijnen.'

'Ben je van plan te verdwijnen?' vroeg ik.

Hij knikte. 'Misschien. Maar niet in Laurel County, hoor.' Hij zweeg. 'Mijn vader besloot te gaan gokken met zijn geld, en zo zijn we de boerderij kwijtgeraakt.'

Ik stak een sigaret op.

'Het was een mooie plek,' zei hij. 'Je kon er de hele dag jagen, je honden laten rennen en een enorme klereherrie maken, en er was niemand die je een strobreed in de weg legde.'

'Ja,' zei ik. 'Ik heb ook gejaagd, in de buurt van St. Louis.'

Hij leunde achterover en staarde in zijn glas. 'Daar moest ik gisteren aan denken, en het drong tot me door dat ik misschien op de verkeerde weg ben.'

'Hoezo?' vroeg ik.

'Ik weet het niet zeker,' antwoordde hij, 'maar ik heb het gevoel dat ik een spoor volg dat lang geleden door iemand is uitgezet, maar waar het nu wel erg druk wordt.'

Ik keek omhoog naar de bananenboom en liet hem praten.

'Jij bent hetzelfde,' zei hij. 'Wij gaan verdomme allemaal naar dezelfde plekken, we doen dezelfde dingen die mensen al vijftig jaar doen, en we wachten alsmaar tot er iets gebeurt.' Hij keek op. 'Weet je, ik ben een rebel, ik heb gedaan wat ik moest doen, maar waar blijft mijn beloning?'

'Idioot,' zei ik. 'Er is helemaal geen beloning, en die is er ook nooit geweest.'

'Jezus,' zei hij. 'Dat is verschrikkelijk.' Hij zette de fles aan zijn lippen en dronk hem leeg. 'Wij zijn gewoon een stel alcoholisten,' zei hij, 'hulpeloze alcoholisten. Wat kan het verrekken, ik ga gewoon terug naar een of ander godvergeten gat en wordt er brandweerman.'

Ik moest lachen, en op dat moment kwam Chenault terug. We bleven nog een paar uur drinken op de binnenplaats, totdat Yeamon opstond en zei dat ze naar huis gingen. 'Denk even na over dat gedoe op St. Thomas,' zei hij. 'We kunnen net zo goed lol maken, zolang het nog kan.'

'Waarom ook niet?' mompelde ik. 'Waarschijnlijk ga ik wel mee. Misschien wel de laatste keer dát ik lol heb.'

Chenault zwaaide ten afscheid en liep achter Yeamon aan naar de straat.

Ik bleef een poosje zitten, het was allemaal te deprimerend. Door de woorden van Yeamon en die foto van mij in *El Diario* begon ik me behoorlijk suïcidaal te voelen. Ik kreeg kippenvel en vroeg me af of al dat drinken me misschien fataal begon te worden. Toen herinnerde ik me een artikel van een week geleden in de *News* over een epidemie van parasieten in het plaatselijke drinkwater, kleine wormpjes die de ingewanden opvreten. Jezus, dacht ik, ik moet maken dat ik hier weg kom. Ik betaalde mijn rekening, rende de straat op, keek om me heen en vroeg me af waar ik heen moest. Ik was bang om te lopen, bang om herkend en in elkaar geslagen te worden door een woedende meute, maar de gedachte dat ik naar huis moest, naar dat smerige nest vol vlooien en giftige krabluizen vervulde mij met angst en walging. Uiteindelijk nam ik een taxi naar het Caribé Hilton. Ik zat een uur of zo aan de bar, in de hoop dat ik een meisje zou ontmoeten dat me zou vragen mee te gaan naar haar kamer, maar de enige met wie ik aan de praat raakte was een footballcoach uit Atlanta, die met me langs het strand wilde wandelen. Ik zei dat ik dat wel wilde, maar dat ik dan eerst een aanzetriem moest gaan lenen uit de hotelkeuken.

'Hoezo?' vroeg hij.

Ik staarde hem aan. 'Wil je dan niet afgeranseld worden?'

Hij lachte nerveus.

'Wacht hier op me,' zei ik, 'dan ga ik een riem halen.' Ik stond op en ging naar het toilet; toen ik terugkwam was hij weg.

Er waren geen meiden in de bar, alleen maar vrouwen van middelbare leeftijd en kale mannen met smokingjasjes aan. Ik rilde. Jezus, dacht ik, misschien heb ik een delirium. Ik dronk zo snel als ik kon in een poging dronken te worden. Steeds meer mensen leken mij aan te staren. Maar ik kon geen woord uitbrengen. Ik voelde me eenzaam en kwetsbaar. Ik strompelde de straat op en hield een taxi aan. Ik was te ver heen om in te checken in een hotel. Ik kon nergens heen, behalve naar dat smerige appartement vol kakkerlakken. Het was mijn enige thuis.

Ik deed de lampen aan en gooide de ramen open, daarna schonk ik mezelf een stevige borrel in, ging op het ledikant liggen en las een tijdschrift. Er stond een lichte bries, maar het lawaai van de straat was zo afschuwelijk dat ik mijn pogingen om te lezen opgaf en de lichten uitdeed. Er liepen steeds mensen langs over het trottoir die naar binnen keken, en omdat ze me niet konden zien, verwachtte ik dat er ieder moment plunderaars door de ramen naar binnen zouden kruipen. Ik lag op het ledikant met een fles rum op mijn buik en bedacht een manier om mezelf te kunnen verdedigen.

Als ik een Luger had, dacht ik, zou ik die klootzakken morsdood schieten. Ik leunde op een elleboog en richtte een vinger naar het raam om te zien of ik in een schietpositie lag. Perfect. Er was precies genoeg licht op straat om een silhouet duidelijk te kunnen zien. Ik wist dat het razendsnel zou gaan, ik zou geen keus hebben: gewoon de trekker overhalen en dan de oorverdovende explosie horen, en het koortsachtig gegil en gekrabbel, gevolgd door de huiveringwekkende klap van een lichaam dat achterwaarts op het trottoir stort. Binnen de kortste keren zou er natuurlijk een oploop zijn, en ik zou er waarschijnlijk uit zelfverdediging nog een paar moeten neerschieten. Dan zou de politie komen en dat zou het einde betekenen: ze zouden me herkennen en waarschijnlijk ter plekke in het appartement doodschieten.

Jezus, dacht ik, ik ben gedoemd. Ik kom hier nooit meer levend uit.

Ik dacht dat ik dingen zag bewegen op het plafond en dat ik

stemmen in de steeg hoorde die mijn naam riepen. Ik begon te beven en te zweten, en stortte languit in een dronken delirium.

Elf

Na die nacht wilde ik geen minuut meer in Sala's graftombe blijven. De volgende ochtend stond ik vroeg op en ging naar Contado om een flat te zoeken. Ik wilde zonlicht en schone lakens en een koelkast waar ik bier en jus d'orange in kon bewaren, met eten in een voorraadkast en boeken op de plank. Ik wilde zo nu en dan ook thuis kunnen blijven, terwijl er een briesje door het raam naar binnen zou waaien vanuit een rustige straat buiten, en een adres dat menselijk klonk, in plaats van 'p/a' of 'Doorsturen s.v.p.' of 'Poste Restante'.

Een opeenstapeling van dat soort losse adressen kan in elf jaar tijd een zware last worden. Je gaat je een soort wandelende jood voelen. Zo voelde ik me. Na één nacht te lang slapen in een stinkend ledikant in iemands smerige grot, waar ik helemaal niet wilde of hoefde te zijn, en waar het hoogstens vreemd en goedkoop was, besloot ik dat ik er genoeg van had. Als dat de absolute vrijheid betekende, dan had ik er mijn buik vol van, en in het vervolg zou ik het iets minder puur en een heel stuk comfortabeler proberen. Niet alleen wilde ik een vast adres, ik wilde ook een auto, en als er nog meer te krijgen viel op het gebied van grote en stabiliserende opschepperigheden, dan wilde ik die ook.

Er stonden diverse advertenties voor appartementen in de krant, maar de eerste die ik ging bekijken waren te duur. Uiteindelijk vond ik iets boven een garage. Het was precies wat ik zocht: genoeg frisse lucht, een grote flamboyanboom voor de deur met veel schaduw, bamboe meubilair en een nieuwe koelkast.

De vrouw wilde honderd dollar hebben, maar toen ik vijfenzeventig bood, stemde ze meteen in. Ik had een grote sticker met '51' gezien op een auto voor haar huis, en ze vertelde me dat haar man en zij voorstanders waren van Porto Rico als eenenvijftigste staat. Ze waren de eigenaars van La Bomba Café in San Juan. Kende ik dat niet? Jawel, ik kende het goed, at er vaak, heel goed eten voor die prijs. Ik vertelde dat ik werkte voor de *New York Times*, een jaar in San Juan zou blijven en een serie artikelen zou schrijven over Porto Rico als eenenvijftigste staat, en daarvoor was absolute privacy noodzakelijk.

We grijnsden naar elkaar en ik betaalde haar een maand huur vooruit. Toen ze om een borg van nog eens vijfenzeventig dollar vroeg, zei ik dat ik de volgende week mijn onkostenvergoeding zou krijgen en dat ik haar dan zou betalen. Ze glimlachte minzaam en ik vertrok voordat ze me verder lastig kon vallen.

De wetenschap dat ik nu een eigen woning had, stemde me onnoemelijk gelukkig. Zelfs als ik ontslagen werd, had ik nog genoeg geld op de bank om het hier een poosje uit te zingen, en nu Sanderson vijfentwintig dollar per dag wilde betalen, had ik geen zorgen meer.

Ik liep naar Avenida Ashford en nam vandaar een de bus naar de krant. Halverwege schoot me te binnen dat het mijn vrije dag was, maar ik wilde mijn post lezen en ging dus toch naar binnen. Terwijl ik het redactielokaal overstak naar de postvakjes, riep Sala me vanuit de donkere kamer.

'Man,' zei hij, 'je had hier eerder moeten zijn. Lotterman ontdekte dat Moberg die cheque voor onze borgsommen had getekend, hij rende achter hem aan met een schaar, tot op de straat.' Hij knikte. 'Wat een toestand. Ik dacht even dat Moberg er geweest was.'

'Goeie god,' mompelde ik. 'En die cheque, is die gedekt?'

'Ik neem aan van wel,' antwoordde hij. 'Als dat niet zo is, lijdt hij ernstig gezichtsverlies.'

Ik knikte aarzelend. Dit betekende een streep door mijn rekening. Om een auto te kopen had ik geld willen lenen van Lotterman en dat met tien of vijftien dollar per week van mijn salaris laten inhouden. Ik stond bij de donkere kamer en pijnigde mijn hersens om alternatieven, toen Lotterman me vanuit zijn kantoor bij zich riep.

'Ik wil jou spreken,' blafte hij. 'En jou ook, Sala, probeer je daar maar niet te verstoppen.'

Sala negeerde hem en verdween weer in de doka. Een paar seconden later kwam hij terug met een pakje sigaretten. 'Hoezo verstoppen!' brieste hij, zo hard dat iedereen, Lotterman incluis, het kon horen. 'Zodra ik me moet verstoppen voor zo'n stuk geteisem, gooi ik de handdoek in de ring.'

Gelukkig had Lotterman niets gehoord. Ik had hem nooit eerder zo meegemaakt. Hij probeerde boos te klinken maar maakte eerder een verwarde indruk, en na een poosje naar hem geluisterd te hebben, kreeg ik de indruk dat hij op het punt stond een beroerte te krijgen.

Hij begon met de mededeling hoe afschuwelijk het was dat 'die godvergeten idioot van een Yeamon' ons in de problemen had gebracht. 'En dan Moberg,' zei hij kreunend. 'Moberg, die waardeloze, krankzinnige zuiplap, die mij bestolen heeft,' waarbij hij met zijn vuist keihard op het bureau sloeg. 'Door die smerige, dronken kakkerlak lijd ik een strop van drieëntwintigduizend dollar!' Hij staarde ons aan. 'Wat denken jullie dat dat betekent voor mijn banksaldo? Hebben jullie enig idee wat het kost om de krant draaiende te houden?' Hij liet zich achteroverzakken in zijn stoel. 'Lieve god, ik heb al mijn spaargeld opgeofferd voor het simpele feit dat ik geloof in de journalistiek, en dan komt die weerzinwekkende, etterende tor en probeert me in één klap te vernietigen! En dan Yeamon!' schreeuwde hij. 'Ik wist het toen ik hem de eerste keer onder ogen kreeg! Ik zei nog tegen mezelf: Jezus, zorg dat je die vent zo snel mogelijk kwijtraakt, die veroorzaakt alleen maar moeilijkheden.'

Hij stak een waarschuwende vinger op. 'Ik wil dat jullie bij hem uit de buurt blijven, is dat duidelijk? Wat moet hij trouwens hier? Waarom gaat hij niet terug naar waar hij vandaan komt? Waar leeft hij eigenlijk van?'

We haalden allebei onze schouders op. 'Volgens mij leeft hij van een familiekapitaal of zo,' zei ik. 'Hij heeft het erover gehad dat hij ergens geld wilde investeren.'

'Godallemachtig!' riep Lotterman. 'Op dat slag volk zitten we hier echt te wachten!' Hij schudde zijn hoofd. 'En hij durfde ook nog te zeggen dat hij blut was. Hij leende honderd dollar en verspilde die aan een motor. Heb je het ooit zo zout gegeten?' Zo zout had ik het nog nooit gegeten, en Sala ook niet.

'En nu zit hij me achterna om bloedgeld,' vervolgde Lotterman. 'Mijn god, dat zullen we nog wel eens zien.' Hij leunde opnieuw achterover in zijn stoel. 'Het is te afschuwelijk om waar te zijn,' zei hij. 'Ik heb zesduizend dollar betaald om hem uit de gevangenis te houden; het is een gevaarlijke gek die gedreigd heeft mij de nek om te draaien. En Moberg,' mompelde hij, 'waar komt die vandaan?' Hij schudde zijn hoofd en gebaarde dat we weg moesten gaan. 'Ga maar,' zei hij. 'En zeg maar tegen Moberg dat ik hem laat opsluiten.'

We wilden weggaan, maar er schoot hem nog iets te binnen. 'Wacht even,' riep hij. 'Ik wil niet dat jullie denken dat ik jullie borgsom níét had willen betalen. Natuurlijk wel, dat weten jullie toch, of niet soms?'

We verzekerden hem dat we dat wisten en lieten hem mompelend aan zijn bureau achter. Ik ging terug naar de bibliotheek en ging even zitten nadenken. Ik zou een auto kopen, ongeacht wat ik ervoor zou moeten doen. Ik had een Volkswagen cabriolet gezien voor vijfhonderd dollar, die in prima staat leek te zijn. Vergeleken met de hoge autoprijzen in San Juan, zou het een koopje zijn als ik hem voor vierhonderd kon krijgen.

Ik belde Sanderson. 'Moet je horen,' zei ik terloops, 'wat kan ik minimaal verdienen aan die deal met Zimburger?'

'Hoezo?' vroeg hij.

'Ik wil graag een voorschot. Ik heb een auto nodig.'

Hij lachte. 'Jij hebt helemaal geen auto nodig, jij wílt een auto. Hoeveel heb je nodig?'

'Ongeveer duizend dollar,' zei ik. 'Ik ben niet hebzuchtig.'

'Je lijkt wel gek,' antwoordde hij. 'Het beste wat ik nu voor je kan doen is tweehonderdvijftig.'

'Oké,' zei ik. 'Het is een druppel op een gloeiende plaat, maar alle beetjes helpen. Wanneer kan ik het krijgen?'

'Morgenvroeg,' zei hij. 'Dan komt Zimburger. Het lijkt me goed om dan bij elkaar te komen en de zaak te regelen. Ik doe dit liever niet thuis.' Hij zweeg even. 'Kun je om tien uur hier zijn?'

'Oké,' zei ik. 'Tot dan.'

Toen ik de telefoon neerlegde, realiseerde ik me dat ik op het punt stond de sprong te wagen. Tegen het einde van de week zou ik in mijn eigen flat trekken, en nu ging ik ook nog een auto kopen. San Juan begon me in zijn greep te krijgen. Ik had in geen vijf jaar een auto gehad, sinds ik in Parijs voor vijfentwintig dollar die oude Citroën had gekocht, die ik een jaar later doorverkocht voor tien dollar nadat ik er heel Europa mee was doorgecrost. En nu stond ik op het punt vierhonderd dollar neer te tellen voor een Volkswagen. Hoe dan ook gaf het me het gevoel dat ik vooruit kwam in de wereld, of dat nou goed was of slecht.

Toen ik de volgende dag op weg was naar Sanderson, ging ik even langs de garage waar ik de auto had gezien. Er was niemand op kantoor, en boven een van de bureaus hing een bord aan de muur met de tekst 'VERKOPEN – ER GEBEURT PAS IETS ALS IEMAND IETS VERKOOPT.'

De verkoper stond buiten. 'Maak deze maar rijklaar,' zei ik, en ik wees naar de cabriolet. 'Rond het middaguur geef ik je er vierhonderd voor.'

Hij schudde zijn hoofd. 'Vijfhonderd dollar,' zei hij, en hij tikte op het bordje op de voorruit, alsof ik het over het hoofd had gezien.

'Onzin,' zei ik. 'Je kent de regels: er gebeurt pas iets als iemand iets verkoopt.'

Hij keek me verbaasd aan, maar de slagzin was aangekomen.

'Het gaat door,' zei ik en draaide me om. 'Om twaalf uur pik ik hem op.'

Hij staarde me na terwijl ik haastig de straat in liep.

Zimburger was er al toen ik Sandersons kantoor betrad. Hij droeg een helblauw kostuum en een rood overhemd zonder das. Op het eerste gezicht leek hij op een etalagepop uit een muffe dumpstore. Na twintig jaar bij de marine voelde Zimburger zich zichtbaar ongemakkelijk in burgerkleding. 'Veel te flodderig,' legde hij uit. 'Slecht vakmanschap, goedkoop materiaal.'

Sanderson kwam ook binnen. Zoals gebruikelijk was hij gekleed als de resident van Pago Pago. Deze keer droeg hij een pak van zwarte zijde en een strikje.

Zimburger zag eruit als een cipier op zijn vrije dag, een zwetende veearts met een dikke pens die op de een of andere manier veel geld had vergaard.

'Goed,' zei hij, 'ter zake. Is dit die schrijver?' Hij wees naar mij.

'Dit is Paul Kemp,' zei Sanderson. 'Je hebt hem bij mij thuis ontmoet.'

Zimburger knikte. 'Ja, dat weet ik.'

'Kemp schrijft voor de New York Times,' zei Sanderson. 'We prijzen ons gelukkig dat hij met ons mee wil werken.'

Zimburger keek me met hernieuwde belangstelling aan. 'Een echte schrijver dus. Dat gaat problemen opleveren.' Hij lachte. 'Ik heb schrijvers gekend bij de marine: alleen maar gedonder. Jezus, ik ben er zelf ook een geweest. Een halfjaar lang moest ik trainingshandleidingen schrijven. Het stomste werk dat ik ooit heb gedaan.'

Sanderson leunde achterover in zijn stoel en legde zijn voeten op het bureau. 'Kemp gaat met je naar Vieques wanneer het jou het beste uitkomt,' zei hij. 'Hij wil het graag ter plekke bekijken.'

'Ja natuurlijk!' antwoordde Zimburger. 'Hij weet niet wat hij ziet, geen mooier strand in het hele Caraïbische gebied.' Tegen mij zei hij: 'Daar vind je pas inspiratie. Er is nog nooit een artikel verschenen over Vieques, en al helemaal niet in de *New York Times*.'

'Klinkt goed,' zei ik. 'Wanneer wilt u erheen?'

'Wat dacht je van morgen?' zei hij snel.

'Beetje te snel,' zei Sanderson tegen hem. 'Kemp is momenteel met iets bezig voor de *News*. Waarom niet komend weekend?'

'Mij best,' zei Zimburger. 'Ik regel wel een vliegtuig voor donderdag.' Hij keek op zijn horloge en stond op. 'Ik moet weg,' zei hij. 'Het is verdomme al bijna middag en ik heb nog geen cent verdiend; een halve dag verknoeid.' Hij keek me aan, salueerde grijnzend en ietwat spottend naar me en rende de deur uit.

De lift naar beneden was stampvol. Op straat hield ik een taxi aan. Bij de garage stond de verkoper op me te wachten. Ik begroette hem allerhartelijkst, betaalde de auto met contante munt en reed weg. Het was een gele VW, met een zwart dak, prima banden en een radio met middengolf en FM.

Het was bijna één uur, dus ik reed meteen naar de krant zonder eerst te lunchen bij Al's.

De hele middag zat ik op het hoofdbureau van politie te praten met een man die zijn dochter had vermoord.

'Waarom?' vroeg ik, terwijl een aantal smerissen toekeek en Sala een foto van hem maakte.

Hij krijste iets in het Spaans en de smerissen legden uit dat hij zijn dochter 'verdorven' vond. Ze wilde naar New York. Ze was pas dertien, maar ze beweerde dat ze het geld voor het vliegticket bij elkaar had gehoereerd.

'Oké,' zei ik. '*Muchas gracias*.' Ik had genoeg materiaal voor een artikel en de politie leidde hem weg. Ik vroeg me af hoelang hij in de gevangenis zou blijven voordat het proces begon. Maar wat had een proces voor zin; het register van terechtzittingen zat allang vol.

En dat was maar goed ook, dacht ik. De hele middag had ik het gevoel dat de politie ons in de gaten hield, maar dat wist ik niet zeker.

We gingen naar Al's voor het avondeten. Yeamon zat al op de binnenplaats, en ik vertelde hem over de uitbarsting van Lotterman.

'Ja,' zei hij. 'Ik moest daaraan denken toen ik op weg was naar de advocaat.' Hij schudde zijn hoofd. 'Ik ben er verdomme niet eens naartoe geweest. Nu heeft hij me beet. Heeft hij iets gezegd over het terugeisen van mijn borgsom?'

'Dat zal hij niet doen,' zei Sala. 'Dat zou slecht zijn voor zijn reputatie, tenzij hij vermoedt dat je op het punt van vertrek staat.'

'Dat sta ik inderdaad,' zei Yeamon. 'We gaan naar Zuid-Amerika.'

'Jullie samen?' zei ik.

Hij knikte. 'Misschien moeten we nog even wachten,' zei hij. 'Ik rekende eigenlijk op die ontslagpremie.'

'Heb je Sanderson nog gebeld?' vroeg ik.

Hij schudde zijn hoofd.

'Bel hem,' zei ik. 'Hij heeft dollars. Ik heb vandaag een auto gekocht.'

Hij moest lachen. 'Krijg nou wat. Staat ie hier ergens?'

'Ja zeker,' zei ik. We liepen de straat op om naar de auto te kijken. Yeamon vond het een mooie, sportieve wagen.

'Maar je weet wat dat betekent, hè?' zei hij met een grijns. 'Je zit vast. Eerst een baan, dan een auto, binnenkort ga je ook nog trouwen en dan ben je definitief gesetteld.' Hij lachte. Dan word je net als die ouwe Robert hier, die vertrekt ook altijd *mañana*.'

'Maak je geen zorgen,' antwoordde Sala. 'Ik weet wanneer ik moet opstappen. Als je eenmaal zelf praktiserend professional bent, kom dan maar terug om te zeggen hoe ik mijn leven op poten moet zetten.'

We gingen weer naar binnen. 'Wat is een praktiserend professional, Robert?' vroeg Yeamon. 'Is dat iemand met een vaste baan?'

'Dat is iemand die een baan kan krijgen,' antwoordde Sala. 'Omdat hij weet wat hij doet.'

Yeamon dacht even na. 'Je bedoelt omdat hij doet wat iemand anders wil dat hij doet?'

Sala haalde zijn schouders op. 'Noem het maar zoals je wilt.'

'Dat heb ik net gedaan,' zei Yeamon. 'En ik twijfel heus niet aan je talent. Maar als je zo goed bent als je beweert, en als je zo de pest hebt aan San Juan en je telt die dingen bij elkaar op, dan word je toch een praktiserend professional op een plek die je wel leuk vindt?'

'Bemoei je godverdomme met je eigen zaken,' snauwde Sala. 'Ik zie geen enkele logica in de manier waarop jij leeft. Zet jij eerst maar eens je zaken op een rijtje, dan betaal ik je voor je professionele advies, oké?'

'Laten we in hemelsnaam ophouden met dat gelul,' zei ik.

'Mij best,' zei Sala. 'We zijn allemaal mislukt, behalve dan dat ik een professional ben.'

Sweep serveerde een dienblad met hamburgers.

'Wanneer vertrek je?' vroeg ik aan Yeamon.

'Hangt van het geld af,' antwoordde hij. 'Ik ben van plan dit weekend naar St. Thomas te gaan, kijken of we mee kunnen varen op een van die boten die naar het zuiden gaan.' Hij keek op. 'Ben je nog steeds van plan om mee te gaan?'

'Tja, Jezus,' riep ik uit. Ik vertelde hem over Zimburger en Vieques. 'Ik had het kunnen afzeggen,' zei ik, 'maar ik dacht alleen maar aan geld en aan die auto.'

'Verdomd,' zei hij. 'Vieques is halverwege hier en St. Thomas. Er gaat elke dag een veerpont.'

Uiteindelijk spraken we af dat ik op vrijdag naar hem toe zou komen. Ze waren van plan er de volgende ochtend heen te vliegen en zondagavond terug te komen.

'Blijf uit de buurt van St. Thomas,' zei Sala. 'Er gebeuren daar rare dingen. Ik ken verhalen van mensen die afschuwelijke dingen hebben meegemaakt.'

'Nou en?' zei Yeamon. 'Je kunt je er lekker bezatten. Waarom ga je niet mee?'

'Nee, bedankt,' antwoordde Sala. 'We hebben ons al lekker bezat, weet je nog? Ik hoef niet nóg zo'n pak slaag.'

Toen we klaar waren met eten bestelden we nog meer drank. Yeamon begon over Zuid-Amerika, en ik moest met tegenzin toegeven dat ik iets van opwinding voelde flikkeren. Zelfs Sala raakte opgewonden. 'Jezus, daar wil ik ook wel heen,' zei hij steeds. 'Waarom eigenlijk niet. Verdomd, ik kan overal aan de kost komen.'

Ik luisterde zonder veel te zeggen, omdat ik me herinnerde hoe ik me die ochtend had gevoeld. En bovendien had ik een auto op straat staan en een flat in Condado en een lucratief contract met Zimburger. Daar dacht ik over na. De auto en de flat deden me niet zo veel, maar het feit dat ik werkte voor Zimburger gaf me koude rillingen. Het verhaal van Yeamon maakte het alleen maar erger. Zij gingen naar Zuid-Amerika en ik ging naar Zimburger. Het gaf me een vreemd gevoel, en de rest van de avond zei ik niet veel; ik dronk alleen maar en probeerde erachter te komen of ik ouder en wijzer aan het worden was, of alleen maar ouder.

Wat me het meeste dwarszat was dat ik helemaal niet naar Zuid-Amerika wilde. Ik wilde nergens heen. Maar terwijl Yeamon het had over verder trekken, voelde ik desondanks de opwinding. Ik zag me al van boord stappen in Martinique en de stad in kuieren op zoek naar een goedkoop hotel. Ik zag mezelf in Caracas, Bogotá en Rio, *wheeling* en *dealing* in een wereld die ik nooit eerder had gezien maar waarvan ik wist dat ik me er zou kunnen redden, want ik was een winnaar.

Maar het was niet meer dan een vorm van zelfbevrediging, want diep vanbinnen wilde ik niets anders dan een schoon bed en een lichte kamer en iets wat ik mijn eigendom kon noemen, net zolang tot ik er genoeg van had. Ik had het nare voorgevoel dat ik eindelijk over de top heen was, en het ergste daarvan was dat ik me helemaal niet verschrikkelijk voelde, maar alleen maar lusteloos en heerlijk los van alles.

Twaalf

De volgende ochtend reed ik op topsnelheid naar Fajardo. Ik zou verslag doen van een vastgoeddeal, maar het werd een nare ervaring en ik besloot er halverwege mee op te houden. Op de terugweg stopte ik bij een stalletje langs de weg en kocht een ananas, die de verkoper in kleine brokjes sneed. Ik at ervan terwijl ik me door het verkeer wurmde, ik reed stapvoets en met één hand, en genoot van het feit dat ik, bij wijze van afwisseling, meester was van mijn eigen bewegingsvrijheid. Ik besloot dat ik het volgende weekend naar Ponce aan de zuidkust zou rijden.

Toen ik bij de krant kwam, stapte Moberg net uit zijn auto.

'Ik neem aan dat je gewapend bent,' zei ik. 'Die ouwe zou wel eens door het lint kunnen gaan als hij je ziet.'

Hij lachte. 'We hebben een compromis gesloten. Hij heeft me iets laten ondertekenen waarin staat dat ik hem mijn auto geef als iemand ervandoor gaat.'

'Jezus,' zei ik. 'Yeamon heeft het ook al over vertrekken.'

Hij lachte opnieuw. 'Maakt me niks uit. Hij kan de kanker krijgen. Ik teken alles. Beste wat je kunt doen.'

'Aha, Moberg,' zei ik, 'jij bent een rare lul.'

'Ja,' zei hij. 'Raarder dan ik bestaat niet.'

Lotterman kwam die middag niet opdagen. Sala beweerde dat hij een rondje langs de banken deed: geld lenen om de krant te redden. Het was maar een gerucht, maar iedereen op de krant had het erover dat het einde nabij was.

Om ongeveer drie uur belde Yeamon met de mededeling dat hij Anderson gesproken had. 'Hij gaf me opdracht voor ongeveer dertig lullige artikeltjes,' zei hij. 'Hij zegt dat ik ongeveer dertig dollar per stuk krijg, maar hij wilde me geen voorschot geven.'

'Dat is niet slecht,' zei ik. 'Als je een goed resultaat levert, dan kun je daarna iets beters eisen; hij heeft meer geld dan God.'

'Ja,' mompelde hij. 'Dat zal wel. Als ik iets kan krijgen wat vijfhonderd dollar betaalt, dan heb ik genoeg om te vertrekken.'

Sanderson belde ongeveer een uur later. 'Kun je donderdagmorgen om zeven uur op het vliegveld zijn?' vroeg hij.

'Goeie god,' zei ik. 'Ja, ik denk het wel.'

'Je zult wel moeten,' zei hij. 'Reken er maar op dat het de hele dag duurt. Zimburger wil voor het donker terug zijn.'

'Ik kom niet mee terug,' zei ik. 'Ik ga door naar St. Thomas voor het carnaval.'

Hij lachte. 'Ik had kunnen weten dat jij je tot zoiets aangetrokken zou voelen. Ik zou de stad maar mijden, als ik jou was. Die inboorlingen kunnen zich nogal woest gedragen. De beste feestjes vind je op de boten, dat jachtenvolkje viert zijn eigen carnaval.'

'Ik heb nog geen plannen,' antwoordde ik. 'Ik ga er gewoon heen en dan zie ik wel wat ervan komt. Gewoon lekker zat worden.'

Na het werk ging ik bij Sala langs, haalde mijn kleren op en reed naar mijn eigen flat. Ik had vrijwel niets, dus ik hoefde alleen maar een paar kleren in de kast te hangen en wat bier in de koelkast te leggen. De flat was gemeubileerd – compleet met lakens, handdoeken, keukenspullen, er was alleen niets te eten.

Maar het was míjn flat, en ik vond het schitterend. Ik ging even slapen en reed toen naar een kleine *colmado* om eieren en spek voor het ontbijt te kopen.

Ik had de volgende ochtend het spek al gebakken, toen ik me realiseerde dat ik vergeten was koffie te kopen. Ik reed dus naar het Condado Beach Hotel en bestelde daar ontbijt. Ik kocht een

New York Times en genoot in mijn eentje aan een tafeltje op het gazon van mijn ontbijt. Het was een behoorlijk dure tent en er ik zou er waarschijnlijk niemand van de *News* tegenkomen. De journalisten die niet bij Al's zaten, waren in het Holiday Hotel, een drukbezocht restaurant op het strand aan de rand van de stad.

Ik bleef de hele middag aan zee en probeerde erachter te komen of de krant zou worden platgelegd door een staking. Vlak voordat ik wegging, zei ik tegen Schwartz dat ik de volgende dag niet zou komen, omdat ik me niet lekker voelde.

'Jezus Christus,' mompelde hij. 'Jullie lijken wel ratten op een zinkend schip. Sala zit de hele middag al in de doka met zijn eigen werk, en ik ontdekte dat Vanderwitz interlokaal belde met Washington.' Hij schudde zijn hoofd. 'We kunnen hier geen paniek hebben; waarom kalmeren jullie niet een beetje?'

'Ik ben kalm,' antwoordde ik. 'Ik heb gewoon een dag nodig om mijn zaken uit te zoeken.'

'Oké,' zei hij lusteloos. 'Het gaat me ook niks aan. Je doet maar wat je niet laten kunt.'

Ik reed naar Al's en at daar alleen, daarna ging ik naar huis en schreef het artikel dat Sanderson naar de *New York Times* wilde sturen. Het was simpel werk en ik baseerde het voornamelijk op het materiaal dat hij me had gegeven: dat de prijzen 's zomers dalen, dat er meer jeugd op vakantie komt, dat er verderop ook mooie plekjes te zien zijn. Na twee uur was ik klaar, en ik besloot het naar hem toe te brengen en nog wat bij hem te drinken voordat ik ging slapen. Ik moest de volgende ochtend om zes uur op, maar het was nog vroeg en ik had geen slaap.

Toen ik aankwam was er niemand, dus ik schonk mezelf iets in, ging naar de veranda en nam plaats in een van de strandstoelen. Ik deed de ventilator aan en zette een plaat op met easy listening-muziek.

Ik besloot dat ik zodra ik wat geld had, ook op zoek zou gaan naar zo'n woning. Wat ik nu had was leuk om te beginnen, maar ik had geen veranda, geen balkon en geen strand, en ik zag niet in waarom ik die dingen niet zou hebben.

Na een uur kwam Sanderson binnen met een man die beweerde de broer te zijn van een beroemde trompettist. We schonken alle drie iets in, Sanderson las mijn artikel en zei dat het uitstekend was. 'Ik hoop niet dat je meteen het geld wilt hebben,' zei hij. 'Dat kan wel een week duren.' Hij haalde zijn schouders op. 'Het is bovendien niet erg veel, vijftig dollar of zo.'

'Mij best,' zei ik, en ik ging weer zitten.

'Ik zal zien of ik nog meer voor je heb,' zei hij. 'We zitten momenteel erg vol. Kom maar langs als je terug bent van St. Thomas.'

'Prima,' zei ik. 'Het ziet er somber uit op de krant, misschien ben ik binnenkort wel afhankelijk van dit soort klussen.'

Hij knikte. 'Somber, zeg dat wel. Maandag hoor je wel hoe somber het precies is.'

'Wat gaat er maandag gebeuren?' vroeg ik.

'Dat mag ik niet zeggen,' antwoordde hij. Hij glimlachte. 'Je zou er trouwens niets aan hebben als je het nu al wist. Relax, je zult niet omkomen van de honger.'

De man met de beroemde broer had al die tijd zwijgend naar het strand zitten staren. Hij heette Ted. Nu richtte hij zich tot Sanderson en vroeg op verveelde toon: 'Hoe is het duiken hier?'

'Stelt niet veel voor,' antwoordde Sanderson. 'Vrijwel helemaal leeggevist.'

We praatten een poosje over duiken. Sanderson sprak met enige autoriteit over de 'betovering van de diepzee' en over het duiken bij het Palancar Rif. Ted had twee jaar in Zuid-Frankrijk gewoond en een keer gewerkt voor Jacques Cousteau.

Kort na middernacht realiseerde ik me dat ik dronken begon te worden, dus ik stond op om weg te gaan. 'Nou,' zei ik. 'Ik heb morgen in alle vroegte een afspraak met Zimburger, dus ik kan maar beter gaan slapen.'

Ik versliep me de volgende morgen. Ik had geen tijd meer om te ontbijten, dus ik kleedde me vlug aan en nam een sinaasappel mee voor onderweg naar het vliegveld. Zimburger stond te wachten bij een kleine hangar aan het eind van de startbaan. Hij knikte toen ik uit de auto stapte, en ik liep naar hem toe. Hij had twee mannen bij zich. 'Dit is Kemp,' zei hij. 'Hij is onze schrijver, hij werkt voor de *New York Times.*' Hij keek grijnzend toe hoe we elkaar de hand schudden.

Een van hen was restauranteigenaar en de ander was architect. We zouden halverwege de middag terug zijn, zei Zimburger, omdat de heer Robbis, de restaurantman, nog naar een cocktailparty moest.

We vlogen in een kleine Apache, met een piloot die eruitzag als een vluchteling uit de Flying Tigers. Hij zei de hele reis geen stom woord en leek zich totaal niet bewust van onze aanwezigheid. Na een vlucht van een halfuur boven de wolken doken we scherp naar beneden en stortten ons op een weiland op Vieques dat dienstdeed als vliegveld. Ik greep met beide handen mijn stoel vast in de overtuiging dat we zouden omslaan, maar na een paar keer heftig stuiteren kwamen we tot stilstand.

We klommen uit het toestel, en Zimburger stelde ons voor aan een boomlange figuur die Martin heette en die eruitzag als een beroepshaaienvanger. Hij droeg een smetteloos kakikleurig uniform en motorbril, en zijn haar was verbleekt door de zon. Zimburger noemde hem 'mijn man op het eiland'.

Het was in grote lijnen de bedoeling dat we bier en sandwiches zouden halen in de bar van Martin en dan naar de andere kant van het eiland zouden rijden om het project te bekijken. Martin reed ons naar de stad in een Volkswagenbusje, maar de plaatselijke hulp die de sandwiches had moeten klaarmaken, was verdwenen. Martin moest het nu zelf doen; hij liet ons achter op de dansvloer en dook woedend de keuken in.

Het duurde ongeveer een uur. Zimburger sprak op ernstige toon met de restauranthouder, dus ik besloot elders op zoek te gaan naar koffie. De architect zei dat hij verderop in de straat een drugstore wist.

Hij had vanaf vijf uur 's ochtends aan één stuk door zitten drinken, toen Zimburger hem om een onverklaarbare reden uit bed had gehaald. Hij heette Lazard en hij klonk verbitterd.

'Die Zimburger is een enorme lul,' zei hij. 'Hij laat me al een halfjaar voor hem opdraven.'

'Wat maakt het uit,' zei ik, 'zolang hij betaalt?'

Hij keek me aan. 'Is dit de eerste keer dat je voor hem werkt?'

'Ja,' zei ik. 'Hoezo? Betaalt hij niet?'

Lazard maakte een ongelukkige indruk. 'Ik weet het niet zeker. Het is altijd vrij drinken bij hem en zo, maar soms vraag ik me wel eens af...'

Ik haalde mijn schouders op. 'Nou, ik word betaald door Adalante. Ik heb niets met hem te maken, en dat is waarschijnlijk maar goed ook.'

Hij knikte en we liepen naar de drugstore. De menukaart werd gevormd door een reeks Coca-Cola-reclames aan de muur. Het interieur bestond uit met rood skai beklede krukken, een met formica beklede bar en dikke bruine koffiemokken. De eigenaresse was een slonzige blanke vrouw met een dik zuidelijk accent.

'Kom binnen,' zei ze. 'Wat zal het zijn, *fellas*?'

Moeder van god, dacht ik. Waar zijn we in godsnaam terechtgekomen?

Lazard kocht voor twintig cent de nieuwste *News* en zag onmiddellijk mijn naam op de voorpagina staan. 'Ik dacht dat je voor de *New York Times* werkte,' zei hij, terwijl hij naar mijn naam wees boven het artikel over de staking.

'Ik help ze wel eens uit de brand,' zei ik. 'Ze hebben momenteel te weinig personeel, en ze vroegen of ik wilde inspringen tot ze meer mensen in dienst hebben.'

Hij knikte en glimlachte. 'Man, wat een leven, weet je wel. Hoe heet dat wat jij hebt, een vrije opdracht?'

'Zoiets, ja,' zei ik.

'Prima geregeld,' antwoordde hij. 'Je kunt gaan en staan waar je wilt... vast salaris... geen zorgen...'

'Nou,' zei ik, 'jij mag ook niet echt klagen.' Ik glimlachte. 'Hier zitten we dan op dit godvergeten eiland, en we worden er nog voor betaald ook.'

'Ik niet,' antwoordde hij, 'O, ik krijg wel onkostenvergoeding, maar als dit project mislukt, dan loop ik twee jaar inkomsten mis.' Hij knikte ernstig. 'Ik heb het niet zo goed geregeld. Ik kan me niet veroorloven dat mijn naam in verband wordt gebracht met mislukte projecten, ook al is het mijn schuld niet.' Hij dronk zijn koffie op en zette de mok op de bar. 'Op dat punt ben jij een stuk beter af,' zei hij. 'Het enige wat jij hoeft te doen is je stukje schrijven. Voor mij is het bij ieder project een kwestie van pompen of verzuipen.'

Ik had te doen met Lazard. Zijn voorgevoel zei hem dat het project onzeker was, maar hij kon zich niet veroorloven al te zeer op zijn hoede te zijn. Hij was niet veel ouder dan ik, en zo'n zaak als deze zou een fraaie doorbraak voor hem betekenen als het wél lukte. En als het mislukte, had hij pech gehad, maar zelfs dan zou hij niet slechter af zijn dan ik de afgelopen vijf jaar. Ik had de neiging hem dat te zeggen, maar ik wist dat het hem niet zou opbeuren. Dan zou hij ook nog medelijden met mij krijgen, en daar zat ik niet op te wachten.

'Ja,' zei ik. 'Je moet zien dat je zo veel mogelijk ijzers in het vuur hebt.'

'Precies,' antwoordde hij, en hij stond op. 'Daarom benijd ik jou ook, jij hebt allerlei projecten gaande.'

Ik begon hem te geloven. Hoe langer hij praatte, hoe beter ik me voelde. Op de terugweg naar Martins bar wierp ik een blik over de stad, die vrijwel verlaten was. De straten waren breed en de gebouwen laag, de meeste waren opgetrokken uit betonblokken en in pastelkleuren geschilderd, maar ze leken stuk voor stuk leeg te staan.

We sloegen de hoek om naar Martins bar en liepen een helling af naar de boulevard. Er stonden armetierige palmen aan weerszijden van de straat, en onderaan stak een lange pier de haven in. Aan het uiteinde daarvan lagen vier vissersboten lui te dobberen op de deining vanuit Vieques Sound.

De bar heette de Kingfish. Het gebouwtje had een golfplaten dak en er stond een hek van bamboe bij de ingang. Zimburger en Martin zaten binnen nog steeds te praten. Martin deed het bier en de sandwiches in een grote koeltas.

Ik vroeg hem waarom de stad er zo verlaten bij lag.

'Geen manoeuvres deze maand,' antwoordde hij. 'Je moet de stad eens zien als er vijfduizend Amerikaanse mariniers binnenkomen, een gekkenhuis is het dan.'

Ik schudde mijn hoofd en herinnerde me dat Sanderson had verteld dat twee derde van het eiland een oefengebied voor de marine was. Een rare plek om een luxe vakantieoord te vestigen, tenzij je klandizie verwachtte van gepensioneerde mariniers als kanonnenvoer.

Het was na tienen toen we eindelijk naar de andere kant van het eiland vertrokken. Het was maar zes kilometer breed, een stevige rit door velden met hoog suikerriet afgezet met flamboyanbomen. Uiteindelijk reden we over de top en keken naar de Caraïbische Zee. Zodra ik de watermassa zag, wist ik dat dit de plek was waar ik naar gezocht had. We reden door nog een veld en vervolgens door een palmbosje. Martin parkeerde de vw-bus, en we liepen naar het strand.

Mijn eerste reactie was een wild verlangen om een paal in de grond te slaan en die plek voor mezelf op te eisen. Het strand was zo wit als zout en van het achterland afgesloten door een rij steile heuvels die uitzagen op zee. We stonden aan de rand van een grote baai, en het water had die heldere, turquoise kleur die je krijgt bij een bodem van wit zand. Ik had nog nooit zoiets gezien. Ik wilde me de kleren van het lijf rukken en ze nooit meer aantrekken.

Toen hoorde ik de stem van Zimburger, en dat lelijke gesnater van hem bracht me terug in de werkelijkheid. Ik was hier niet gekomen om de plek te bewonderen, maar om iets te schrijven waardoor belangstellenden het wilden kopen. Zimburger riep me bij zich en wees naar een heuveltop waar hij het hotel gepland had. Daarna wees hij naar de andere heuvels waar de huizen zouden komen. Dit ging zo bijna een uurlang door: langs het strand lopen en terug, turen naar moerassen die zouden veranderen in winkelcentra, verlaten groene heuvels die binnenkort zouden worden voorzien van een uitgebreid rioolstelsel, een schoon wit strand waar de kavels voor *cabana's* al waren geëgaliseerd en afgepaald. Ik maakte aantekeningen totdat het me de strot uitkwam, ging naar de bus en trof daar Martin, die een biertje zat te drinken.

'De vooruitgang gaat altijd door,' mompelde ik, terwijl ik mijn hand in de koelbox stak.

Hij glimlachte. 'Ja, dit wordt een daalders plekje.'

Ik opende het flesje, dronk het in één teug leeg en pakte er nog een. We raakten aan de praat, en Martin vertelde dat hij aanvankelijk als marinier naar Vieques was gekomen. Hij herkende onmiddellijk een goede kans als hij er een zag, zei hij, dus in plaats van twintig jaar te blijven, zoals hij had gepland, nam hij na tien jaar zijn ontslag en kwam terug naar Vieques om een bar te beginnen. Afgezien van de Kingfish was hij inmiddels ook eigenaar van een wasserij en vijf huizen in Isabel Segunda, had hij een krantenconcessie en was hij bezig een autoverhuurbedrijf op te zetten voor de toeristen die Zimburger zou binnenbrengen. Bovendien was hij 'algemeen opzichter' voor de eigendommen van Zimburger, zodat hij overal als eerste bij was. Hij glimlachte en nam nog een slok bier. 'Je zou kunnen zeggen dat dit eiland erg aardig voor mij is. Als ik in de States was gebleven, dan was ik nu nog steeds een ex-marinier.'

'Waar kom je vandaan?' vroeg ik.

'Norfolk,' zei hij. 'Maar ik heb nauwelijks heimwee. In al die zes jaar ben niet verder geweest dan San Juan.' Hij zweeg even en keek om zich heen naar dat groene eiland dat zo goed voor hem was. 'Ja, ik ben opgegroeid in Norfolk, maar ik herinner me er niet veel meer van, het lijkt al zo lang geleden.'

We namen nog een biertje, waarna Zimburger, Robbis en Lazard terugkwamen van het strand. Lazard zweette en Robbis maakte een erg ongeduldige indruk.

Zimburger gaf me een vriendelijke klap op mijn schouder. 'Nou,' zei hij grijnzend, 'heb je genoeg om dat artikel te schrijven? Wat een schoonheid, niet, of heb ik te veel gezegd?'

'Zeker,' zei ik. 'Ik ben er klaar voor.'

Hij schudde zogenaamd teleurgesteld zijn hoofd. 'Ach, jullie schrijvers hebben ook nooit ergens een goed woord voor over.' Hij lachte nerveus. 'Die godverdomde schrijvers, je kunt er geen pijl op trekken.'

Op de terugweg naar de stad praatte Zimburger aan één stuk door over zijn plannen met Vieques. Uiteindelijk onderbrak Martin hem met de uitnodiging aan ons allen om in zijn club te komen lunchen. Hij zou zijn jongens eropuit sturen voor kreeft.

'Je bedoelt *langosta*,' zei Zimburger.

Martin haalde zijn schouders op. 'Tja, telkens als ik dat zeg moet ik het uitvoerig uitleggen, daarom noem ik het maar gewoon kreeft.'

'Het is de Caraïbische kreeft,' zei Zimburger tegen Robbis. 'Die is groter en lekkerder dan de andere soorten, en hij heeft geen scharen.' Hij grijnsde. 'God was blijkbaar in een goeie bui toen hij dit eiland schiep.'

Robbis staarde uit het raam en draaide zich om naar Martin: 'Dat moet ik dan van je tegoed houden,' zei hij stijfjes. 'Ik heb een afspraak in San Juan, en het begint al laat te worden.'

'Verdorie,' zei Zimburger. 'We hebben tijd zat. Het is pas één uur.'

'Ik ben niet iemand die tijd zat heeft,' zei Robbis, terwijl hij zich weer naar het raam draaide.

Ik merkte aan zijn toon dat er iets fout was gegaan op het strand. Uit het gesprek van die ochtend had ik begrepen dat Robbis een restaurantketen vertegenwoordigde waarvan ik de naam had moeten herkennen. Blijkbaar was Zimburger van plan een restaurant van die keten op Viques te laten bouwen.

Vanuit mijn ooghoek keek ik naar Lazard. Hij leek in een nog slechter humeur dan Robbis. Het schonk me veel plezier, grenzend aan euforie, toen Zimburger op ernstige toon aankondigde dat we meteen terug zouden vliegen naar San Juan.

'Ik denk dat ik hier overnacht,' zei ik. 'Ik moet morgen in St. Thomas zijn om te schrijven over het carnaval.' Ik keek naar Martin: 'Hoe laat vertrekt de veerpont?'

We hadden de stad bereikt, en Martin schakelde in de tweede versnelling om een steile helling op te rijden. 'De pont is gisteren al vertrokken,' zei hij. 'Maar we hebben nog een boot die overvaart. Sterker nog: misschien breng ik je zelf wel.'

'Prima,' zei ik. 'Het heeft geen zin dat ik terugga naar San Juan. Zet me maar af bij het hotel, als je wilt.'

'Straks,' zei hij grijnzend. 'We gaan eerst eten, we kunnen die... eh... langosta toch niet laten bederven.'

We brachten Zimburger, Robbis en Lazard naar het vliegveld, waar de piloot vredig lag te slapen in de schaduw van het toestel. Zimburger schreeuwde iets naar hem, en hij kwam langzaam overeind, zonder zijn lusteloze gezichtsuitdrukking te veranderen. Die vent gaf blijkbaar nergens een donder om; ik had zin Lazard aan te stoten en hem te zeggen dat we allebei de boot hadden gemist.

Maar Lazard zat te piekeren, en het enige wat ik zei was: 'Tot ziens.' Hij knikte en klom in het vliegtuig. Robbis volgde hem en daarna Zimburger, die naast de onbewogen piloot plaatsnam. Ze staarden alle vier recht voor zich uit toen het vliegtuig hortend en stortend de startbaan af reed en rakelings over de bomen richting Porto Rico vloog.

Ik bracht de komende uren door in Martins bar. Een vriend van hem lunchte met ons mee. Het was ook een ex-marinier die een bar had op een heuvel buiten de stad. 'Drink even door,' zei Martin steeds. 'Het is allemaal van het huis.' Hij grijnsde ondeugend. 'Of misschien moet ik zeggen dat het allemaal op rekening van de heer Zimburger is; jij bent zijn gast, hè?'

'Klopt,' zei ik, en ik nam nog een glas rum.

Uiteindelijk aten we de kreeft. Ik proefde dat hij al de hele dag had staan ontdooien, maar Martin beweerde trots dat zijn jongens hem vers hadden gevangen. Ik had een visioen van Martin die zijn kreeft in Maine bestelde, de scharen eraf rukte en ze in de vriezer stopte totdat hij ze de gasten van Zimburger kon aansmeren, waarna hij alles nauwkeurig noteerde op zijn onkostenrekening. Een journalist: veertig dollar per dag, werk en vermaak.

Nadat ik twee langosta's had gegeten, talloze borrels achterover had geslagen en doodziek werd van hun geouwehoer, stond ik op en wilde weg. 'Waar is het hotel?' vroeg ik, terwijl ik me bukte om mijn leren tas te pakken.

'Kom maar,' zei Martin terwijl hij naar de deur liep. 'Ik breng je wel naar het Carmen.'

Ik liep achter hem aan naar de vw-bus. We reden ongeveer drie straten ver de heuvel op tot aan een laag, roze gebouw met een uithangbord waarop Hotel Carmen stond. Er waren geen gasten en Martin zei tegen de vrouw dat ze me mooiste kamer van het hotel moest geven; hij zou betalen.

Voordat hij vertrok, zei hij dat hij me de volgende dag met de motorsloep naar St. Thomas zou brengen. 'Ik moet om ongeveer tien uur weg,' zei hij. 'Ik heb om twaalf uur een afspraak met een vriend.'

Ik wist dat hij loog, maar dat maakte niets uit. Martin was net als een automonteur die zojuist het bestaan van de verzekeringsmaatschappij heeft ontdekt, of een beginnende oplichter die zojuist zijn eerste onkostenvergoeding heeft gekregen. Ik verheugde me op de dag dat Zimburger en hij van elkaar ontdekten hoe de vork in de steel zat.

De mooiste kamer van Hotel Carmen kostte drie dollar en had een balkon dat uitzag over de stad en de haven. Ik had mijn buikje rond en was halfdronken, en toen ik op mijn kamer kwam, ging ik meteen slapen.

Twee uur later werd ik wakker door geklop op de deur. 'Señor,' zei een stem. 'U komt dineren met Señor Kingfish, *no*?'

'Ik heb geen honger,' zei ik. 'Ik heb net geluncht.'

'Sí,' antwoordde de stem, en ik hoorde snelle voetstappen op de trap die naar de straat leidde. Het was nog licht en ik kon niet meer slapen, dus ik ging op pad voor een fles rum en ijs. In het gebouw bleek ook een opslagplaats voor sterke drank te zijn. Een grijnzende Porto Ricaan verkocht me een fles rum voor een dollar en een zak ijs voor twee dollar. Ik rekende af en ging weer naar mijn kamer boven. Ik mengde een drankje en ging op het balkon zitten. De stad lag er nog steeds verlaten bij. Ver weg aan de horizon zag ik het naburige eiland Culebra liggen, en ergens vanuit die richting klonk het gerommel van explosies. Ik herinnerde me dat Sanderson had verteld dat Culebra een oefengebied was voor de Amerikaanse marine. Ooit was het een magisch oord geweest, maar nu niet meer.

Ik zat daar zo ongeveer twintig minuten, toen er een neger op een klein, grijs paard door de straat kwam. De hoefslagen galmden als pistoolschoten door de stad. Ik keek hem na terwijl hij de heuvel beklom en over de top verdween. De hoefslagen bleven weerklinken, lang nadat hij uit het zicht was verdwenen.

Toen hoorde ik nog een geluid, het gedempte ritme van een steelband. Het begon donker te worden, en ik wist niet uit welke richting de muziek afkomstig was. Het was een zacht, fascinerend geluid, ik zat in stilte te drinken en te luisteren en voelde me in harmonie met mezelf en de wereld, terwijl de heuvels achter me rood-goud verkleurden in de laatste zonnestralen.

De avond was gevallen. Er gingen hier en daar lichtjes aan in de stad. De muziek klonk met lange uithalen, alsof iemand iets vertelde tussen de refreinen door. Ik hoorde stemmen beneden me op straat, en zo nu en dan de hoefslag van nog een paard. Isabel Segunda leek 's avonds actiever dan tijdens de lange, hete dag.

Het was het soort stad dat je het gevoel geeft dat je Humphrey Bogart bent: je arriveert hortend en stotend met een vliegtuigje en om de een of andere mysterieuze reden krijg je een privé-kamer met een balkon dat uitziet over de stad en de haven, en je gaat zitten drinken totdat er iets gebeurt. Ik voelde een enorme afstand tussen mezelf en de werkelijkheid. Hier zat ik op Vieques, een eiland dat zo onbelangrijk was dat ik er nog nooit van had gehoord, gebracht door één idioot en wachtend op een andere idioot die me zou komen halen.

Het was bijna mei. Ik wist dat het nu warm begon te worden in New York, dat het nat was in Londen en bloedheet in Rome, en ik zat op Vieques, waar het altijd heet was en waar New York, Londen en Rome niet meer waren dan plaatsnamen op een kaart.

Toen moest ik denken aan de mariniers – geen manoeuvres deze maand – en aan de reden dat ik hier was. Zimburger wil een brochure… gericht op bezoekers… het is jouw taak het eiland te verkopen… niet te laat inleveren of hij…

Ik kreeg vijfentwintig dollar per dag om de enige plek te ruineren die mij in tien jaar een gevoel van rust had gegeven. Ik werd betaald om als het ware in mijn eigen bed te schijten, en ik was hier alleen maar omdat ik dronken was geworden en nu een pion was in een hoog oplopend kutspel waarin mensen hun gezicht probeerden te redden.

Ik bleef zo een hele poos zitten en dacht over een heleboel dingen na. Het vermoeden dat ik het slachtoffer zou worden van mijn vreemde en onhandelbare instincten voordat ik de kans zou krijgen om rijk te worden had de overhand. Hoe veel dingen ik ook wilde hebben waar ik geld voor nodig had, er was een duivelse onderstroom die me een andere richting in dwong, naar anarchie, armoede en waanzin. Dat gekmakende waanidee dat iemand een normaal leven kan leiden zonder zichzelf te verhuren als een lokvogel.

Uiteindelijk werd ik dronken en ging naar bed. Martin wekte me de volgende ochtend, en we ontbeten in de drugstore voordat we naar St. Thomas vertrokken. Het was een heldere, blauwe dag en de overtocht verliep rustig. Tegen de tijd dat we de haven van Charlotte Amalie binnenvoeren was ik Vieques, Zimburger en al het andere allang weer vergeten.

Dertien

We waren nog in open water toen ik het geluid hoorde. Het eiland doemde als een enorme graspol op uit de oceaan, er klonk melodieus gedreun van steelbands, het gebrul van motoren en veel geschreeuw. Het lawaai werd luider naarmate we de haven naderden. Er was zeker nog bijna een kilometer blauw water tussen ons en de stad toen ik de eerste explosie hoorde, snel gevolgd door nog een aantal knallen. Ik hoorde mensen gillen, het loeien van een trompet en een niet-aflatend ritmisch getrommel.

Er lagen dertig of veertig jachten in de haven; Martin manoeuvreerde er met zijn sloep tussendoor, op weg naar een lege plek aan de pier. Ik pakte mijn tas, sprong van boord en zei tegen Martin dat ik bijna te laat was voor mijn afspraak. Hij knikte en zei dat hij ook haast had. Hij had in St. John een afspraak met iemand over een boot.

Ik was blij dat ik van hem af was. Hij was zo iemand die naar New York kon gaan en daar 'fascinerend' kon zijn, maar hier in zijn eigen wereldje was hij gewoon een goedkope werknemer, en bovendien stomvervelend.

Terwijl ik naar het stadscentrum liep, werd het lawaai oorverdovend. In de straat galmde het geluid van brullende motoren, en ik drong naar voren om te zien wat er aan de hand was. Op de hoek aangekomen, bleek er zoveel volk te staan dat ik nauwelijks vooruitkwam. Midden op straat stond een bar van wel drie huizenblokken lang; een rij houten kramen vol rum en whisky. In elke kraam stond een aantal barkeepers zich uit de naad te werken om de menigte van drank te voorzien. Ik bleef staan voor een nis met het bordje RUM 25 CT. De drank werd geserveerd in kartonnen bekers met een stuk ijs en een flinke scheut rum.

Verderop in de straat stond het meeste volk. Ik schuifelde verder naar voren, totdat ik een open ruimte bereikte die omgeven werd door duizenden mensen. Er was een kartrace aan de gang, kleine motoren gemonteerd op een houten chassis, bestuurd door onbezonnen dronkaards, piepend en gierend over een parcours dat was aangelegd op wat het centrale plein bleek te zijn.

Van zo dichtbij was het lawaai ondraaglijk. Ik werd heen en weer geduwd en mijn rum klotste over mijn shirt, maar er was niets tegen te doen. De meeste gezichten om me heen waren zwart, maar overal in de menigte zag ik Amerikaanse toeristen, blank en zwetend, en de meesten van hen droegen uitbundige carnavalshoeden.

Aan de overkant van het plein stond een groot gebouw met een balkon dat uitzag over de race. Ik besloot daarheen te gaan. Het was maar honderd meter verderop, maar het kostte een halfuur duwen en dringen door de massa, en toen ik eenmaal kon gaan zitten op het balkon, was ik doodmoe en dreef ik van het zweet.

Onderweg was mijn borrel uit mijn hand geslagen, dus ik ging naar de bar en bestelde er nog een. Voor vijftig cent kreeg ik een scheut rum met een heleboel water, maar het werd wel geserveerd in een glas met echte ijsblokjes, en het gaf me een goed gevoel dat ik mijn borrel op mijn gemak kon gaan opdrinken. Ik bevond me in het Grand Hotel, een oud, grijs gebouw met witte pilaren en plafondventilatoren en een balkon over de hele lengte van het huizenblok.

Ik vroeg me af hoe ik erachter zou kunnen komen waar Yeamon was. We hadden om twaalf uur afgesproken in het postkantoor, maar ik was al meer dan een uur te laat, en het postkantoor was dicht. Ik zag het liggen vanaf het balkon, dus ik besloot te blijven zitten totdat ik hem zou zien, om vervolgens te proberen zijn aandacht te trekken. Ondertussen zou ik wat drinken, uitrusten en nadenken over de diepere betekenis van deze meute.

De kartraces waren afgelopen, en de menigte ging richting band om vermaakt te worden. Er verscheen nog een band en daarna nog een paar op iedere hoek van het plein, met een hele rij dansers achter zich aan. De vier steelbands, die dezelfde woeste melodie speelden, kwamen midden op het plein bij elkaar. Het kabaal was onbeschrijflijk; de mensen zongen, hosten en schreeuwden. Hier en daar zag ik toeristen die een veilig heenkomen zochten, maar de meesten werden meegezogen door de mensenmassa. De bands trokken samen verder in de richting van de hoofdstraat. Achter hen sloeg het publiek de armen in elkaar en blokkeerde – dertig man breed – luid meebrullend met de muziek de rijweg en de trottoirs terwijl ze schokkerig voortstrompelden...

Ik zat er een poosje toen er een man vóór mij tegen de reling plaatsnam. Ik knikte ter begroeting en hij glimlachte. 'Ik heet Ford,' zei hij en hij stak zijn hand uit. 'Ik woon hier. Bent u hier voor het carnaval?'

'Zoiets, ja,' zei ik.

Hij keek opnieuw over de reling en schudde opnieuw zijn hoofd. 'Gewelddadige toestanden,' zei hij op ernstige toon. 'Wees maar voorzichtig, je weet nooit wat er kan gebeuren.'

Ik knikte. 'Trouwens, misschien weet u nog een paar hotels in de stad. Volgens de barkeeper is dit hotel vol.'

Hij lachte. 'Er is geen hotelkamer meer vrij op het hele eiland.'

'Verdomme,' zei ik.

'Geen zorgen,' antwoordde hij. 'Slaap gewoon op het strand. Dat doen heel veel mensen, het is er beter dan in veel hotels.'

'Waar?' vroeg ik. 'Zijn er stranden vlak bij de stad?'

'Ja hoor,' antwoordde hij, 'maar die zijn ook allemaal al vol. Het beste is om naar Lindberg Beach bij het vliegveld te gaan. Dat is het mooiste strand.'

Ik haalde mijn schouders op. 'Nou ja, dat zal het dan wel worden.'

Hij lachte opnieuw. 'Succes.' Hij haalde een kaartje uit zijn borstzak. 'Kom hier dineren als u tijd hebt. Niet duur, ook al klinkt het duur.' Hij lachte en zwaaide ten afscheid. Ik bekeek het kaartje, het was reclame voor een hotel dat Pirate's Castle heette – Owen Ford, eigenaar.

'Bedankt,' mompelde ik, en gooide het kaartje over de reling. Ik had zin om erheen te gaan en een enorme maaltijd te bestellen en dan ook een kaartje te geven met de tekst: 'Wereldwijde Conferentie van Niet-Betalende Journalisten – Paul Kemp, eigenaar.'

Er werd op mijn schouders getikt. Het was Yeamon, hij had een verwilderde blik in zijn ogen en hield in elke hand een fles rum. 'Ik dacht al dat je hier zou zijn,' zei hij grijnzend. 'We hebben de hele tijd bij het postkantoor gewacht, maar toen realiseerde ik me dat iedere professionele journalist het hoogste en veiligste plekje van de stad zou opzoeken. 'En dan blijft er niet anders over dan het balkon van het Grand Hotel.'

Ik knikte. 'Het is leuk hier, maar maak het je niet te gemakkelijk. Het is hier net zo vol als overal.' Ik keek om me heen. 'Waar is Chenault?'

'Die is in de souvenirshop,' zei hij. 'Ze komt zo. Kun je hier ijs krijgen?'

'Ik denk het wel,' zei ik. 'Ik heb hier steeds zitten drinken.'

'Koop hier in godsnaam geen rum,' antwoordde hij. Ik heb een tent gevonden waar het vijfenzeventig cent per vier liter kost. We moeten alleen nog ijs hebben.'

'Mooi,' zei ik. 'Ga maar vragen.'

Terwijl hij naar de bar wilde gaan, kwam Chenault eraan. 'Hier,' riep hij, en ze liep naar de reling. Yeamon liep naar de bar en Chenault ging zitten.

Ze liet zich achterover in de stoel vallen en kreunde: 'Mijn god! We hebben de hele dag gedanst. Ik ben halfdood.'

Ze zag er gelukkig uit. Bovendien zag ze er mooier uit dan ooit. Ze droeg sandalen, een rok van madras en een witte, mouwloze blouse, maar het verschil zat 'm vooral in haar gezicht. Het was rood en gezond en nat van het zweet. Haar haren hingen los en vrij tot op haar schouders, en haar ogen straalden van opwinding. Ze straalde iets bijzonder seksueels uit. Haar kleine lijfje, dat nog steeds smaakvol gehuld was in Schotse ruit en witte zijde, leek ieder moment te kunnen exploderen door de opgekropte energie.

Yeamon kwam terug met drie glazen met ijs, vloekend op de barkeeper die hem dertig cent per glas had gerekend. Hij zette ze op grond en schonk er rum in. 'De klootzakken,' mompelde hij. 'Die worden nog rijk door ijs te verkopen. Moet je zien hoe snel die troep smelt.'

Chenault moest lachen en ze gaf hem speels een schop in zijn rug. 'Hou toch op met klagen,' zei ze. 'Je verpest ons plezier nog.'

'Val dood,' antwoordde hij.

Chenault nipte glimlachend van haar glas. 'Als je jezelf wat meer liet gaan, dan zou je veel meer genieten.'

Toen hij klaar was met inschenken, kwam hij overeind. 'Hou op met dat gelul,' zei hij. 'Ik heb dat gepeupel niet nodig om me te kunnen vermaken.'

Ze leek hem niet te horen. 'Jammer, hè?' zei ze. 'Fritz kan niet genieten omdat hij zichzelf niet kan laten gaan.' Ze keek me aan. 'Vind je ook niet?'

'Hou mij er alsjeblieft buiten,' zei ik. 'Ik ben hier gekomen om te drinken.'

Ze giechelde en hield haar glas omhoog. 'Dat klopt,' zei ze. 'We zijn hier gekomen om te drinken, om te genieten en onszelf te laten gaan!'

Yeamon keerde ons fronsend de rug toe, leunde tegen de reling en staarde naar het plein. Het was inmiddels bijna verlaten, maar achter in de straat waren nog steeds de trommels en het geschreeuw van de menigte hoorbaar.

Chenault dronk haar glas leeg en stond op. 'Kom,' zei ze. 'Ik heb zin om te dansen.'

Yeamon schudde vermoeid zijn hoofd. 'Ik denk niet dat ik dat nog aankan.'

Ze trok aan zijn arm. 'Toe, kom nou, het zal je goed doen. Jij ook, Paul.' Met haar andere hand trok ze aan mijn shirt.

'Waarom ook niet,' zei ik. 'We kunnen het altijd proberen.'

Yeamon kwam overeind en pakte de glazen. 'Even wachten,' zei hij. 'Zonder rum durf ik het niet aan. Ik haal nog even wat ijs.'

We wachtten op hem boven aan de trap die naar de straat beneden leidde. Chenault richtte zich tot mij met een brede grijns. 'We moeten op het strand slapen,' zei ze. 'Heeft Fritz dat gezegd?'

'Nee,' zei ik, 'maar ik heb het gisteren al gehoord. Ik weet een strand dat me sterk is aanbevolen.'

Ze greep mijn arm vast en kneep erin. 'Mooi zo. Ik wil dolgraag op het strand slapen.'

Ik knikte en zag Yeamon naderen met de drankjes. Ik genoot ervan dat Chenault zo wild was. Ik herinnerde me de laatste keer dat ik haar gezien had en ze straalbezopen was, en het idee dat zoiets weer zou kunnen gebeuren, en dan uitgerekend hier, was geen gelukkig vooruitzicht.

We liepen de trap af en gingen de straat op, nippend aan onze glazen. Zo haalden we de menigte in. Chenault sloeg haar arm om het middel van een van de laatste dansers, en Yeamon bleef bij haar. Ik stopte de fles in mijn broekzak en sloot aan naast Yeamon. We werden onmiddellijk opgesloten door nog meer mensen achter ons. Ik voelde handen in mijn middel en hoorde een schelle stem krijsen: 'Doe uit! Doe uit!'

Ik keek over mijn schouder en zag een blanke man die eruitzag als een tweedehandsautohandelaar. Plotseling bewoog de massa zich naar links en ik zag hoe de man struikelde en viel. De dansers vertrapten hem zonder het ritme te verliezen.

De band liep steeds rondjes door de stad, en de menigte werd steeds groter. Ik droop van het zweet en stond op het punt in te storten door het onophoudelijke dansen, maar er was geen ontkomen aan. Ik keek naar links en zag Yeamon de hortende schuifelpasjes maken waarmee we vooruit kwamen. Chenault lachte uitgelaten en zwaaide met haar heupen op het onafgebroken dreunen van de trommels.

Ten slotte dreigden mijn benen het te begeven. Ik probeerde Yeamons aandacht te trekken, maar het lawaai was oorverdovend. Wanhopig stortte ik me voor een rij dansers langs en greep Yeamons arm. 'Weg hier!' schreeuwde ik. 'Ik kan niet meer.'

Hij knikte en wees naar een zijstraat een paar honderd meter verderop. Hij greep Chenault bij haar arm en begaf zich stukje bij beetje naar de zijkant. Ik schreeuwde verbijsterd terwijl we ons een weg door de mensenmassa duwden.

Nadat we ons uit de meute hadden gewurmd, stonden we aan de kant te kijken hoe de massa voorttrok, waarna we naar een restaurant gingen dat Yeamon eerder die dag had gezien. 'Dit ziet er in ieder geval behoorlijk uit,' zei hij. 'Ik hoop verdomme dat het te betalen is.'

Het restaurant heette Olivers. Het was een geïmproviseerde tent met een rieten dak boven op een betonnen gebouw met dichtgetimmerde ramen. We liepen met moeite de trap op en vonden een tafel die vrij was. Het was druk, en ik moest me een weg banen door de menigte om bij de bar te komen. Singapore

Slings kostten vijftig cent per stuk, maar alleen al om even te kunnen zitten had ik dat ervoor over.

Vanaf onze tafel hadden we uitzicht op het water. Het lag er vol met allerlei soorten boten: ranke motorjachten en lompe sloepen vol bananen, aangemeerd naast ranke, achter meter lange raceboten uit Newport en Bermuda. Voorbij de boeien lagen een paar grote motorjachten waarop volgens de geruchten gegokt werd. De zon zonk langzaam weg achter een heuvel aan de andere kant van de haven, en de lichtjes begonnen te flikkeren in gebouwen aan de kade. Vanaf de andere kant van de stad klonk nog steeds het opwindende ritme van de dansende stoet die door de straten trok.

Er verscheen een ober met een Old Spice-jachtpet op. We bestelden allemaal de zeevruchten. 'En drie glazen met ijs,' zei Yeamon. 'Een beetje snel, als het kan.'

De ober knikte en verdween. Na tien minuten te hebben gewacht, liep Yeamon naar de bar en kwam terug met drie glazen ijs. We schonken onze glazen in onder de tafel en zetten de fles op de grond.

'We moeten een kruik van vier liter hebben,' zei Yeamon. 'En een soort knapzak voor het ijs.'

'Waarom vier liter?' vroeg ik.

'Voor die rum van vijfenzeventig cent,' antwoordde hij.

'Ach, laat toch,' zei ik, 'die is waarschijnlijk niet te zuipen.' Ik knikte naar de fles op de grond. 'Die is goedkoop genoeg. Er gaat niets boven goede rum van een dollar per fles.'

Hij schudde zijn hoofd. 'Er is niets zo irritant als reizen met een rijke journalist, die smijten het geld over de balk.'

Ik moest lachen. 'Ik ben tegenwoordig niet de enige die voor Sanderson werkt,' zei ik. 'Het grote geld ligt voor het grijpen, nooit de moed verliezen.'

'Voor mij niet,' antwoordde hij. 'Ik moet een artikel schrijven over dit carnaval, contact opnemen met de vvv en zo.' Hij haalde zijn schouders op. 'Geen schijn van kans. Ik kan niet achter feiten aan gaan sluipen terwijl iedereen bezopen is.'

'Niemand is bezopen,' zei Chenault. 'We laten onszelf gewoon even gaan.'

Hij glimlachte. 'Precies, we gaan de beest uithangen, de bloemetjes buiten zetten. Waarom schrijf je geen brief op poten naar het orgaan van oud-studenten van Smith College om te zeggen waar ze de boot hebben gemist?'

Ze lachte. 'Frits is jaloers op mijn opleiding. Ik heb veel meer om tegen te rebelleren.'

'Gelul,' zei Yeamon. 'Jij hebt helemaal niets om tegen te rebelleren.'

De ober bracht het eten en we zwegen even. Toen we klaar waren met eten, was het donker, en Chenault zat te popelen om weer de straat op te gaan. Ik had geen haast. Het was lekker rustig nu de mensenmassa uit elkaar ging, maar er was nog genoeg chaos, waar we ons ieder moment in konden voegen.

Uiteindelijk slaagde ze erin ons de straat op te krijgen, maar de dansers waren verwaaid. We zwierven door de stad, kochten bij een slijter nog twee flessen rum en gingen terug naar het Grand Hotel om te zien wat daar gebeurde.

Aan het einde van het balkon was een feest aan de gang. De meeste feestgangers leken buitenlanders te zijn – geen toeristen maar van die lui die eruitzagen alsof ze op het eiland woonden, of in ieder geval in het Caraïbisch gebied. Ze waren allemaal zongebruind. Een paar mannen hadden een baard, maar de meesten waren gladgeschoren. Die met een baard droegen een korte broek en oude poloshirts, dat was het botenvolkje. De anderen droegen linnen pakken en leren schoenen die glommen in het vage licht van de kandelaars.

We voegden ons ongevraagd bij hen en gingen aan een tafeltje zitten. Ik was inmiddels behoorlijk dronken, en het maakte me geen zak uit of we weggestuurd zouden worden of niet. Een paar minuten nadat we waren gearriveerd, hield het feest ineens op. Niemand zei iets tegen ons, en ik voelde me een beetje lullig toen we alleen achterbleven op het balkon. We bleven even zitten en liepen toen de straat op. Een paar straten verderop hoorden we hoe een band zich warm blies. Binnen de kortste keren was de straat weer stampvol mensen, die zich allemaal aan elkaar vastgrepen en die de rare *dinga* dansten die we eerder die dag hadden geleerd.

We gaven Chenault een paar uur haar zin in de hoop dat ze genoeg zou krijgen van het dansen, maar uiteindelijk moest Yeamon haar wegslepen uit de menigte. Ze liep te mokken, totdat we terechtkwamen in een club vol dronken Amerikanen. Er speelde een calypsoband en de dansvloer was afgeladen. Ik was dronken. Ik liet me op een stoel zakken en keek toe terwijl Yeamon en Chenault probeerden te dansen. De uitsmijter kwam op me af en beweerde dat ik vijftien dollar entree moest betalen. Ik besloot het hem te geven in plaats van ruzie te maken.

Yeamon kwam alleen terug naar de tafel. Hij had Chenault achtergelaten met een Amerikaan die eruitzag als een nazi. 'Vuile rotmof!' schreeuwde ik terwijl ik een vuist naar hem opstak. Maar hij zag me niet, en de muziek was zo hard hij me ook niet kon horen. Uiteindelijk liet Chenault hem staan en kwam naar ons tafeltje.

Yeamon leidde me door de meute. Iedereen leek naar me te schreeuwen en aan me te zitten, en ik had geen idee waar ik mee naartoe genomen werd. Het enige wat ik wilde was gaan liggen en dan slapen. Toen we buiten waren, kroop ik in een portiek, terwijl Yeamon en Chenault ruzie maakten over wat ze zouden gaan doen.

Yeamon wilde naar het strand, maar Chenault moest en zou blijven dansen. 'Sta me niet steeds zo te commanderen!' schreeuwde ze. 'Ik vermaak me prima en jij bent alleen maar chagrijnig!'

Hij sloeg haar neer met een korte stoot tegen het hoofd, en ik hoorde haar kreunen ergens bij mijn voeten terwijl hij om een taxi riep. Ik hielp hem haar op de achterbank te leggen en we zeiden tegen de chauffeur dat we naar Lindbergh Beach wilden. Hij grijnsde breed en reed weg. Ik had zin om voorover te buigen en hem een nekslag te geven. Hij denkt dat we haar willen verkrachten, dacht ik. Hij denkt dat we haar van de straat hebben opgepikt en mee naar het strand nemen om haar als honden te neuken. En die klootzak zat te grijnzen bij het idee, een crimineel stuk uitschot zonder normen en waarden.

Lindbergh Beach lag tegenover het vliegveld aan de overkant van de weg. Het was omgeven door een hoog orkaanhek, maar de chauffeur bracht ons naar een plek waar we er via een boom overheen konden klimmen. Chenault weigerde iedere medewerking, dus we duwden haar eroverheen en lieten haar in het zand vallen. Daarna vonden we een mooi plekje dat deels was afgeschermd door bomen. Er stond die nacht geen maan, maar ik hoorde de branding op een paar meter afstand van ons. Ik legde mijn smerige jasje als kussen in het zand, liet me languit vallen en sliep in.

De volgende ochtend werd ik wakker door de zon. Ik kwam kreunend overeind. Mijn kleren zaten vol zand. Drie meter verderop lagen Yeamon en Chenault te slapen op hun kleren. Ze waren allebei naakt en ze had een arm over zijn rug geslagen. Ik staarde naar haar en dacht dat waarschijnlijk niemand het mij kwalijk zou nemen als ik nu mijn zelfbeheersing verloor en me op haar stortte, nadat ik eerst Yeamon had uitgeschakeld door hem een klap op zijn achterhoofd te geven.

Ik dacht erover haar regenjas over hen heen te gooien, maar ik was bang dat ze wakker zouden worden terwijl ik over hen heen gebogen stond. Dat wilde ik niet, en dus besloot ik te gaan zwemmen en ze te wekken door ze te roepen vanuit het water.

Ik deed mijn kleren uit, probeerde het zand eruit te schudden en schuifelde naakt het water in. Het water was koel, en ik rolde als een schildpad om mijn as in een poging schoon te worden. Ik zwom naar een houten vlot dat honderd meter verderop lag. Yeamon en Chenault sliepen nog. Aan het andere einde van het strand stond een lang wit gebouw dat eruitzag als een dancing. Voor het gebouw lag een catamaran in het zand, en onder de bomen zag ik tafeltjes en stoelen en rieten parasols staan. Het was rond negen uur, maar er was geen levende ziel te bekennen. Ik bleef daar lange tijd liggen, en probeerde niet na te denken.

Veertien

Chenault werd met een gil wakker en sloeg de regenjas snel om zich heen terwijl ze in beide richtingen het strand af tuurde. 'Hier,' schreeuwde ik. 'Kom hierheen.'

Ze zag me en begon te lachen, terwijl ze de regenjas als een sluier tussen ons in hield. Yeamon werd ook wakker en hij keek boos en verward om zich heen om te zien waardoor hij gewekt was.

'Kom op!' riep ik. 'Klaar voor de ochtendduik?'

Hij stond op en kuierde naar het water. Chenault riep hem na en zwaaide met zijn onderbroek. 'Hier!' zei ze. 'Trek dit aan!'

Ik wachtte op hen op het vlot. Yeamon was er het eerste, hij maaide als een krokodil door het water van de baai. Toen zag ik Chenault op ons af komen zwemmen, ze had haar slipje en beha aangetrokken. Ik begon me ongemakkelijk te voelen. Ik wachtte tot ze bij het vlot was en liet me in het water zakken. 'Ik sterf van de honger,' zei ik, watertrappelend. 'Ik ga ontbijten op het vliegveld.'

Toen ik weer op het strand was, ging ik op zoek naar mijn tas. Ik herinnerde me dat ik hem de vorige avond in een boom had verstopt, maar ik wist niet meer welke. Uiteindelijk vond ik hem in de vork van twee takken geperst, vlak boven waar ik had liggen slapen. Ik trok een schone broek en een gekreukeld zijden shirt aan.

Voordat ik vertrok, keek ik nog even om naar het vlot en zag Yeamon naakt in het water springen. Chenault trok lachend haar beha en slipje uit, en sprong boven op hem. Ik bleef even kijken, gooide mijn tas over het hek en klom er zelf ook over.

Ik liep over een weg die parallel liep aan de startbaan en na ongeveer achthonderd meter kwam ik bij de grote hangar, een enorme Quonset schuur waar het een drukte van belang was. Om de paar minuten landde er een vliegtuig. De meeste waren kleine Cessna's en Pipers, maar om de tien minuten of zo landde er een DC-3, met een verse lading feestvierders uit San Juan.

Ik schoor me in het herentoilet en baande me een weg door de menigte naar het restaurant. De mensen die net waren uitgestapt, wilden hun gratis drankjes, en in een hoek van de hangar zat een groep dronken Porto Ricanen op hun bagage het ritme mee te slaan van een of ander lied dat ik niet verstond. Het klonk als een voetbalhymne: 'Boesja boemba, balla was! Boesja boemba, balla wa!' Ik vreesde dat ze de stad niet zouden halen.

Ik kocht een *Miami Herald* en bestelde een uitgebreid ontbijt van spekpannenkoeken. Yeamon arriveerde ongeveer een uur later. 'Jezus, ik verrek van de honger,' zei hij. 'Ik moet een enorm ontbijt hebben.'

'Is Chenault nog onder ons?' vroeg ik.

Hij knikte. 'Ze is beneden haar benen aan het scheren.'

Het was bijna middag toen we een bus naar de stad namen. We stapten uit bij een markt, wandelden ruwweg in de richting van het Grand Hotel en bleven zo nu en dan staan bij een etalage die niet dichtgetimmerd was.

Terwijl we het stadscentrum naderden, nam het lawaai ook toe. Maar dit was een ander soort lawaai, niet het brullen van opgewekte stemmen of het muzikale gerommel van trommels, maar de verwilderde kreten van een klein groepje mensen. Het klonk als een bendeoorlog, geaccentueerd door rauwe keelklanken en brekend glas.

We haastten ons ernaartoe en renden door een smalle zijstraat die naar de winkelwijk leidde. Toen we de hoek omsloegen zag ik een opgefokte meute die de straat en beide trottoirs blokkeerde. We hielden de pas in en naderden behoedzaam.

Ongeveer tweehonderd mensen hadden een van de grote slijterijen geplunderd. De meesten waren Porto Ricanen. Kratten champagne en whisky lagen in scherven op straat, en iedereen die ik zag had een fles in de hand. Ze schreeuwden en dansten, en midden in de menigte stond een reusachtige Zweed met een blauwe toque aan lange uithalen op een trompet te blazen.

Terwijl we toekeken tilde een dikke Amerikaanse vrouw twee magnums champagne boven haar hoofd en sloeg die met kracht tegen elkaar aan; ze lachte hysterisch terwijl het drank en glasscherven regende op haar blote schouders. Een ritmesectie van dronkenlappen roffelde met bierblikken op lege whiskykratten. Het was hetzelfde lied dat ik op het vliegveld had gehoord: 'Boesja boemba, balla wa! Boesja boemba, balla wa!' Overal op straat stonden mensen koortsachtig alleen te dansen, schokkend en schreeuwend op het ritme van het lied.

Van de slijterij was niet veel meer over dan een casco, een kale ruimte met kapotte ruiten aan de voorkant. Mensen renden in en uit, grepen hier en daar flessen en dronken die zo snel mogelijk leeg, voordat iemand ze van hen af zou pakken. Lege flessen werden achteloos op straat gesmeten, zodat er een zee van glasscherven ontstond, met daarbovenop duizenden blikjes bier.

We bleven aan de rand staan. Ik wilde dolgraag wat van die gestolen drank hebben, maar ik was bang voor de politie. Yeamon kuierde de winkel in en kwam even later terug met een magnum champagne. Hij lachte schaapachtig en stopte hem zwijgend in zijn tas. Uiteindelijk won mijn verlangen naar drank het van mijn angst voor de gevangenis, en ik rende naar een krat whisky die in de goot vlak bij de winkel lag. Het krat was leeg en ik keek om me heen of er nog meer was. In het woud van dansende voeten zag ik een paar flessen whisky liggen die nog heel waren. Ik rende erheen en duwde mensen opzij. Het lawaai was oorverdovend, en ik verwachtte ieder moment met een fles op mijn hoofd te worden geslagen. Het lukte me drie flessen Old Crow te scoren, die nog in een krat zaten. De andere flessen waren kapot, de warme whisky gutste over straat. Ik hield mijn buit stevig vast, leunde tegen de menigte aan, en zocht het gaatje waar ik Yeamon en Chenault had achtergelaten.

We renden een zijstraat in, langs een blauwe jeep met 'Poleece' erop. Er zat een gendarme met tropenhelm in half te pitten en in zijn kruis te krabben.

We bleven staan waar we de vorige avond hadden gegeten. Ik stopte de whisky in mijn tas en bestelde drie drankjes, terwijl we nadachten over wat we erna zouden doen. Op het programma stond dat er over een paar uur een of andere optocht zou zijn in het honkbalstadion. Dat klonk onschuldig, maar er had ook niets officieel gepland gestaan op het tijdstip dat die meute de slijterij beroofde. Dat was eigenlijk een 'rustpauze' geweest. Er was nog een 'rustpauze' tussen de festiviteiten in het honkbalstadion en de 'Alles of Niets Parade', die officieel om klokslag acht uur zou beginnen.

Het klonk onheilspellend. Bij alle andere Parades stond een begin- en een eindtijd vermeld. De 'Vogeltjes en Bijtjes Parade' van donderdag was van acht tot tien uur. De 'Zeer Ontvlambare Parade', waar we de avond ervoor kennelijk in verzeild waren geraakt, was van acht uur tot middernacht. Maar op het programma stond alleen dat de 'Alles of Niets Parade' om acht uur begon, en erachter stond in kleine letters vermeld dat dit het 'hoogtepunt van het carnaval' zou worden.

'Dat van vanavond zou wel eens flink uit de hand kunnen lopen,' zei ik, en ik gooide het programma op tafel. 'Dat hoop ik tenminste.'

Chenault lachte naar me en knipoogde. 'We moeten Fritz dronken voeren, dan kan hij er ook van genieten.'

'Gelul,' mompelde Yeamon zonder op te kijken van het programma. 'Als jij vanavond weer dronken wordt, dan laat ik je stikken.'

Ze lachte weer. 'Wou je beweren dat ik dronken was? Ik weet nog precies wie me geslagen heeft.'

Hij haalde zijn schouders op. 'Dat is goed voor je, ga je helder van denken.'

'Hoe je het ook bekijkt,' zei ik. 'We worden sowieso dronken, moet je al die whisky hier zien.' Ik wees naar mijn tas.

'En dit dan,' zei Chenault, en ze wees naar de magnum champagne onder de stoel van Yeamon.

'God sta ons bij,' mompelde Yeamon.

We dronken onze glazen leeg en liepen naar het Grand Hotel. Vanaf het balkon zagen we mensen naar het honkbalstadion gaan.

Yeamon wilde naar de jachthaven om te zien of er een boot naar Zuid-Amerika ging. Ik voelde er ook niet echt veel voor om me bij de meute in het honkbalstadion te voegen, en ik herinnerde me dat Sanderson had gezegd dat de meeste leuke feestjes op de boten waren, en dus besloten we daarheen te gaan.

Het was een lange wandeling in de zon, en tegen de tijd dat we er aankwamen, had ik spijt dat ik geen taxi had aangehouden. Ik zweette als een otter, en mijn tas leek wel twintig kilo te wegen. De ingang was een oprit met aan weerszijden palmbomen die leidde naar een zwembad, en achter het zwembad was een heuvel die leidde naar de pieren. Er lagen ruim honderd boten, van kleine havensloepen tot reusachtige schoeners, en de naakte masten zwaaiden traag heen en weer tegen de achtergrond van groene heuvels en de blauwe Caraïbische lucht. Ik bleef staan op de pier en keek naar een twaalf meter lange speedboot. Mijn eerste gedachte was dat ik per se ook zo'n ding wilde hebben. De romp was donkerblauw, met een glimmend teakhouten dek, en het zou me niet verbaasd hebben als ik een bordje op de boeg had gezien met de tekst: 'Te Koop – Een Ziel, niet minder'.

Ik knikte bedachtzaam. Verdomd, iedereen kon een auto en een flat hebben, maar een boot als deze was de *limit*. Ik wilde er ook zo een, en gezien de waarde die ik in die tijd aan mijn ziel hechtte, had ik wel een dealtje kunnen maken, als dat bordje inderdaad aan de boeg had gehangen.

We bleven de hele middag in de jachthaven, wanhopig op zoek langs kades naar een boot die uitvoer en waarop Yeamon en Chenault konden aanmeren zonder dat er verder vragen werden gesteld. Een man bood aan hen over een week naar Antigua te varen, en andere ging naar Bermuda, en uiteindelijk vonden we een schip dat die via het Panamakanaal naar Los Angeles zou varen.

'Geweldig,' zei Yeamon. 'Hoeveel vraagt u daarvoor?'

'Niets,' zei de eigenaar van de jol, klein van stuk en met een pokerface, die een korte witte broek droeg en een ruimzittend shirt. 'Ik neem jullie niet mee.'

Yeamon keek verbijsterd.

'Ik betaal mijn bemanning,' zei de man. 'En bovendien heb ik een vrouw en drie kinderen. Er is geen plaats voor jullie.' Hij haalde zijn schouders op en draaide zich om.

De meeste bootmensen waren beleefd, maar een paar waren uitgesproken bot. Een kapitein – of misschien de stuurman – lachte Yeamon uit en zei: 'Sorry, maat, maar ik wil geen uitschot op mijn boot.'

Aan het einde van de pier zagen we een glimmend witte romp met de Franse vlag, die ontspannen op het diepe water dobberde.

'Dat is het mooiste schip in de haven,' zei een man die naast ons stond. 'Een wereldkruiser, vijfentwintig meter lang, achttien knopen, radar, elektrische windassen en een rond bed.'

We liepen verder langs de pier en kwamen bij een boot die *Blue Peter* heette, waar een man, die zich later voorstelde als

Willis, ons aan boord uitnodigde om wat te komen drinken. Er waren nog diverse mensen, en we bleven een paar uur. Yeamon ging even van boord om naar de andere boten te kijken, maar Chenault en ik bleven zitten drinken. Ik zag een paar keer dat Willis naar Chenault zat te staren, en toen ik zei dat we op het strand sliepen, zei hij dat we onze tassen wel aan boord konden laten in plaats van ermee rond te zeulen. 'Sorry dat ik jullie geen kooien kan aanbieden,' vervolgde hij. 'Ik heb er maar twee.' Hij grijnsde. 'Eentje is tweepersoons, maar dan is het nog te druk.'

'Tja,' zei ik.

We lieten onze tassen achter, en tegen de tijd dat we naar de stad wilden gaan, waren we allemaal dronken. Willis reed mee in de taxi tot aan het Grand Hotel, en zei dat hij ons waarschijnlijk wel zou weerzien in een van de bars.

Vijftien

Na middernacht stonden we voor een zaak die de Blue Grotto heette, een overvolle danstent aan het water waar ze twee dollar entree vroegen. Ik probeerde te betalen, maar er begonnen mensen te lachen, en een gezette vrouw greep me bij mijn arm. 'Niks ervan,' zei ze. 'Jullie komen met ons mee. We gaan naar een echt feest.'

Ik herkende onze vrienden van de straatdans. Een bullebak sloeg Yeamon op zijn schouder en brabbelde iets over een 'gevecht met zwepen,' een paar zwarten en een krat gin. 'Ik ken die mensen,' zei Chenault, 'zullen we met hen meegaan?'

We renden de straat door naar hun auto, en met nog zes andere mensen propten we ons erin. Aan het einde van de hoofdstraat sloegen we af naar de heuvels boven de stad, we klommen over een donker, kronkelend weggetje door een woonwijk. De huizen onder aan de heuvel waren van hout waar de verf van afbladderde, maar hoe hoger we kwamen, hoe meer huizen gebouwd waren van betonblokken. Helemaal bovenaan werden het een soort villa's, met gazons en veranda's.

We hielden stil voor een huis waar muziek klonk en waar de lichten brandden. De straat stond vol auto's en er was nergens plek om te parkeren. De chauffeur zette ons af en zei dat hij ook kwam zodra hij een plaatsje voor zijn auto had gevonden. Het gezette meisje gilde opgetogen en rende het trapje op naar de voordeur. Ik volgde aarzelend en zag dat ze stond te praten met een vrouw in een felgroene jurk. Ze draaide zich om en wees naar mij. Yeamon, Chenault en de anderen haalden me in toen ik bij de voordeur bleef staan.

'Zes dollar, graag,' zei de vrouw, en ze stak haar hand uit.

'Jezus!' zei ik. 'Voor hoeveel personen is dat?'

'Voor twee,' zei ze. 'Voor jou en de jongedame.' Ze knikte naar het meisje dat in de auto op mijn schoot had gezeten.

Ik vloekte in stilte en gaf haar zes dollar. Mijn scharrel bedankte me met een gereserveerd lachje en pakte mijn hand terwijl we het huis ingingen. Mijn god, dacht ik, dat wijf heeft het op me gemunt.

Yeamon volgde ons op de voet, mopperend over de zes dollar entreegeld. 'Ik hoop dat het het geld waard is,' zei hij tegen Chenault. 'Denk maar vast na over een baantje als we terug zijn in San Juan.'

Ze lachte, een opgewekt gilletje dat niets te maken had met Yeamons opmerking. Ik keek haar aan en zag de opwinding in haar ogen. Door die zwempartij in de haven was ik een beetje ontnuchterd, en Yeamon maakte ook een redelijk stabiele indruk, maar Chenault zag eruit als een junkie die ieder moment loos kon gaan.

We liepen door een donkere gang naar een kamer vol muziek en lawaai. Het was er stampvol, en in een hoek speelde een band. Niet de steelband die ik had verwacht, maar drie blazers en een drum. De muziek kwam me bekend voor, maar ik wist niet waarvan. Toen ik omhoog keen naar het plafond, waar de lampen waren verpakt in blauw cellofaan, wist ik het weer. Het was de muziek van het dansfeest van een school uit het Midwesten in een afgehuurde club. En niet alleen de muziek; de volle, lage ruimte, de geïmproviseerde bar, deuren die uitgaven op een betegeld terras, mensen die giechelden en schreeuwden en dronken uit kartonnen bekers – het was allemaal precies hetzelfde, behalve dan dat alle aanwezigen zwart waren.

Daardoor voelde ik me niet op mijn gemak, en ik keek om me heen of er een donker hoekje was waar ik kon drinken zonder gezien te worden. Mijn scharrel hield nog steeds mijn arm vast, maar ik schudde me los en liep naar een hoek van de kamer. Niemand lette op me terwijl ik me door de menigte begaf, hier en daar tegen dansers botsend, met gebogen hoofd en behoedzaam een leeg plekje opzoekend. Een halve meter links van me was een deur en ik schuifelde erheen, tegen nog meer dansende mensen op botsend. Toen ik eindelijk buiten was had ik het gevoel dat ik ontsnapt was uit de gevangenis. De lucht was fris en het terras was vrijwel leeg. Ik liep naar de rand en keek neer op Charlotte Amalie onder aan de heuvel. Ik hoorde de muziek vanuit de bars aan Queen Street. Rechts en links van me zag ik Landrovers en open taxi's vol mensen langs het water rijden, op weg naar andere feestjes, andere jachten en schemerige hotels waar rode en blauwe lichtjes geheimzinnig schitterden. Ik probeerde me te herinneren waar we nog meer waren geweest voor 'het echte werk' en ik vroeg me af of het daar leuker was dan hier.

Ik dacht aan Vieques, en een ogenblik lang wilde ik dat ik daar was. Ik herinnerde me hoe ik op het balkon van het hotel zat en onder me op straat de paardenhoeven hoorde. En toen aan Zimburger, aan Martin en de mariniers, die imperiums opbouwden met de handel in diepvriesmaaltijden en militaire oefengebieden en die zich als een pisvlek uitbreidden naar alle hoeken van de wereld.

Ik draaide me om, keek naar de dansers en bedacht dat ik wel even mocht gaan genieten voor die zes dollar die ik had betaald.

Het dansen begon steeds woester te worden, er was geen sprake meer van foxtrotgeschuifel. De muziek had een opzwepend ritme gekregen, de bewegingen op de vloer waren ongeremd en ademden een en al erotiek, draaiende en stotende heupen, begeleid door plotselinge kreten en gekreun. Ik voelde de aandrang om mee te doen, al was het maar voor de lol. Maar dan moest ik eerst dronken worden.

Aan de andere kant van de kamer trof ik Yeamon bij de deur.

'Ik heb zin om de dinga te dansen,' zei ik lachend. 'Zullen we ons laten gaan en meedoen?'

Hij keek me woedend aan en nam een flinke teug uit zijn glas.

Ik haalde mijn schouders op en liep naar de gangkast, waar de barkeeper bezig was met de drank. 'Rum met ijs,' schreeuwde ik terwijl ik mijn beker op hield. 'Beetje veel ijs.'

Hij pakte het bekertje met een automatische beweging aan, liet er een paar ijsklonten in vallen, schonk er rum in en gaf het terug. Ik gaf hem een kwartje en liep terug naar de deur. Yeamon stond naar de dansers te staren en maakte een chagrijnige indruk.

Ik bleef naast hem staan en hij knikte in de richting van de dansvloer. 'Moet je die teef zien,' zei hij.

Ik zag hoe Chenault danste met de kleine bebaarde man die we eerder hadden ontmoet. Hij danste uitstekend, en wat hij ook danste, hij deed het vol overgave. Chenault had haar armen uitgestrekt als een hoeladanseres, en ze had een geconcentreerde uitdrukking op haar gezicht. Zo nu en dan draaide ze in de rondte en zwaaide met haar madras rok alsof het een waaier was.

'Ja,' zei ik. 'Ze is dol op dit soort dansen.'

'Ze is zelf een halve nikker,' antwoordde hij veel te luid.

'Hé,' zei ik, 'let een beetje op je woorden hier.'

'Sodemieter op,' zei hij hardop.

Lieve Jezus, dacht ik. Nu zullen we het hebben. 'Rustig aan een beetje,' zei ik. 'Zullen we teruggaan naar de stad?'

'Mij best,' antwoordde hij. 'Probeer haar maar mee te krijgen.' Hij knikte naar Chenault, die op nog geen meter afstand koortsachtig stond te dansen.

'Verdomme,' zei ik. 'Grijp haar gewoon vast. Kom, we gaan.'

'Dat heb ik al gedaan. Ze schreeuwde alsof ze vermoord werd.'

Zijn stem had een ondertoon die ik nooit eerder had gehoord, een rare trilling waar ik plotseling erg zenuwachtig van werd. 'Jezus,' mompelde ik terwijl ik om me heen keek.

'Ik zal haar gewoon een klap op haar kop moeten geven,' zei hij.

Op dat moment voelde ik een hand op mijn arm. Het was mijn wijf, mijn gezette scharrel. 'Kom, grote jongen!' schreeuwde ze terwijl ze me de dansvloer op sleurde. 'Daar gaan we!' Ze begon krijsend met haar voeten te stampen.

Goeie god, dacht ik. Wat nu? Ik keek naar haar met mijn borrel in mijn ene hand en een sigaret in de andere. 'Kom op!' riep ze. 'Doe even mee!' Ze boog zich naar me toe, trok haar rok op tot aan haar dijen en kronkelde heen en weer. Ik begon te stampen en te schommelen, aanvankelijk waren mijn passen nogal onzeker, maar geleidelijk aan raakte ik in een ongedwongen soort roes. Iemand botste tegen me aan en mijn borrel viel op de grond. Het maakte geen enkel verschil voor de opgewonden koppels om ons heen.

Plotseling stond ik naast Chenault. Ik deed mijn uiterste best om het ritme bij te houden. Ze gaf me lachend een zet met haar heupen. Toen danste ze verder met haar partner en liet mij begaan met mijn wijf.

Uiteindelijk hield ik hoofdschuddend op met dansen en maakte met gebaren duidelijk dat ik te moe was om door te gaan. Ik ging terug naar de bar voor een nieuwe borrel. Yeamon was in geen velden of wegen te bekennen, en ik nam aan dat hij ook ergens aan het dansen was. Ik laveerde tussen de lichamen door naar het terras in de hoop daar even te kunnen zitten. Yeamon zat op de reling te praten met een tienermeisje. Hij keek glimlachend op. 'Dit is Ginny,' zei hij. 'Ze gaat me leren dansen.'

Ik knikte en zei hallo. Achter ons werd de muziek steeds woester, en soms was hij zelfs nauwelijks te horen door het geschreeuw van de menigte. Ik probeerde het te negeren, keek uit over de stad onder ons, en wilde daarheen.

Maar de muziek uit het huis klonk steeds waanzinniger. Er zat een nieuw soort passie in, iets opzwepends waardoor het geschreeuw van de aanwezigen een andere toon aannam. Yeamon en Ginny gingen naar binnen om te zien wat er aan de hand was.

De aanwezigen weken achteruit voor iets, en ik liep erheen om te zien wat het was.

Ze hadden een grote cirkel gevormd en in het midden dansten Chenault en de kleine baardmans. Chenault had haar rok uitgetrokken en danste nu in haar slipje en witte mouwloze blouse. Haar partner had zijn shirt uitgetrokken, zodat zijn glimmende zwarte torso zichtbaar was. Hij droeg alleen nog een strakke, rode stierenvechtersbroek. Beiden dansten op blote voeten.

Ik keek naar Yeamon. Zijn gezicht was gespannen terwijl hij op zijn tenen toekeek. Plotseling riep hij haar naam. 'Chenault!' Maar de menigte maakte zoveel herrie dat zelfs ik hem op een meter afstand niet hoorde. Ze leek zich alleen bewust van de muziek en van de freak die haar over de dansvloer leidde. Yeamon riep opnieuw, maar niemand hoorde hem.

Op dat moment begon Chenault, als in trance, haar blouse los te knopen. Ze maakte langzaam de knoopjes los, als een volleerde stripper, smeet de blouse weg en huppelde vrolijk rond, slechts gekleed in beha en slipje. De mensen loeiden, bonsden op het meubilair en verdrongen zich om niets te hoeven missen. Het huis trilde op zijn grondvesten, en ik dacht dat de vloer het zou begeven. Ergens in de ruimte hoorde ik glas breken.

Ik keek weer naar Yeamon. Hij stond met zijn armen te zwaaien en probeerde op die manier de aandacht van Chenault te trekken. Maar hij was slechts een van de toeschouwers, die werden meegesleept door het spektakel.

Ze dansten nu vlak bij elkaar, en ik zag hoe de bruut zijn armen om Chenault heen stak en haar beha loshaakte. Hij deed het snel en kundig, en ze leek niet in de gaten te hebben dat ze alleen nog maar een dun zijden slipje aanhad. De beha gleed langs haar armen naar beneden en viel op de grond. Haar borsten dansten heftig op en neer door het schokken en stampen van de dans. Een volle, vlezige boezem met roze tepels, plotseling bevrijd uit de katoenen zedigheid van een New Yorkse beha.

Ik keek gefascineerd en verbijsterd toe. Toen hoorde ik Yeamon naast me, terwijl hij zich op de dansvloer stortte. Er brak tumult uit, en ik zag hoe de boomlange barkeeper hem van achteren benaderde en zijn armen vastgreep. Een paar anderen duwden hem weg en behandelden hem als een ongevaarlijke dronkaard, terwijl ze opzij gingen om de dans te laten doorgaan.

Yeamon krijste hysterisch en probeerde met moeite zijn evenwicht niet te verliezen. 'Chenault!' brulde hij. 'Wat doe je, verdomme?' Hij klonk wanhopig, maar ik voelde me als verlamd.

Ze kwamen weer dicht bij elkaar, en begaven zich naar het midden van de cirkel. Er klonk een oorverdovend gebulder uit tweehonderd woeste kelen. Chenault had nog steeds die verdoofde, extatische uitdrukking op haar gezicht, terwijl de man zijn handen uitstak en haar slipje over haar heupen en haar knieën trok. Ze liet het op de grond vallen, stapte eruit, barstte weer los in woest gedans, stootte tegen hem aan, bleef even stilstaan, en danste verder. Ze had haar ogen open en schudde haar haren heen en weer.

Plotseling wist Yeamon zich te bevrijden. Hij sprong de cirkel in, ze zaten hem meteen op zijn nek, maar deze keer liet hij zich niet zo gemakkelijk intomen. Ik zag dat hij de barkeeper in het gezicht sloeg, hij gebruikte zijn armen en ellebogen om hen van het lijf te houden, hij krijste zo hysterisch dat ik er kippenvel van kreeg, maar uiteindelijk ging hij ten onder in een mêlee van lichamen.

Door het tumult kwam de dans ten einde. Een ogenblik lang zag ik Chenault daar alleen staan; ze keek verbaasd en verbijsterd, met dat pluimpje bruin haar dat afstak tegen haar witte huid, en het lange blonde haar dat om haar schouders viel. Ze zag er klein, naakt en hulpeloos uit; plotseling greep een man haar bij haar arm en trok haar naar de deur.

Ik strompelde door de menigte heen, vloekend, duwend, en probeerde in de gang te komen voordat ze verdwenen waren. Achter me hoorde ik nog steeds Yeamon gillen, maar ik wist dat ze hem te pakken hadden, en mijn enige gedachte was om bij Chenault te komen. Diverse mensen sloegen me voordat ik bij de deur was, maar daar trok ik me niks van aan. Eén keer meende ik haar te horen gillen, maar het kan ook iemand anders zijn geweest.

Toen ik eindelijk buiten stond, zag ik een menigte onder aan de trap staan. Ik rende naar beneden en vond Yeamon, hij lag kreunend op de grond, bloedend uit zijn mond. Hij was blijkbaar door een achterdeur naar buiten gesleurd. De barkeeper stond over hem heen gebogen en veegde zijn mond af met een zakdoek.

Ik vergat Chenault en drong me door de kring heen, verontschuldigingen mompelend, naar waar Yeamon lag. Toen ik bij hem kwam, keek de barkeeper op en vroeg: 'Is dit uw vriend?'

Ik knikte en boog voorover om te zien of hij gewond was.

'Ja,' zei ik.

Yeamon kwam half overeind en hield zijn hoofd met beide handen vast. 'Chenault,' mompelde hij. 'Wat doe je, verdomme?'

Ik legde mijn hand op zijn schouder. 'Oké,' zei ik. 'Rustig aan.'

'Die vuile klootzak,' zei hij hardop.

De barkeeper tikte op mijn arm. 'U kunt hem maar beter meenemen,' zei hij. 'Hij is nog niet ernstig gewond, maar dat gaat wel gebeuren als hij hier blijft.'

'Kunnen we met een taxi?' vroeg ik.

Hij knikte. 'Ik zorg er wel voor.' Hij deed een paar stappen naar achteren en riep iets tegen de menigte. Iemand antwoordde en hij wees naar mij.

'Chenault!' schreeuwde Yeamon, terwijl hij probeerde op te staan.

Ik duwde hem weer naar beneden, omdat ik wist dat zodra hij overeind stond, er weer een gevecht zou uitbreken. Ik keek naar de barkeeper. 'Waar is het meisje?' vroeg ik. 'Wat is er met haar gebeurd?'

Hij glimlachte vaag. 'Ze heeft zich prima vermaakt.'

Ik besefte dat we werden weggestuurd zonder Chenault. 'Waar is ze?' vroeg ik te luid, terwijl ik probeerde de paniek niet in mijn stem te laten doorklinken.

Er kwam een vreemde op me af gestapt. Hij snauwde: 'Man, je kunt beter maken dat je wegkomt.'

Ik schuifelde nerveus door het zand en keek om naar de barkeeper, die de leiding leek te hebben. Hij glimlachte boosaardig en wees achter mij. Ik draaide me om en zag een auto langzaam aan komen rijden door de menigte. 'Daar is jullie taxi,' zei hij. 'Ik haal je vriend wel.' Hij liep naar Yeamon en trok hem met een ruk overeind. 'Grote man gaat naar stad,' zei hij grijnzend. 'Laat kleine meisje hier.'

Yeamon verstijfde en begon te schreeuwen. 'Stelletje klootzakken!' Hij stoof op de barkeeper af, die hem moeiteloos ontweek en begon te lachen terwijl vier mannen Yeamon in de auto duwden. Ze duwden mij achter hem aan, ik leunde uit het raampje en schreeuwde tegen de barkeeper: 'Ik kom terug met de politie, wee je gebeente als er iets met dat meisje gebeurd is!' Plotseling voelde ik een zware klap op de zijkant van mijn gezicht, en ik kon me net op tijd terugtrekken om de tweede vuistslag, die rakelings langs mijn neus ging, te vermijden. Zonder echter te weten wat ik deed, draaide ik het raampje omhoog en liet me achterovervallen op de achterbank. Ik hoorde hoe iedereen lachte terwijl we de heuvel af reden.

Zestien

Het enige wat ik kon bedenken, was om de politie in te schakelen, maar de chauffeur weigerde ons naar het politiebureau te brengen, of zelfs maar te zeggen waar dat was. 'Dat kun je beter uit je hoofd zetten,' zei hij op kalme toon. 'Iedereen bemoeit zich met zijn eigen zaken.' Hij zette ons af in het centrum en zei dat hij genoegen nam met twee dollar voor de benzine. Ik mopperde verbitterd en gaf hem het geld, maar Yeamon weigerde uit te stappen. Hij bleef erbij dat we terug de heuvel op moesten om Chenault te halen.

'Kom op,' zei ik, terwijl ik hem aan zijn arm meetrok. 'We halen de politie erbij. Die nemen ons wel mee naar boven.' Uiteindelijk stapte hij uit en de auto reed weg.

We vonden het politiebureau, maar er was niemand. De lichten brandden, we gingen naar binnen en wachtten daar. Yeamon viel in slaap op een bank, en ik was zo moe dat ik nauwelijks mijn ogen open kon houden. Een uur later besloot ik dat we beter op zoek konden gaan naar een smeris op straat. Ik maakte Yeamon wakker en we gingen naar de bars. Het carnaval liep op zijn einde en het krioelde op straat van de dronkaards, vooral toeristen en Porto Ricanen. Kleine groepjes mensen liepen van de ene bar naar de andere, langs mensen die in portieken lagen of gewoon languit op straat. Het was bijna vier uur, maar de bars waren nog stampvol. Het leek wel of de stad gebombardeerd was.

Er was nergens een smeris te zien, en we vielen inmiddels bijna om van uitputting. Uiteindelijk gaven we onze pogingen op en namen een taxi naar Lindbergh Beach, waar we met moeite over het hek klommen en ons in het zand lieten vallen om te slapen.

's Nachts begon het te regenen, en toen ik wakker werd, was ik drijfnat. Ik dacht dat het net begon te schemeren, maar toen ik op mijn horloge keek, bleek het negen uur te zijn. Mijn hoofd voelde tweemaal zo groot als normaal en er zat een grote, pijnlijke bult bij mijn rechteroor. Ik trok mijn kleren uit en ging zwemmen in de baai, maar daarna voelde ik me nog beroerder dan eerst. Het was een kille, druilerige ochtend, en er viel een lichte regen op het water. Ik zat een poosje op het vlot en dacht aan de vorige nacht. Hoe meer ik me herinnerde, des te depressiever ik me voelde, en ik zag er erg tegen op om op zoek te gaan naar Chenault. Op dat moment kon het me eigenlijk niets schelen of ze nog leefde of niet. Het enige wat ik wilde was de straat oversteken, op een vliegtuig naar San Juan stappen, Yeamon op het stand laten liggen en hopen dat ik geen van beide ooit nog terug zou zien.

Na een poosje zwom ik terug en maakte hem wakker. Hij zag er belabberd uit. We gingen naar het vliegveld om te ontbijten en namen daarna de bus naar de stad. Nadat we onze kleren van de boot in de jachthaven hadden gehaald, gingen we naar het politiebureau, waar de dienstdoende gendarme patience zat te spelen met een kaartspel waarop naakte vrouwen stonden in diverse geile standjes.

Hij keek grijnzend op toen Yeamon zijn verhaal had gedaan. 'Man,' zei hij langzaam, 'wat kan ik doen aan je meisje als ze iemand anders aardig vindt?'

'Aardig vindt? Jezus!' schreeuwde Yeamon. 'Ze is ontvoerd!'

'Oké,' zei hij nog steeds glimlachend. 'Ik woon hier al mijn hele leven, en ik weet hoe meisjes hier met carnaval worden ontvoerd.' Hij lachte zacht. 'Je zegt net dat ze al haar kleren uit had en naakt danste voor al die mensen, en jij beweert dat ze verkracht is?'

De smeris maakte nog een paar van die opmerkingen en na een tijdje kreeg Yeamon een woeste blik in zijn ogen en hij begon boos en wanhopig te krijsen. 'Luister goed!' schreeuwde hij. 'Als jij hier niets aan doet, dan ga ik godverdomme naar dat huis met een slagersmes en dan vermoord ik iedereen die ik zie!'

De smeris reageerde geschrokken. 'Rustig aan, man. Jij komt pas echt in de problemen met dat soort taal.'

'Moet je horen,' zei ik. 'We willen alleen maar dat u met ons daarheen gaat om dat meisje te zoeken, is dat te veel gevraagd?'

Hij wierp een blik op zijn kaarten, alsof hij door ernaar te kijken de diepere betekenis van onze komst zou kunnen doorgronden, en erachter zou komen wat hij ermee aan moest. Uiteindelijk schudde hij treurig zijn hoofd en keek op. 'Ach, wat zijn jullie toch lastig,' zei hij op kalme toon. 'Jullie zullen het nooit leren.'

Voordat we konden reageren stond hij op en zette zijn tropenhelm op. 'Oké,' zei hij. 'We gaan even kijken.'

We liepen achter hem aan de straat op. Ik werd nerveus door zijn houding, ik geneerde me bijna voor de problemen die we veroorzaakten.

Toen we stilhielden voor het huis, was ik het liefst uit de auto gesprongen en weggerend. Wat we ook zouden aantreffen, het kon alleen maar heel erg zijn. Misschien hadden ze haar ergens anders mee naartoe genomen, naar een ander feestje, en haar op bed vastgebonden, een soort blank slaapmutsje met roze tepels om het carnaval mee te besluiten. Ik beefde toen we de trap op liepen, en ik keek om naar Yeamon. Hij leek op een man die op weg was naar de guillotine.

De smeris belde aan en werd opengedaan door een nederig kijkende zwarte vrouw, die zenuwachtig stamelde en zwoer dat ze helemaal geen blank meisje had gezien en niets wist van een feest de vorige avond.

'Gelul!' snauwde Yeamon. 'Er was hier gisteravond een enorm

feest, en ik heb zes dollar betaald om naar binnen te mogen.'

De vrouw ontkende dat ze iets wist van een feest. Ze zei dat er binnen mensen lagen te slapen, maar geen blank meisje.

De smeris vroeg of hij binnen even een kijkje mocht nemen. Ze liet hem schouderophalend binnen, maar toen Yeamon hem wilde volgen, raakte ze gestrest en sloeg de deur voor zijn neus dicht.

Een paar minuten later kwam de smeris terug. 'Geen spoor van een blank meisje,' zei hij, terwijl hij Yeamon recht aankeek.

Ik wilde hem niet geloven omdat ik de andere mogelijkheden niet onder ogen wilde zien. Het had zo gemakkelijk kunnen zijn: haar vinden, wakker maken en meenemen. Maar nu leek niets nog gemakkelijk. Ze kon overal zijn, achter iedere deur op het eiland. Ik keek naar Yeamon en verwachtte dat hij amok zou maken en om zich heen zou gaan slaan. Maar hij hing moedeloos tegen de leuning van de veranda en leek op het punt te staan in huilen uit te barsten. 'O, Jezus Christus,' mompelde hij, terwijl hij naar zijn schoenen staarde. Het was zo'n oprecht vertoon van wanhoop dat de smeris een hand op Yeamons schouder legde.

'Sorry, man,' zei hij op rustige toon. 'Kom, we gaan weer.'

We reden de heuvel weer af naar het politiebureau, en de smeris beloofde dat hij zou uitkijken naar een meisje met signalement van Chenault. 'Ik zal het tegen mijn collega's zeggen,' zei hij. 'Ze komt heus wel weer tevoorschijn.' Hij lachte vriendelijk naar Yeamon. 'Je moet een vrouw ook nooit zo de kachel met je laten aanmaken.'

'Tja,' antwoordde Yeamon. Hij legde de regenjas en het koffertje van Chenault op de balie. 'Geef dit maar aan haar, als ze komt opdraven,' zei hij. 'Ik heb geen zin om dat mee te sjouwen.'

De smeris knikte en legde haar kleren op een plank achter in de ruimte. Hij schreef mijn adres in San Juan op, zodat hij een berichtje kon sturen als ze weer boven water was. We namen afscheid, gingen de straat op en liepen richting Grand Hotel om te ontbijten.

We bestelden rum met ijs en hamburgers, en aten die zwijgend op terwijl we de kranten lazen. Ten slotte keek Yeamon op en zei terloops: 'Het is gewoon een hoer. Ik snap eigenlijk niet dat ik me er zo druk om maak.'

'Maak je maar geen zorgen,' zei ik. 'Ze is gek geworden, helemaal gek.'

'Je hebt gelijk,' zei hij. 'Het is gewoon een hoer. Ik wist het al toen ik haar voor het eerst zag.' Hij leunde achterover tegen de muur. 'Ik kwam haar tegen op een feestje op Staten Island, ongeveer een week voordat ik hierheen kwam. Zodra ik haar zag zei ik bij mezelf: Nou, dat lijkt me een lekkere hoer, niet eentje die uit is op geld, maar eentje die alleen maar wil neuken.' Hij knikte. 'Ze ging mee naar mijn huis, en ik stortte me als een dolle stier op haar. Ze is een hele week gebleven, ze ging niet eens naar haar werk. Ik logeerde toen bij een vriend van mijn broer, en hij moest op een matras in de keuken slapen; ik had hem zo'n beetje zijn eigen huis uit gejaagd.' Hij glimlachte treurig. 'Toen ik naar San Juan ging, wilde ze mee; het kostte me de grootste moeite haar een paar weken te laten wachten.'

Ik had nu een aantal verschillende Chenaults in gedachten; een chique meid uit New York met een geheime wellustigheid en een garderobe van Lord & Taylor; een zongebruind meisje met lang blond haar dat in een witte bikini over het strand liep; een krijsende, dronken duivelin in een lawaaiige bar in St. Thomas; en dan de meid die ik gisteravond had gezien, dansend in dat dunne slipje, schuddend met die borsten met roze tepels, schommelend met haar heupen terwijl een of andere maffe schurk het slipje naar beneden trok... en dan die laatste blik van haar, staande midden in die ruimte, een ogenblik helemaal alleen, met dat plukje bruin haar dat als een baken afstak tegen het witte vlees van haar buik en dijen... die heilige poes, gekoesterd door haar ouders, die zich maar al te zeer bewust waren van de macht en de waarde van dat ding, naar Smith College gestuurd om beschaving op te lepelen en beperkt te worden blootgesteld aan de elementen van het leven, twintig jaar lang door een legioen van ouders, docenten, vrienden en raadgevers verzorgd, en vervolgens op hoop van zegen naar New York gestuurd.

Na het ontbijt namen we de bus naar het vliegveld. De vertrekhal was afgeladen met sneue dronkaards: mannen die elkaar ondersteunden naar de toiletten, kotsende vrouwen op de vloer, toeristen die angstig stonden te wauwelen. Ik wierp één blik op het tafereel en zag meteen dat we misschien de hele dag en nacht moesten wachten voordat er plaats was in een vliegtuig. Zonder tickets zou het wel drie dagen kunnen duren. De situatie was hopeloos.

Maar plotseling hadden we ongelooflijke mazzel. We waren naar de koffiebar gegaan, en toen we een paar lege stoelen zochten, viel mijn blik op de piloot die mij op donderdag vanaf Vieques had overgevlogen. Ik liep op hem af en hij leek me te herkennen. 'Hé,' zei ik. 'Ken je me nog? Kemp, *New York Times*.'

Hij stak glimlachend zijn hand uit. 'O ja,' zei hij. 'Jij was met Zimburger.'

'Puur toeval,' zei ik grijnzend. 'Zeg, kan ik je inhuren om ons terug te vliegen naar San Juan? We moeten echt hoognodig terug.'

'Natuurlijk,' zei hij. 'Ik vlieg om vier uur. Ik heb twee passagiers en twee lege stoelen.' Hij knikte. 'Je hebt geluk dat je me zo vroeg tegenkomt. Die stoelen zouden niet lang leeg zijn gebleven.'

'Jezus,' zei ik. 'Je hebt ons leven gered. Vraag maar zoveel je wil, ik zet het wel op rekening van Zimburger.'

Hij grijnsde breed. 'Nou, blij dat te horen. Ik kan niemand bedenken die ik liever een poot uit zou draaien.' Hij nam een laatste slok koffie en zette het kopje op de bar. 'Ik moet weg,' zei hij.

'Vier uur op de startbaan. Het is dezelfde rode Apache.'

'Maak je geen zorgen,' zei ik. 'We zullen er zijn.'

De menigte kwam in beweging. Ieder halfuur vertrok er een toestel naar San Juan, maar alle stoelen waren gereserveerd. De mensen die wachtten op vrijgekomen zitplaatsen begonnen alweer dronken te worden, haalden flessen whisky tevoorschijn en lieten die rondgaan.

Het was onmogelijk om na te denken. Ik wilde stilte, de privacy van mijn eigen flat, een glas in plaats van een kartonnen beker, vier muren tussen mij en die stinkende meute dronkenlappen die van alle kanten op ons afkwam.

Om vier uur gingen we naar de startbaan, waar de Apache stond warm te draaien. De vlucht duurde ongeveer een halfuur. Er vloog een jong stel uit Atlanta met ons mee, ze waren eerder die dag overgekomen vanaf San Juan, en ze wisten niet hoe snel ze weer terug moesten komen. Ze waren verbijsterd door al die woeste en onbeschofte *nigra's*.

Ik dacht er even over hun te vertellen over Chenault, compleet met alle details en eindigend met de mogelijkheid waar ze nu was en wat ze allemaal aan het doen was. In plaats daarvan hield ik mijn mond en staarde naar de witte wolken onder ons. Ik had het gevoel dat ik een lange en levensgevaarlijke zuippartij had overleefd, en nu ging ik eindelijk naar huis.

Mijn auto stond op de parkeerplaats van het vliegveld, waar ik hem had achtergelaten, en de motor van Yeamon zat met een ketting vast aan het hokje van de opzichter. Hij maakte de ketting los en zei dat hij naar huis ging, ondanks mijn advies om mee naar mijn huis te gaan om haar op te pikken als ze in de loop van de nacht zou aankomen.

'Verdomme,' zei ik. 'Misschien is ze al wel terug. Misschien dacht ze wel dat we haar in de steek hebben gelaten, en is ze gisteravond naar het vliegveld gegaan.'

'Ja,' zei hij, terwijl hij de motor van de standaard trok. 'Zo is het vast gegaan, Kemp. Misschien heeft ze het eten al klaar als ik thuiskom.'

Ik reed achter hem aan over de lange oprit en zwaaide naar hem toen ik de snelweg naar San Juan op reed. Toen ik in mijn flat kwam, ging ik meteen naar bed en de volgende dag werd ik pas rond het middaguur wakker.

Op weg naar de krant vroeg ik me af of ik iets moest zeggen over Chenault, maar zodra ik het redactielokaal betrad, dacht ik niet meer aan haar. Sala riep me bij zich aan zijn bureau, waar hij opgewonden zat te praten met Schwartz en Moberg. 'Het is voorbij,' riep hij. 'Je had in St. Thomas moeten blijven.' Segarra was opgestapt en Lotterman was de vorige avond naar Miami vertrokken, waarschijnlijk in een laatste wanhopige poging om ergens financiering te regelen. Sala was ervan overtuigd dat de krant op de fles ging, maar volgens Moberg was het vals alarm. 'Lotterman heeft genoeg,' verzekerde hij ons. 'Hij is naar zijn dochter, dat vertelde hij me voor zijn vertrek.'

Sala lachte bitter. 'Word eens wakker, Moberg, dacht je echt dat Greasy Nick zo'n baantje als dit zou laten schieten als het niet nodig was? Wees maar reëel, we zitten zonder werk.'

'Godverdomme,' riep Schwartz uit. 'Ik begin hier net gewend te raken, dit is de eerste baan in tien jaar die ik wil houden.'

Schwartz was rond de veertig, en hoewel ik hem vrijwel alleen op de krant zag, mocht ik hem graag. Hij deed zijn werk goed, viel nooit iemand lastig, en bracht zijn vrije tijd al drinkend door in de duurste bars die hij kon vinden. Hij had de pest aan Al's, zei hij; het was te populair, en bovendien was het er smerig. Hij kwam graag in de Marlin Club, de Caribé Lounge en de andere hotelbars, waar je als man een stropdas kon dragen, rustig kon drinken en zo nu en dan een goede floorshow te zien kreeg. Hij werkte hard, en na zijn werk dronk hij. Daarna ging hij slapen en vervolgens weer naar zijn werk. Voor Schwartz was journalistiek een soort legpuzzel, een simpel proces om de krant zo in elkaar te zetten dat alles paste. Niet meer en niet minder. Hij beschouwde het als een eerzaam beroep en hij had zich er goed in bekwaamd; hij had er voor zichzelf een soort formule van gemaakt, en zo zou hij het blijven doen, wat er ook gebeurde. Hij had nergens een grotere hekel aan dan aan mafkezen en excentriekelingen. Die maakten zijn leven moeilijk en deden hem eindeloos piekeren.

Sala grijnsde naar hem. 'Maak je geen zorgen, Schwartz, je krijgt heus je pensioen wel, en waarschijnlijk ook nog zestien hectare grond en een muilezel.'

Ik herinnerde me de eerste keer dat Schwartz op de *News* verscheen. Hij kwam het redactielokaal binnen gewandeld en vroeg om een baantje zoals hij een kapsalon zou zijn binnengelopen om te vragen of hij geknipt kon worden; overtuigd dat hij niet afgewezen zou worden. Als er een andere Engelstalige krant in de stad was geweest, zou het faillissement van de *News* Schwartz niet meer zorgen baren dan de dood van zijn favoriete kapper. Het was niet het verliezen van zijn baan dat hem dwarszat, maar het feit dat zijn vaste patroon werd verstoord. Als de krant op de fles ging, zou hij gedwongen zijn af te wijken van zijn vaste gewoontes. En zo zat Schwartz niet in elkaar. Hij was in staat vreemde en afwijkende dingen te doen, zolang hij die maar van tevoren had kunnen plannen. Alles wat op stel en sprong moest gebeuren was niet alleen stom, maar ook immoreel. Zoals naar de Caribé gaan zonder stropdas. Hij beschouwde Mobergs levenswandel als schaamteloos en misdadig, en hij noemde hem een 'gedegenereerde jobhopper'. Ik wist dat Schwartz degene was die Lotterman had aangepraat dat Moberg een dief was.

Sala keek me aan. 'Schwartz is bang dat zijn krediet bij de Marlin Club wordt stopgezet en dat hij die speciale plaats aan het einde van bar kwijtraakt, de kruk voor de deken van de blanke journalisten.'

Schwartz schudde bedroefd het hoofd. 'Cynische idioot. Ik ben benieuwd hoe jij je voelt als je op zoek moet naar ander werk.'

Sala stond op en liep naar de donkere kamer. 'Er is hier geen werk meer,' zei hij. 'Als Greasy Nick het zinkende schip verlaat, reken maar dat het dan overal bekend is.'

Een paar uur later staken we de straat over om wat te gaan drinken. Ik vertelde Sala over Chenault en hij draaide nerveus op zijn stoel terwijl ik aan het woord was.

'Man, dat is afschuwelijk!' riep hij uit toen ik klaar was. 'Jezus, daar draait mijn maag van om!' Hij sloeg met zijn vuist op tafel. Godverdomme, ik wist wel dat er zoiets zou gebeuren. Ik heb het je toch gezegd!'

Ik knikte en staarde naar het ijs in mijn glas.

'Waarom heb je verdomme niets gedaan?' zei hij op dwingende toon. 'Yeamon kan meestal heel goed om zich heen meppen, waar was híj dan al die tijd?'

'Het gebeurde allemaal zo snel,' zei ik. 'Hij probeerde in te grijpen, maar hij werd in elkaar geslagen.'

Hij dacht even na. 'Waarom hebben jullie haar daar mee naartoe genomen?'

'Kom, zeg,' zei ik. 'Ik ben daar niet heen gegaan als escort voor een of andere krankzinnige meid.' Ik keek hem aan. 'Waarom zat jíj niet thuis lekker een boek te lezen die nacht dat je door de politie in elkaar werd geramd?'

Hij liet zich hoofdschuddend achterover zakken. Na een stilte van een paar minuten keek hij op. 'Wat moet er verdomme van ons worden, Kemp? Ik denk echt dat we allemaal verdoemd zijn.' Hij krabde nerveus in zijn gezicht en zei op zachte toon: 'Ik meen het serieus. We worden steeds weer dronken en dan gebeuren er steeds afschuwelijke dingen, en telkens is het erger dan de keer ervoor...' Hij maakte een wanhopig gebaar met zijn handen. 'Verdomme, het is niet leuk meer – onze mazzel is op, het noodlot keert zich tegen ons.'

Nadat we terug waren op de krant, dacht ik na over wat Sala had gezegd, en ik raakte ervan overtuigd dat hij gelijk had. Hij had het over mazzel en het noodlot en dat we aan de beurt waren, en toch gaf hij nog geen stuiver uit in het casino, omdat hij wist dat de bank altijd wint. En in zijn pessimisme was hij ervan overtuigd dat er met alle apparaten was gerotzooid, maar diep in zijn hart leefde de overtuiging dat hij ze op een dag allemaal te slim af zou zijn en dat hij, door zijn ogen goed de kost te geven, op het juiste moment aan zijn lot zou weten te ontkomen. Het was een soort fatalisme met een achterdeurtje, en je hoefde alleen maar goed op de aanwijzingen te letten. Overleving door middel van coördinatie, als het ware. Je hoeft in de race niet snel te zijn en in de strijd niet sterk, als je maar goed oplet en tijdig opzij springt. Als een kikker die midden in de nacht in het moeras weet te ontkomen aan de dodelijke knuppel.

Dus met die theorie in gedachten ging ik die avond op bezoek bij Sanderson met de bedoeling uit het dreigende moeras van de werkloosheid te ontsnappen door me vast te grijpen aan de hoge, droge tak van de vette contracten. Het was de enige tak die ik binnen een afstand van duizend kilometer kon zien, en als ik die miste, zou het eindeloos kunnen duren voordat ik weer vaste grond onder mijn voeten kreeg, en ik had geen flauw benul waar dat zou kunnen zijn.

Hij begroette me met een cheque van vijftig dollar, wat ik beschouwde als een gunstig voorteken. 'Voor dat artikel,' legde hij uit. 'Ga mee naar de veranda, dan schenk ik wat te drinken voor je in.'

'Drinken,' zei ik. 'Eigenlijk ben ik op zoek naar een werkloosheidsverzekering.'

Hij lachte. 'Ik had het kunnen weten, zeker na vandaag.'

We haalden wat ijs uit de keuken. 'Je wist zeker al dat Segarra ermee zou stoppen,' zei ik.

'Natuurlijk,' zei hij.

'Jezus,' mompelde ik. 'Zeg eens, Hal, wat heeft de toekomst voor me in petto? Word ik rijk of ga ik naar de klote?'

Hij lachte opnieuw en liep naar de veranda, waar ik andere stemmen hoorde. 'Maak je geen zorgen,' zei hij over zijn schouder. 'Kom mee, hier is het lekker koel.'

Hoewel ik geen zin had om kennis te maken met allerlei nieuwe mensen, besloot ik toch naar de veranda te gaan. Het waren jonge mensen die net van een spannende bestemming waren gekomen, en die geïnteresseerd waren in Porto Rico en zijn mogelijkheden. Ik voelde me geslaagd en up-to-date. Na dagenlang de klappen en tegenslagen van het leven te hebben geïncasseerd, was het prettig om weer in de beschaafde wereld te zijn.

Zeventien

De volgende ochtend werd ik gewekt door geklop op mijn deur, een zacht maar aanhoudend geklop. Niet opendoen, dacht ik, trap er niet in. Ik ging rechtop zitten en staarde even naar de deur. Kreunend legde ik mijn hoofd in mijn handen en wilde overal op de wereld zijn behalve hier, in deze situatie. Toen stond ik op en liep langzaam naar de deur.

Ze droeg nog dezelfde kleren, maar zag er afgetobd en smerig uit. De kwetsbare illusies waarmee we door het leven gaan, kunnen maar beperkt onder druk staan, en terwijl ik naar Chenault keek, wilde ik de deur dichtslaan en weer naar bed gaan.

'Goeiemorgen,' zei ik.

Ze reageerde niet.

'Kom binnen,' zei ik, terwijl ik een stap naar achteren deed om haar door te laten.

Ze bleef me aanstaren met een uitdrukking waar ik steeds nerveuzer van werd: vernedering en angst, nam ik aan, maar er was meer: een vleugje verdriet en genot, en een vage glimlach.

Ze bood een angstaanjagende aanblik, en hoe langer ik keek, hoe meer ik ervan overtuigd was dat ze haar verstand had verloren. Ze kwam binnen en legde haar strooien tasje op de keukentafel. 'Wat leuk hier,' zei ze met kalme stem, terwijl ze haar blik door mijn flat liet gaan.

'Ja,' zei ik. 'Gaat wel.'

'Ik wist niet waar je woonde,' zei ze. 'Dus ik moest de krant bellen.'

'Hoe ben je hier gekomen?' vroeg ik.

'Met een taxi.' Ze knikte naar de deur. 'Hij staat buiten te wachten. Ik heb geen geld.'

'Jezus,' zei ik. 'Nou, ik zal hem wel even betalen. Hoeveel is het?'

Ze schudde haar hoofd. 'Dat weet ik niet.'

Ik pakte mijn portefeuille en liep naar de deur. Toen realiseerde ik me dat ik in mijn onderbroek liep. Ik ging terug naar de kast en trok een broek aan; ik wilde zo snel mogelijk naar buiten en mijn gedachten op een rijtje zetten. 'Geen zorgen,' zei ik. 'Ik betaal hem wel.'

'Dat weet ik wel,' zei ze. 'Mag ik even gaan liggen?'

'Natuurlijk,' zei ik, en ik haastte me naar het bed. 'Hier, ik zet het wel even klaar, het is zo'n bedbank.' Ik trok de lakens strak en stopte de dekens in, trekkend aan het beddengoed als een werkster.

Ze ging op bed zitten en keek naar me terwijl ik een shirt aantrok. 'Wat een fantastische flat,' zei ze. 'Lekker veel zon.'

'Ja,' antwoordde ik terwijl ik naar de deur liep. 'Nou, ik ga even de taxi betalen, tot zo.' Ik rende de trap af naar de straat. Hij glimlachte opgewekt toen ik op hem af kwam. 'Hoeveel is het?' vroeg ik, terwijl ik mijn portefeuille opendeed.

Hij knikte gretig. 'Sí, bueno. Señorita zei u betalen. Bueno, gracias. Señorita is niet oké.' Hij wees betekenisvol naar zijn hoofd.

'Dat klopt,' zei ik. 'Cuánto es?'

'Aha, sí,' antwoordde hij, terwijl hij zeven vingers opstak. 'Ies zeven dólares, sí.'

'Ben je gek geworden?' zei ik.

'Sí,' legde hij haastig uit. 'Wij gaan overal, rond en rond, stoppen hier, stoppen daar...' Hij schudde opnieuw zijn hoofd. 'Ah, sí, twee uur, loco, señorita zegt u betalen.'

Ik gaf hem zeven dollar, ervan overtuigd dat hij loog, maar ik geloofde hem wel toen hij zei dat de ochtend loco was geweest. Dat was ongetwijfeld het geval, en nu was het mijn beurt. Ik keek hem na terwijl hij wegreed en liep naar een plekje onder de flamboyanboom, buiten het zicht van de ramen. Wat moet ik verdomme met haar? dacht ik. Ik was op blote voeten en het zand voelde koel aan. Ik keek omhoog naar de boom en toen naar het raam van mijn flat. Daar was ze, ze lag al op bed. De *News* stond op het punt op de fles te gaan, en plotseling zat ik met een berooide meid, en bovendien ook nog een krankzinnige meid. Wat moest ik zeggen tegen Yeamon, of zelfs tegen Sala? Het was te gek voor woorden. Ik besloot dat ik zo snel mogelijk van haar af moest, ook als dat betekende dat ik haar terugreis naar New York moest betalen.

Ik ging naar boven, deed de deur open en voelde me relaxter nu ik een beslissing had genomen. Ze lag languit op bed naar het plafond te staren.

'Heb je ontbeten?' vroeg ik, en ik probeerde zo opgewekt mogelijk te klinken.

'Nee,' antwoordde ze, zo zacht dat ik het nauwelijks hoorde.

'Nou, ik heb van alles in huis,' zei ik. 'Eieren, spek, koffie, de hele santenkraam.' Ik liep naar de gootsteen. 'Wat dacht je van wat jus d'orange?'

'Dat lijkt me lekker,' zei ze, nog steeds omhoog starend.

Ik maakte een pan met gebakken eieren en spek klaar, blij dat ik iets omhanden had. Zo nu en dan wierp ik een blik op het bed. Ze lag op haar rug met haar armen over haar maag gevouwen.

'Chenault,' zei ik uiteindelijk. 'Voel je je wel goed?'

'Ik voel me prima,' antwoordde ze op dezelfde lusteloze toon.

Ik draaide me om. 'Moet ik misschien een dokter bellen?'

'Nee,' zei ze. 'Niets aan de hand. Ik wil alleen even rusten.'

Ik haalde mijn schouders op en ging terug naar het fornuis. Ik schoof de eieren en het spek op twee borden en schonk twee glazen melk in. 'Hier,' zei ik, en ik bracht het bord naar het bed. 'Eet maar lekker op, dan voel je je een stuk beter.'

Ze bewoog zich niet, en ik zette het bord op het nachtkastje. 'Ga nou maar eten,' zei ik. 'Je ziet er niet bepaald gezond uit.'

Ze bleef naar het plafond liggen staren. 'Ik weet het,' fluisterde ze. 'Laat me maar even rusten.'

'Mij best,' zei ik. 'Ik moet trouwens naar de krant.' Ik ging naar de keuken en dronk twee flinke slokken warme rum, ging onder de douche en kleedde me aan. Toen ik wegging stond haar eten nog onaangeroerd op het nachtkastje. 'Nou, tot een uur of acht,' zei ik. 'Bel de krant maar als je iets nodig hebt.'

'Dat zal ik doen,' zei ze. 'Dag.'

Ik bracht het grootste deel van de dag in de bibliotheek door, waar ik aantekeningen maakte over vorige anticommunistische onderzoeken en op zoek ging naar achtergrondmateriaal over mensen die betrokken waren bij de hoorzittingen die voor donderdag gepland stonden. Ik vermeed het gezelschap van Sala in de hoop dat hij niet naar mij op zoek was om te vragen of ik nieuws over Chenault had. Om zes uur belde Lotterman vanuit Miami, hij zei dat Schwartz de krant moest leiden en dat hij op vrijdag terug zou zijn met 'goed nieuws'. Dat kon alleen maar betekenen dat hij een financier had gevonden; de krant zou nog even blijven bestaan en ik had dus nog steeds werk.

Ik ging om ongeveer zeven uur weg. Er was niets meer te doen en ik wilde niet gezien worden door mensen die naar Al's gingen. Ik vertrok via de achtertrap, en glipte als een vluchteling mijn auto in. Ergens in Santurce overreed ik een hond, maar ik reed door. Toen ik in mijn flat aankwam lag Chenault nog steeds te slapen.

Ik maakte sandwiches en zette een pot koffie, en terwijl ik bezig was in de keuken, werd ze wakker. 'Hallo,' zei ze op kalme toon.

'Hallo,' zei ik zonder me om te draaien. Ik draaide een blik tomatensoep open en zette de pan op het vuur. 'Wil je wat eten?' vroeg ik.

'Ik geloof het wel,' zei ze, terwijl ze overeind kwam. 'Maar ik maak zelfs wel iets klaar, hoor.'

'Ben al bezig,' zei ik. 'Hoe voel je je?'

'Beter,' zei ze. 'Een stuk beter.'

Ik bracht een sandwich met ham en een kop soep naar het bed. De eieren met spek van het ontbijt stonden er nog, koud en verschrompeld. Ik verving het ene bord door het andere.

Ze keek glimlachend op. 'Je bent een aardig mens, Paul.'

'Zo aardig ben ik niet, hoor,' zei ik op weg naar de keuken. 'Alleen een beetje in de war.'

'Hoezo?' zei ze. 'Door wat er gebeurd is?'

Ik nam mijn eten mee naar een tafel voor het raam en ging zitten. 'Ja,' zei ik na een korte stilte. 'Jouw... eh... jouw activiteiten van de laatste paar dagen zijn... eh... nogal onduidelijk geweest, om het zacht uit te drukken.'

Ze keek naar haar handen. 'Waarom heb je me binnengelaten?' vroeg ze uiteindelijk.

Ik haalde mijn schouders op. 'Ik weet het niet; verwachtte je dat ik je niet binnen zou laten?'

'Ik wist het niet,' antwoordde ze. 'Ik wist niet hoe je zou reageren.'

'Ik zelf ook niet,' zei ik.

Plotseling keek ze me aan. 'Ik wist niet wat ik moest doen!' flapte ze eruit. 'Toen ik op dat vliegtuig stapte, hoopte ik dat het zou neerstorten! Ik wilde dat het ontplofte en in de oceaan stortte!'

'Hoe kwam je aan een vliegticket?' vroeg ik. 'Ik dacht dat je geen geld had.' Het was eruit voordat ik het wist, en ik had er meteen spijt van.

Ze keek geschrokken op en begon te huilen. 'Iemand heeft een ticket voor me gekocht,' snikte ze. 'Ik had geen geld, ik...'

'Laat maar,' zei ik snel. 'Ik wilde dat eigenlijk helemaal niet vragen. Ik was gewoon even journalist.'

Ze legde haar hoofd in haar handen en bleef huilen.

Snikkend vroeg ze: 'Wat zegt Fritz ervan?'

'Nou,' zei ik. 'Toen ik hem voor het laatst sprak, was hij niet erg blij. Maar dat was zondagavond en we waren er toen allebei ook niet best aan toe; misschien voelt hij zich nu een stuk beter.'

Ze keek op. 'Wat is er gebeurd, heeft hij ruzie gekregen?'

Ik staarde haar aan.

'Kijk me niet zo aan!' gilde ze. 'Ik kan me er niets meer van herinneren!'

Ik haalde mijn schouders op. 'Nou ja...'

'Het laatste wat ik me herinner is dat we naar binnen zijn ge-gaan in dat huis,' zei ze, en ze begon weer te huilen. 'Ik herinner me helemaal niets meer, tot aan de volgende dag!'

Ze liet zich weer op bed vallen en huilde langdurig. Ik ging naar de keuken en schonk een kop koffie in. Ik was in de verlei-ding haar naar Yeamon te brengen en haar daar op de weg bij het huis achter te laten. Ik dacht er even over na, maar besloot dat ik beter eerst met hem kon praten om erachter te komen hoe hij erover dacht. Misschien was hij ertoe in staat haar de armen te breken als ze midden in de nacht voor de deur stond met dit verderfelijke verhaal. Het beetje dat ze had losgelaten was vol-doende om iedere hoop dat het een vergissing was geweest de bodem in te slaan, en ik wilde er ook niets meer over horen. Als ik Yeamon morgen niet in de stad zag, zou ik na het werk naar zijn huis rijden.

Toen ze eindelijk ophield met huilen, viel ze weer in slaap. Ik zat een paar uur bij het raam te lezen en rum te drinken, totdat ik slaperig werd. Ik duwde haar een beetje opzij en ging heel be-hoedzaam naast haar liggen.

Toen ik de volgende ochtend wakker werd, stond Chenault al in de keuken. 'Nu is het mijn beurt om iets te doen,' zei ze met een brede lach. 'Blijf maar lekker liggen en laat je verwennen.'

Ze bracht me een glas jus d'orange, gevolgd door een grote omelet, en we ontbeten op bed. Ze maakte een ontspannen indruk en had het erover dat ze de hele flat schoon zou hebben als ik terugkwam van mijn werk. Ik wilde zeggen dat ik van plan was met Yeamon te praten en haar vanavond nog de deur uit te zetten, maar bij de gedachte dat ik haar dat nu zou zeggen, voelde ik me een bullebak.

Ach, het heeft ook geen enkele zin het haar nu te vertellen, dacht ik. Ik doe het gewoon...

Ze bracht me koffie op een dienblaadje. 'Meteen hierna ga ik douchen,' zei ze. 'Vind je dat erg?'

Ik lachte. 'Ja, Chenault, ik verbied je ten strengste om onder de douche te gaan.'

Ze glimlachte, en nadat ze haar koffie had opgedronken, ging ze de badkamer in. Ik hoorde het water stromen en ging naar de keuken voor nog een kop koffie. Ik schaamde me een beetje, met alleen mijn onderbroek aan, en ik besloot me aan te kleden voordat ze de badkamer uit kwam. Eerst ging ik naar beneden om de krant te halen. Toen ik terugkwam, hoorde ik haar roepen vanuit de badkamer: 'Paul, kun je even hier komen?'

Ik deed de deur open in de veronderstelling dat ze het gordijn dichtgetrokken had. Dat was niet het geval, en ze begroette me met een brede grijns. 'Ik voel me weer een mens,' riep ze. 'Ben ik niet mooi?' Ze stapte onder de waterstraal uit, draaide zich naar me toe en hief haar armen op als een model dat een nieuw en bijzonder soort zeep demonstreert. Ze straalde een vreemd, lolita-achtig egoïsme uit, en ik moest lachen.

'Kom er ook onder,' zei ze opgewekt. 'Het is zo lekker!'

Ik hield op met lachen en er viel een vreemde stilte. Ergens in mijn achterhoofd hoorde ik een gong, gevolgd door een melodramatische stem die zei: 'En dit is dan het einde van *Avonturen van Paul Kemp, de Dronken Journalist*. Hij zag het teken aan de wand, maar hij was zo'n grote geilaard dat hij niet opzij ging.' Er klonk orgelmuziek, een korte klaagzang, waarna ik mijn onderbroek uittrok en bij Chenault onder de douche stapte. Ik herinner me die kleine ingezeepte handjes die mijn rug wasten; ik hield mijn ogen stijf dicht terwijl mijn geest een hopeloze strijd leverde met mijn kruis, waarna ik me als een drenkeling overgaf, en samen met haar het bed drijfnat maakte.

Ze was nog nat van de douche en lag uitgestrekt met een vredige lach op haar gezicht, toen ik eindelijk naar mijn werk ging. Ik reed als een blindeman door San Juan, mompelend en hoofdschuddend als iemand die eindelijk is opgespoord en achterhaald.

Toen ik op de krant kwam, lagen er twee dingen op mijn bureau: een klein boekje met de titel *72 manieren om lol te hebben*, en een memo met de mededeling dat ik Sanderson moest bellen.

Ik vroeg Schwartz of er opdrachten waren. Dat was niet het geval, en dus besloot ik buiten ergens koffie te drinken. Ik liep een paar huizenblokken langs het water om Sala niet tegen te komen. Ook verwachtte ik dat Yeamon ieder moment de krant kon komen binnenstormen. Het duurde even voordat ik mezelf weer onder controle had, maar uiteindelijk besloot ik dat dat van die ochtend niet gebeurd was. Er was niets veranderd. Ik zou naar Yeamon toe gaan en de zaak bespreken. Als hij niet naar de stad kwam, dan zou ik na het werk wel naar hem toe rijden.

Toen ik mijn zelfbeheersing herwonnen had, ging ik terug naar de krant. Om halfdrie moest ik naar het Caribé voor een gesprek met een van de congresleden die was overgekomen voor het anticommunistische onderzoek. Ik reed erheen en praatte twee uur met de man. We zaten op het terras en dronken rumpunch, en toen ik vertrok bedankte hij me voor de 'waardevolle informatie' die ik hem had gegeven.

'Oké, senator,' zei ik. 'Bedankt voor het verhaal, reuzespannend.' Terug op de krant kostte het me de grootste moeite om over het hele gesprek vier alinea's te schrijven.

Daarna belde ik Sanderson. 'Hoe gaat het met die brochure?' vroeg hij.

'O, Jezus,' mompelde ik.

'Verdomme, Paul, je had me deze week een eerste kladversie beloofd. Je bent nog erger dan die Yeamon.'

'Goed,' zei ik lusteloos. 'Ik word gek, Hal. Ik doe het dit weekend, uiterlijk maandag.'

'Wat is er aan de hand?' vroeg hij.

'Laat maar,' antwoordde ik. 'Vanavond is het voorbij. Dan doe ik de brochure, oké?'

Nadat ik had opgehangen wenkte Schwartz me om naar zijn bureau te komen. 'Groot ongeval op Bayaman Road,' zei hij, terwijl hij me een vel met aantekeningen gaf. 'Sala is er niet; kun jij met een camera overweg?'

'Ja hoor,' zei ik. 'Ik haal wel een paar Nikons uit de doka.'

'Goed zo,' zei hij. 'Neem ze allemaal maar mee.'

Ik scheurde over Bayamon Road en zag in de verte de rode zwaailichten van een geparkeerde ambulance. Ik was net op tijd om nog een paar foto's te maken van de lijken, die in het zand naast een gekantelde vrachtwagen lagen. Door onbekende oorzaak was die op de andere rijbaan geschoten en had daar een bus geramd. Ik stelde een paar vragen, praatte even met de politie en scheurde terug naar de krant om het verslag te schrijven. Ik typte als een razende om zo snel mogelijk klaar te zijn en weer weg te kunnen…

Plotseling besloot ik dat ik helemaal niet naar Yeamon ging. Ik had haast omdat ik zo snel mogelijk terug wilde naar de flat. Ik was de hele dag onrustig geweest, en nu de middag ten einde liep, kreunde ik van binnen terwijl de waarheid langzaam tevoorschijn kwam en me recht in het gezicht staarde.

Ik leverde het verslag in, ging naar mijn auto en bedacht dat ik misschien naar Al's moest om te zien of hij daar was. Maar datgene wat me naar de flat trok was ongelooflijk sterk. Ik reed in de richting van Al's, sloeg plotseling af naar Condado en probeerde nergens aan te denken totdat ik stilhield voor mijn flat.

Ze had een van mijn overhemden aan, dat om haar heen hing als een kort nachthemd. Ze lachte blij toen ik binnenkwam, stond op van het bed en schonk me iets te drinken in. Het hemd fladderde geil om haar dijen terwijl ze de keuken in huppelde.

Ik voelde me volkomen verslagen. Ik ijsbeerde een poos door de flat, nauwelijks luisterend naar haar opgewekte gebabbel, waarna ik besloot mijn verzet te staken. Ik liep naar het bed en trok mijn kleren uit. Ik stortte me met zoveel geweld op haar dat haar lach snel verdween en er een wanhopige vrijpartij begon. Ze schopte met haar voeten in de lucht, gilde en kromde haar rug, en ze was zo nog steeds bezig toen ik in haar explodeerde en van uitputting ineen zakte. Uiteindelijk gaf ze ook op, sloeg haar benen om mijn heupen en haar armen om mijn nek, en begon te huilen.

Ik steunde op mijn ellebogen en keek haar aan. 'Wat is er?' vroeg ik.

Ze hield haar ogen dicht en schudde haar hoofd. 'Het lukt niet,' snikte ze. 'Ik kom er heel dichtbij, maar het lukt niet.'

Ik keek haar een ogenblik aan en vroeg me af wat ik moest zeggen, legde toen mijn hoofd op het bed en kreunde. Zo bleven we lange tijd liggen, totdat we uiteindelijk opstonden, en het eten klaarmaakte terwijl ik de *Miami Herald* las.

De volgende ochtend reed ik naar Yeamon. Ik wist niet precies wat ik ging zeggen, dus ik dacht steeds aan zijn slechte eigenschappen, zodat ik tegen hem kon liegen zonder me schuldig te voelen. Maar het was moeilijk om aan het einde van de rit die vent een klootzak te vinden. De hete, vreedzame oceaan, het zand en de groen-gouden palmbomen brachten me helemaal uit evenwicht, en toen ik eindelijk bij zijn huis kwam, voelde ik me een decadente indringer.

Hij zat naakt op het terras koffie te drinken en een boek te lezen. Ik stopte naast het huis en stapte uit. Hij draaide zich glimlachend om. 'Hoe staat het ervoor?'

'Chenault is teruggekomen,' zei ik. 'Ze is bij mij in de flat.'

'Wanneer?' vroeg hij.

'Gisteren, ik wilde haar gisteravond hierheen brengen, maar ik wilde eerst met je praten.'

'Wat is er gebeurd?' vroeg hij. 'Heeft ze dat verteld?'

'Stukjes,' zei ik. 'Het klonk niet best.'

Hij bleef me aanstaren. 'Nou, wat zijn haar plannen?'

'Dat weet ik niet,' zei ik. Ik werd steeds nerveuzer. 'Wil je dat ik haar hierheen breng?'

Hij keek even naar de zee, toen weer naar mij. 'Jezus, nee zeg,' snauwde hij. 'Je mag haar hebben, met de groeten van mij.'

'Hou even op, zeg,' zei ik. 'Ze stond ineens bij me voor de deur; ze was er niet best aan toe.'

'Wat kan mij dat verrekken?' zei hij.

'Nou,' zei ik langzaam, 'ze wil dat ik haar kleren kom halen.'

'Prima,' zei hij, en stond op. Hij liep de hut in en begon spullen door de deur naar buiten te gooien. Het waren vooral kleren, maar ook spiegels, doosjes en glazen voorwerpen, die kapot vielen op het terras.

Ik liep naar de deur. 'Hé, kalm aan!' riep ik. 'Wat is er met jou aan de hand?'

Hij kwam naar buiten met een koffer, die hij in de richting van de auto smeet. 'En nou opgesodemieterd!' schreeuwde hij. 'Jij en die hoer passen goed bij elkaar!'

De kleren lagen op een hoop, en ik laadde ze achter in de auto terwijl hij toekeek. Toen alles was ingepakt, deed ik het portier open en stapte in. 'Bel me maar op de krant,' zei ik, 'als je wat bent afgekoeld. Ik heb al genoeg problemen.'

Hij wierp me een woedende blik toe, en ik reed de auto achteruit de weg op. Het was ongeveer net zo beroerd verlopen als ik had verwacht, en ik wilde zo snel mogelijk weg, voordat het nog erger werd. Ik drukte het gaspedaal helemaal in en mijn auto botste als een jeep over de gaten in de weg en wierp enorme stofwolken op. Het liep tegen de middag, en uit de duinen en het moeras steeg een stoomachtige nevel op die mijn ogen deed branden en de zon verduisterde. Ik reed langs Colmado de Jesús Lopo en zag de oude man op zijn toonbank naar mij staan staren, alsof hij het hele verhaal kende en absoluut niet verbaasd was.

Toen ik weer in de flat kwam stond Chenault af te wassen. Ze keek glimlachend over haar schouder toen ik binnenkwam. 'Je bent er weer,' zei ze. 'Ik wist niet zeker of je het wel zou halen.'

'Hij was niet blij,' zei ik, terwijl ik een stapel kleren op het bed gooide.

Ze lachte, maar het klonk treurig, en ik voelde me nog beroerder. 'Arme Fritz,' zei ze. 'Hij zal nooit volwassen worden.'

'Ja,' zei ik, en ik ging weer naar de auto om nog meer kleren te halen.

Achttien

Op weg naar mijn werk de volgende ochtend, ging ik langs Al's en trof daar Sala op de binnenplaats. Hij dronk bier en bladerde door een nummer van *Life en Español*. Ik haalde een kan met ijsgekoelde rum uit de keuken en ging bij hem aan tafel zitten.

'Staan ze erin?' vroeg ik, wijzend op het tijdschrift.

'Welnee,' gromde hij. 'Ze plaatsen ze nooit; volgens Sanderson waren ze bedoeld voor afgelopen herfst.'

'Wat maakt het uit?' zei ik. 'Je hebt je geld gekregen.'

Hij gooide het tijdschrift terzijde en leunde achterover. 'Dat is nog maar de helft,' zei hij. 'Ze kunnen me elk moment betalen.'

We zwegen een poosje. Hij keek op. 'Wat is dit een kutplek, Kemp, de kutterigste plek die ik ooit gezien heb.' Hij haalde een sigaret uit zijn borstzak. 'Ja, ik denk dat het moment is aangebroken dat de ouwe Robert zijn luie reet weer eens moet verhuizen.'

Ik glimlachte.

'Nee, dat duurt niet lang meer,' zei hij. 'Lotterman komt vandaag terug, en het zal me niet verbazen als de krant tegen middernacht op de fles is.' Hij knikte. 'Zodra ze de cheques beginnen uit te delen, dan sprint ik meteen naar een bank om de mijne verzilveren.'

'Ik weet het niet,' zei ik. 'Volgens Schwartz heeft hij ergens geld versierd.'

Hij schudde zijn hoofd. 'Die arme Schwartz, die komt nog steeds braaf naar zijn werk als het gebouw al een bowlingcentrum is geworden.' Hij grinnikte. 'Wat anders? El Krantenkop Bowling Paleis, met Moberg achter de bar. Misschien nemen ze

Schwartz wel in dienst voor de pr.' Hij schreeuwde naar de keuken om twee bier en keek me aan. Ik knikte. 'Doe maar vier,' brulde hij. 'En zet godverdomme die airco aan.'

Hij liet zich weer achterovervallen. 'Ik moet weg van dit eiland. Ik ken een paar mensen in Mexico City, misschien dat ik dat maar eens probeer.' Hij grijnsde. 'Ze schijnen er ook vrouwen te hebben.'

'Verdomme,' zei ik. 'Er zijn genoeg vrouwen, als je tenminste van je luie reet af komt.'

Hij keek op. 'Kemp, volgens mij ben jij een enorme hoerenloper.'

Ik lachte. 'Hoezo?'

'Hoezo!' riep hij. 'Ik heb je door, Kemp. Ik vermoedde het al een hele tijd, maar nu heb je die meid afgepakt van Yeamon.'

'Wat!' riep ik uit.

'Ontkennen heeft geen zin,' zei hij. 'Hij was zonet hier en heeft me het hele gore verhaal verteld.'

'Klootzak!' zei ik. 'Chenault stond gewoon bij me voor de deur. Ze kon nergens anders heen.'

Hij grijnsde. 'Ze had wel bij mij kunnen intrekken, hoor. Ik ben tenminste een fatsoenlijk mens.'

Ik snoof verachtelijk. 'Jezus, jij zou haar einde hebben betekend.'

'Ik neem aan dat jij op de grond slaapt,' antwoordde hij. 'Ik ken die flat, Kemp. Ik weet dat er maar één bed staat. Hou maar op met dat christelijke gelul.'

'Christelijke gelul!' zei ik. 'Jij bent zo'n oversekste klootzak dat je jou maar beter helemaal niks kunt vertellen.'

Hij moest lachen. 'Rustig maar, Kemp, doe niet zo hysterisch. Ik weet heus wel dat je die vrouw niet zou aanraken, zo ben jij niet.' Hij lachte opnieuw en bestelde nog vier bier.

'Niet om het een of ander,' zei ik, 'maar ik stuur haar terug naar New York.'

'Dat is waarschijnlijk het beste,' antwoordde hij. 'Een meid die ervandoor gaat met een stel bosjesmannen is niet oké.'

'Ik heb je verteld wat er gebeurd is,' zei ik. 'Ze is er met niemand vandoor gegaan.'

Hij schudde zijn hoofd. 'Laat maar,' zei hij op vermoeide toon. 'Het kan me allemaal geen zak schelen. Doe maar wat je wilt. Ik heb zo mijn eigen problemen.'

Het bier werd gebracht en ik keek op mijn horloge. 'Het is bijna twaalf uur,' zei ik. 'Ben je nog van plan om naar de krant te gaan?'

'Ik ga als ik dronken genoeg ben,' antwoordde hij. 'Neem nog een biertje, aanstaande maandag staan we allemaal op straat.'

We bleven drie uur lang stevig doordrinken en daarna reden we naar de krant. Lotterman was terug, maar hij was ergens heengegaan. Toen hij uiteindelijk om vijf uur terugkwam, riep hij ons bij elkaar in het redactielokaal. Hij ging op een bureau staan.

'Mannen,' zei hij. 'Jullie zullen wel blij zijn om te horen dat die verrekte, waardeloze Segarra eindelijk vertrokken is. Hij was de ergste lijntrekker die we hier ooit hebben gehad en bovendien was hij ook nog homo, dus nu hij vertrokken is, kan het hier alleen maar beter worden.'

Hier en daar klonk gegrinnik, daarna viel er stilte.

'Dat is nog maar het eerste deel van het goede nieuws,' zei hij met een brede grijns. 'Jullie weten allemaal, neem ik aan, dat de krant de laatste tijd niet veel geld heeft opgebracht. Nou, daar hoeven we ons geen zorgen meer om te maken!' Hij zweeg even en keek om zich heen. 'Jullie hebben natuurlijk allemaal gehoord van Daniel Stein, een oud vriendje van me, en met ingang van maandagochtend is hij mede-eigenaar van deze krant.'

Hij glimlachte. 'Ik stapte zijn kantoor binnen en zei: "Dan, ik wil mijn krant redden," en hij zei: "Ed, hoeveel heb je nodig?" Zo gemakkelijk is dat. Zijn advocaten maken de papieren in orde, en maandag liggen ze op mijn bureau om getekend te worden.'

Hij schuifelde zenuwachtig heen en weer op het bureau en glimlachte opnieuw. 'Ik weet dat jullie vandaag je salaris verwachten, en ik vind het rot als het betekent dat jullie je dit weekend een beetje moeten inhouden, maar ik ben met Dan overeengekomen dat ik pas salarischeques mag uitreiken nadat ik die papieren heb getekend, dus jullie zullen tot maandag moeten wachten.' Hij knikte haastig. 'Wie een paar dollar nodig heeft kan natuurlijk altijd bij me aankloppen voor een leninkje; ik wil niet dat jullie dorst lijden en mij daar de schuld van geven.'

Hier en daar werd gelachen, gevolgd door Sala's stem vanaf de andere kant van de ruimte. 'Ik heb wel eens gehoord over die Stein,' zei hij. 'Weet je zeker dat hij te vertrouwen is?'

Lotterman wuifde de vraag weg. 'Natuurlijk weet ik dat zeker, Bob. Dan en ik zijn oude vrienden.'

'Nou,' zei Sala. 'Ik heb een duur weekend voor de boeg, en als het jou niks uitmaakt, dan wil ik nu graag mijn hele salaris lenen; dan hoef je me maandag niks te geven.'

Lotterman staarde hem aan. 'Wat wil je daarmee zeggen, Bob?'

'Ik draai er niet omheen,' antwoordde Sala. 'Ik wil graag honderdvijfentwintig dollar lenen tot maandag.'

'Maar dat is belachelijk!' riep Lotterman.

'Ja, dat mag belachelijk zijn,' zei Sala. 'Maar ik heb in Miami gewerkt, weet je nog? Ik ken Stein. Hij is veroordeeld voor verduistering.' Hij stak een sigaret op. 'En bovendien ben ik er maandag misschien niet.'

'Wat bedoel je?' schreeuwde Lotterman. 'Je neemt toch geen ontslag?'

'Dat zei ik niet,' antwoordde Sala.

'Moet je goed horen, Bob!' riep Lotterman. 'Ik weet niet wat je allemaal van plan bent – zeggen dat je misschien ontslag neemt en dan weer niet –, maar wie denk je verdomme wel dat je bent?'

Sala glimlachte flauwtjes. 'Je hoeft niet zo te schreeuwen, Ed. Daar worden we alleen maar zenuwachtig van. Ik vroeg je alleen om een lening, meer niet.'

Lotterman sprong van het bureau af. 'Kom maar mee naar mijn kantoor,' zei hij over zijn schouder. 'Kemp, daarna wil ik jou spreken.' Hij zwaaide met zijn hand in de lucht. 'Dat is alles, jongens, aan het werk maar weer.'

Sala volgde hem naar zijn kantoor. Ik hoorde Schwartz zeggen: 'Dit is afschuwelijk, ik weet niet wat we kunnen verwachten.'

'Het ergste,' antwoordde ik.

Moberg kwam op ons afgerend. 'Dat kan hij niet maken!' schreeuwde hij. 'Geen salaris, geen ontslagvergoeding. Dat moeten we niet pikken!'

De deur van Lottermans kantoor ging open en Sala kwam naar buiten met een ongelukkige uitdrukking op zijn gezicht. Lotterman kwam achter hem aan en riep mij. Hij wachtte tot ik binnen was en deed de deur achter ons dicht.

'Paul,' zei hij. 'Wat moet ik met die gasten?'

Ik keek hem aan en wist niet precies wat hij bedoelde.

'Ik ben uitgeteld,' zei hij. 'Jij bent de enige met wie ik hier kan praten, die anderen zijn allemaal gieren.'

'Hoezo ik?' zei ik. 'Ik ben ook een gier, hoor.'

'Nee, dat ben je niet,' reageerde hij snel. 'Je bent lui, maar je bent geen gier, niet zoals die stinkerd van een Sala!' Hij sputterde boos. 'Heb je die bullshit gehoord waar hij net mee kwam? Heb je het ooit zo zout gegeten?'

Ik haalde mijn schouders op. 'Nou...'

'Daarom wilde ik even met je praten,' zei hij. 'Ik moet die gasten intomen. We zitten echt in de problemen, ik sta met mijn rug tegen de muur door die Stein.' Hij keek me aan en knikte. 'Als ik deze krant niet rendabel maak, draait hij de kraan dicht en verkoopt hem als oud vuil. Dan ga ik als schuldenaar de bak in.'

'Dat klinkt nogal somber,' zei ik.

Hij lachte humorloos. 'Je kent nog niet de helft van het verhaal.' Hij veranderde van toon en klonk zelfverzekerd. 'Ik wil dat je die kerels motiveert. Ik wil dat je hen duidelijk maakt dat we de kar samen moeten trekken, dat we anders verzuipen!'

'Verzuipen?' zei ik.

Hij knikte nadrukkelijk. 'Ja, dat klopt.'

'Nou,' zei ik. 'Dat vind ik nogal een riskant voorstel. Hoe denk je dat Sala reageert als ik hem vertel dat het een kwestie van zwemmen of verzuipen is voor de *Daily News*?' Ik aarzelde. 'Of Schwartz, of Vanderwitz, of zelfs Moberg?'

Hij staarde naar zijn bureaublad. 'Ja,' zei hij uiteindelijk. 'Ik denk dat ze allemaal weg zouden kunnen gaan, net als Segarra.' Hij sloeg met zijn vuist op het bureau. 'Die smerige rat! Hij is niet alleen maar vertrokken, hij heeft het in heel San Juan rondgebazuind! Ik hoorde overal dat de krant failliet was. Daarom moest ik naar Miami. Ik kan hier nog geen stuiver lenen. Die slijmerige gluiperd is van plan om mij te naaien.'

Ik wilde vragen waarom hij Segarra überhaupt in dienst had genomen, of waarom hij een vijfderangs krant uitbracht terwijl hij had kunnen proberen een kwaliteitskrant te maken. Plotseling had ik genoeg van Lotterman; hij was een hypocriet en wist dat zelf niet eens. Hij liep voortdurend te blaten over Persvrijheid en de Krant Draaiende Houden, maar als hij een miljoen dollar had en alle vrijheid van de wereld, dan zou hij nog steeds een waardeloze krant uitbrengen, omdat hij niet slim genoeg was om een kwaliteitskrant te maken. Hij was gewoon een kleine schreeuwlelijk in het grote legioen van schreeuwlelijken die marcheren tussen de banieren van betere en grotere figuren. Vrijheid, Waarheid, Eer – je kon wel honderd van die woorden afraffelen en achter ieder woord zouden zich duizend schreeuwlelijken, opgeblazen klootzakjes verzamelen die met hun ene hand de banier zwaaiden en met de andere onder de tafel graaiden.

Ik ging staan. 'Ed.' Ik sprak hem voor het eerst bij zijn voornaam aan. 'Ik denk dat ik ontslag neem.'

Hij keek me wezenloos aan.

'Ja,' zei ik. 'Ik kom wel op maandag voor mijn salaris, maar daarna doe ik het een poosje kalm aan.' Hij sprong op van zijn stoel en stormde op me af. 'Jij, bekakte elitaire klootzak!' schreeuwde hij. 'Ik heb die arrogante houding van jou lang genoeg getolereerd!' Hij duwde me naar de deur. 'Je bent ontslagen!' krijste hij. 'Maak dat je hier wegkomt voordat ik je laat opsluiten!' Hij duwde me het redactielokaal in, liep terug naar zijn kantoor en sloeg de deur met een klap dicht.

Ik liep naar mijn bureau en begon te lachen toen Sala vroeg wat er gebeurd was. 'Hij werd gek,' antwoordde ik. 'Ik zei dat ik ontslag nam, en toen knapte er iets bij hem.'

'Nou,' zei Sala. 'Het is toch al afgelopen. Hij beloofde me een maandsalaris als ik aan iedereen zou vertellen dat hij Segarra had ontslagen omdat hij homo was; hij zei dat hij het uit zijn eigen zak zou betalen als Stein niet over de brug kwam.'

'Wat een ordinaire klootzak,' zei ik. 'Hij heeft mij nog geen stuiver aangeboden.' Ik moest lachen. 'Hij deed natuurlijk net alsof hij mij Segarra's baan wilde geven, tot maandag.'

'Ja, maandag is D-day,' zei Sala. 'Hij zal ons toch moeten betalen als hij een krant wil uitbrengen.' Hij schudde zijn hoofd. 'Maar ik denk niet dat hij dat zal doen, ik denk dat hij zich verkocht heeft aan Stein.' Hij snoof verachtelijk. 'Nou en? Hij kan zijn personeel niet betalen; het is afgelopen met hem, wat hij ook wil. Eén ding weet ik zeker: als ik maandag mijn salaris niet krijg, wordt dit een van slechtste kranten op het westelijk halfrond. Ik kom hier morgenochtend de hele fotobibliotheek uitzoeken, ongeveer 99 procent van die opnames is van mij.'

'Ja, verdomme,' zei ik. 'Gebruik het als losgeld.' Ik grijnsde. 'Maar dan pakken ze je natuurlijk voor ontvreemding als hij een aanklacht indient. Misschien herinnert hij zich nog dat hij duizend dollar borgsom voor je heeft betaald.'

Hij schudde zijn hoofd. 'Jezus, dat vergeet ik steeds; denk je echt dat hij dat betaald heeft?'

'Dat weet ik niet,' zei ik. 'De kans is groot dat hij het teruggekregen heeft, maar ik zou er niet van uitgaan.'

'Ach, laat hem doodvallen,' antwoordde hij. 'Kom, we gaan naar Al's.'

Het was een hete, benauwde avond en ik had zin om zo dronken te worden als een tor. We zaten er ongeveer een halfuur in hoog tempo rum achterover te slaan, toen Donovan schuimbekkend kwam aanzetten. Hij was de hele middag bij het golftoernooi geweest en had zojuist het nieuws gehoord. 'God gloeiende godverdomme!' schreeuwde hij. 'Ik ging net naar de krant en alleen Schwartz was er, hij zat zich het schompes te werken.' Hij liet zich in een stoel vallen. 'Wat is er gebeurd, zijn we failliet?'

'Ja,' zei ik. 'Het is afgelopen.'

Hij knikte ernstig. 'Ik heb nog steeds een deadline,' zei hij. 'Ik moet de sportrubriek nog doen.' Hij liep de straat op. 'Ik ben over een uur terug,' verzekerde hij ons. 'Ik hoef alleen nog maar dat golfverhaal te schrijven. Voor de rest kunnen ze doodvallen, ik zet wel een cartoon op een hele pagina.'

Sala en ik bleven stevig doordrinken, en toen Donovan terugkwam, deden we er een tandje bij. Tegen middernacht waren we alle drie behoorlijk ver heen, en ik moest aan Chenault denken. Ik bleef nog een uur of zo aan haar denken. Daarna stond ik op en zei dat ik naar huis ging.

Op de terugweg kocht ik in Condado een fles rum. Toen ik in de flat kwam, zat ze op het bed *Heart of Darkness* te lezen; ze droeg nog steeds hetzelfde overhemd.

Ik sloeg de deur achter me dicht en ging naar de keuken om drankjes te mixen. 'Wakker worden, denk na over de toekomst,' zei ik over mijn schouder. 'Ik heb vanavond ontslag genomen en kreeg twee minuten daarna de zak.'

Ze keek op en glimlachte. 'Geen geld meer?'

'Helemaal niks meer,' antwoordde ik, terwijl ik twee glazen rum inschonk. 'Ik ga ervandoor. Ik heb er genoeg van.'

'Waarvan?' vroeg ze.

Ik bracht een van de drankjes naar het bed. 'Hiervan,' zei ik. 'Dit is een van de dingen waar ik genoeg van heb.' Ik duwde haar het glas in de hand, liep naar het raam en keek de straat in. 'Ik heb er vooral genoeg van,' zei ik, 'om een klaploper te zijn, een menselijke zuigvis.' Ik grinnikte. 'Heb je wel eens gehoord van zuigvissen?'

Ze schudde haar hoofd.

'Dat zijn vissen met zuignappen op hun buik,' zei ik. 'Ze zuigen zich vast aan haaien; als de haai een grote prooi heeft gevangen, dan eten de zuigvissen de restjes op.'

Ze nipte giechelend van haar glas.

'Dat is niet om te lachen,' snauwde ik. 'Jij bent het belangrijkste bewijsstuk – eerst Yeamon, dan ik.' Dat was een smerige opmerking, maar ik was aan het doordraaien en het kon me geen zak schelen. 'Verdomme,' zei ik. 'Ik ben zelf geen haar beter. Als er iemand naar me toe kwam die zei: "Zeg eens, meneer Kemp, wat is precies uw beroep?" dan zou ik zeggen: "Nou, ik zwem rond in troebele wateren totdat ik iets groots vind waar ik me aan vast kan klampen – een goede verzorger, zeg maar, iets met grote tanden en een kleine buik."' Ik lachte naar haar. 'Dat is de combinatie waar een zuigvis naar op zoek is, zorg dat je koste wat het kost de grote buik vermijdt.'

Ze keek me aan en schudde treurig haar hoofd.

'Ja, je hebt gelijk!' schreeuwde ik. 'Ik ben dronken én gek, er is absoluut geen hoop meer voor mij, of wel soms?' Ik hield op met ijsberen en keek haar aan. 'Nou, voor jou is er anders ook niet veel hoop meer, godverdomme. Jij bent zo ongelooflijk stom dat je niet eens een zuigvis herkent als je er een tegenkomt!' Ik begon weer te ijsberen. 'Je hebt schijt aan de enige vent hier zonder zuignappen op zijn buik, en dan grijp je mij, *of all people.*' Ik schudde mijn hoofd. 'Jezus. Ik zit onder de zuignappen… Ik leef al zo lang van de restjes van anderen dat ik niet meer weet waar het écht om gaat.'

Ze huilde nu, maar ik ging door. 'Wat ben je in godsnaam van plan, Chenault? Wat kún je doen?' Ik ging naar de keuken en schonk nog eens in. 'Ik zou maar eens diep nadenken,' zei ik. 'Je dagen hier zijn geteld, tenzij jij de huur wilt betalen nadat ik vertrokken ben.'

Ze huilde maar door, en ik liep naar het raam. 'Geen enkele hoop meer voor een oude zuigvis,' mompelde ik. Ik was plotseling doodmoe. Ik liep nog even zwijgend rond en ging op het bed zitten.

Ze hield op met huilen en keerde zich, steunend op een elleboog, naar mij. 'Wanneer vertrek je?' vroeg ze.

'Dat weet ik nog niet,' antwoordde ik. 'Waarschijnlijk volgende week.'

'Waar ga je heen?' vroeg ze.

'Weet ik niet, ergens anders heen.'

Ze zweeg even en zei toen: 'Nou, ik denk dat ik dan maar terugga naar New York.'

Ik haalde mijn schouders op. 'Ik zorg wel dat je een ticket krijgt. Ik kan het me niet veroorloven, maar wat maakt het uit.'

'Dat hoeft niet,' zei ze. 'Ik heb zelf geld.'

Ik staarde haar aan. 'Ik dacht dat je niet eens terug kon vanaf St. Thomas.'

'Toen had ik niets,' zei ze. 'Het zat in die koffer die je bij Fritz hebt opgehaald. Ik heb het verstopt, een appeltje voor de dorst.' Ze glimlachte flauwtjes. 'Het is maar honderd dollar.'

'Nou,' zei ik. 'Je hebt wel meer nodig als je weer in New York bent.'

'Nee hoor,' antwoordde ze. 'Dan heb ik nog vijftig over, en...' Ze aarzelde. 'En ik denk dat ik een poosje naar huis ga. Mijn ouders wonen in Connecticut.'

'Nou,' zei ik, 'dat klinkt als een goed idee.'

Ze legde haar hoofd tegen mijn borst. 'Het is afschuwelijk,' snikte ze. 'Maar ik weet niet waar ik anders heen moet.'

Ik sloeg mijn arm om haar schouders. Ik wist ook niet waar ze heen kon, of wat ze kon doen als ze daar aankwam.

'Mag ik hier blijven totdat je weggaat?' vroeg ze.

Ik kneep in haar schouder en trok haar dichter tegen me aan. 'Natuurlijk,' zei ik. 'Als je denkt dat je tegen al dat geschmier kunt.'

'Tegen wat?' vroeg ze.

Ik stond glimlachend op. 'Tegen de gekte,' zei ik. 'Vind je het erg als ik me uitkleed en verder drink?'

Ze giechelde. 'Mag ik ook?'

'Natuurlijk,' zei ik terwijl ik mijn kleren uittrok. 'Waarom niet?'

Ik schonk nog eens in en zette de fles op het nachtkastje neer. Ik deed de ventilator aan en de lichten uit. We nipten van onze glazen. Ik leunde tegen de kussens en ze legde haar hoofd op mijn borst. De stilte was zo intens dat het getinkel van het ijs in mijn glas klonk alsof het op straat te horen was. De maan scheen helder door het raam aan de voorkant, ik zag de uitdrukking op Chenaults gezicht en vroeg me af hoe ze zo vredig en voldaan kon kijken.

Na een poosje greep ik de fles en vulde ons bij. Ik morste wat rum op mijn buik, en ze leunde voorover om het op te likken. Ik rilde door de aanraking van haar tong, en even later knoeide ik nog wat op mijn been. Ze keek me aan en lachte, alsof we een raar spelletje speelden, waarna ze zich vooroverboog en het voorzichtig oplikte.

Negentien

We werden de volgende ochtend vroeg wakker. Ik reed naar het hotel om wat kranten te halen terwijl Chenault onder de douche ging. Ik kocht de *New York Times* en de *Tribune*, zodat we allebei iets te lezen zouden hebben. Ik besloot ook twee exemplaren te kopen van wat volgens mij wel eens de laatste editie van de *San Juan Daily News* zou kunnen worden. Ik wilde er een meenemen als souvenir.

We ontbeten aan de tafel bij het raam, en daarna dronken we koffie en lazen de kranten. Die ochtend voelde ik voor het eerst iets vredigs in de flat, en toen ik daarover nadacht, voelde ik me dom omdat dat de enige reden was geweest waarom ik er überhaupt had willen wonen. Ik lag op bed te roken en naar de radio te luisteren terwijl Chenault de afwas deed. Er stond een mooie bries, en toen ik uit het raam keek, kon ik tussen de bomen en de rode daken door, tot aan de horizon kijken.

Chenault had mijn overhemd weer aan, en ik zag het weer om haar dijen dansen en fladderen terwijl ze in de keuken heen en weer liep. Na een poosje stond ik op en sloop op haar af. Ik tilde het overhemd op en greep haar met beide handen vast. Ze gilde, draaide zich om en liet zich lachend tegen me aan vallen. Ik nam haar in mijn armen en trok de panden van het hemd speels over haar hoofd. We bleven zo even staan, waarna ik haar optilde en op bed legde, waar we heel rustig gingen vrijen.

Halverwege de ochtend verliet ik het huis, maar de zon was al zo heet dat het wel middag leek. Ik reed langs het strand en herinnerde me hoezeer ik had genoten van de ochtenden toen ik net in San Juan was aangekomen. Er is iets fris en opwekkends aan de eerste uren van een dag in de Caraïben, het opgewekte vooruitzicht dat er iets te gebeuren staat, misschien verderop in de straat of net om de hoek. Als ik terugkijk op die maanden en de goede dingen probeer te scheiden van de slechte, herinner ik me de ochtenden dat ik vroeg op pad moest, dat ik Sala's auto leende en over de grote, met bomen omzoomde boulevard scheurde. Ik herinner me hoe dat autootje onder me trilde en de plotselinge hitte van de zon in mijn gezicht als ik uit de schaduw glipte en in het volle licht terechtkwam; ik herinner me mijn hagelwitte overhemd en het geluid van de zijden stropdas klapperend in de wind naast mijn hoofd, het duizelingwekkende gevoel van snelheid, en dan plotseling van rijbaan verwisselen om een vrachtwagen in te halen en nog net door rood te rijden.

Vervolgens een met palmbomen omzoomde oprijlaan in, piepende remmen, perskaart op de zonneklep en de auto parkeren op de dichtstbijzijnde niet parkeren-plek. Snel de lobby in, colbert van mijn nieuwe zwarte pak aantrekken, camera in de hand, terwijl een gladde receptionist mijn mannetje belt om de afspraak te bevestigen. Dan in een zachte lift naar boven naar de hotelsuite – warm onthaal, opgeblazen gesprek en zwarte koffie uit een zilveren koffiepot, snel een paar foto's op het balkon, een grijnzende handdruk, dan weer de lift in en wegwezen.

Op de terugweg naar de krant met een stapel aantekeningen stoppen bij een terrasje langs het strand voor een clubsandwich en een pilsje; kranten lezen in de schaduw en me verbazen over de waanzin van het nieuws, of achteroverleunen en met een geile blik kijken naar de kleurrijk verpakte tieten en proberen te raden hoeveel ik er voor het einde van de week zou kunnen vastgrijpen.

Dat waren schitterende ochtenden, als de zon brandde en de lucht vol hoop en verwachting zat, als het Echte Werk op het punt stond te gebeuren, en ik het gevoel had dat als ik nog harder ging, ik dat ongrijpbare iets zou kunnen inhalen dat altijd vlak vóór me lag.

Dan werd het middag, en verdween de ochtend als een vergeten droom. Het zweten was een marteling en de rest van de dag was bezaaid met de restanten van dingen die misschien gebeurd zouden zijn, maar niet bestand waren tegen de hitte. Als de zon heet genoeg werd, schroeide hij alle illusies weg, en zag ik mijn omgeving zoals die was: goedkoop, somber en opzichtig. Daar kon niet veel goeds van komen.

Als je je soms bij de avondschemering probeerde te ontspannen en niet na te denken over de algehele impasse, raapte de Afvalgod een handvol voorbeelden van de halfvergane hoop van die ochtend op en liet die dan vlak voor je neus bungelen in de wind, met het geluid van delicate glazen klokjes, die je deden denken aan iets wat je nooit echt te pakken had kunnen krijgen en ook nooit zou krijgen. Het was een gekmakend beeld, en de enige manier om eraf te komen was wachten tot het nacht werd en ondertussen de demonen verjagen met rum. Vaak was het makkelijker om helemaal niet te wachten en al rond het middaguur met drinken te beginnen. Ik herinner me dat het allemaal niet erg hielp, behalve dat soms de dag een beetje sneller om was.

Ik ontwaakte plotseling uit mijn mijmeringen toen ik Calle O'Leary in reed en voor Al's Sala's auto geparkeerd zag staan met daarnaast de motor van Yeamon. De dag sloeg meteen om in onheil en ik werd bevangen door een soort paniek. Ik reed zonder te stoppen langs Al's en keek recht voor me uit tot ik de bocht om ging en de helling af reed. Ik reed een poosje rond, probeerde erover na te denken, maar tot hoeveel redelijke conclusies ik ook kwam, ik voelde me nog steeds een slang. Niet dat ik me niet volledig in mijn recht voelde staan, integendeel, maar ik kon mezelf er gewoon niet toe zetten erheen te gaan en samen met Yeamon aan een tafeltje te gaan zitten. Hoe langer ik erover nadacht, hoe ellendiger ik me voelde. Hang maar een uithangbord op, mompelde ik: 'P. Kemp, Dronken Journalist, Zuigvis & Slang – kantooruren van 12.00 uur tot zonsondergang, 's maandags gesloten.'

Ik reed de Plaza Colón op en kwam vast te zitten achter een fruitkoopman, en ik begon als een woesteling naar hem te toeteren. 'Vuile, stinkende nazi!' schreeuwde ik. 'Uit de weg, jij!'

Ik raakte in een rothumeur. Mijn gevoel voor humor liet me in de steek. Het werd tijd om ergens naar binnen te gaan.

Ik ging naar de Condado Beach Club, waar ik aan een grote glazen tafel ging zitten onder een rood-wit-blauwe parasol. Ik las urenlang in *The Nigger of the Narcissus* en maakte aantekeningen voor mijn verhaal over De Opkomst en Ondergang van de *San Juan Daily News*. Ik was in een bijdehante bui, maar Conrads voorwoord maakte me zo aan schrikken dat ik iedere hoop liet varen om ooit iets anders te worden dan een mislukkeling...

Maar vandaag niet, dacht ik. Vandaag is anders. Vandaag bouwen we een feestje. We gaan picknicken, champagne drinken. Ik neem Chenault mee naar het strand en daar gaan we uit ons dak. Mijn stemming sloeg helemaal om. Ik riep de ober en bestelde een speciale tweepersoonspicknicklunch met kreeft en champagne.

Toen ik weer in de flat kwam, was Chenault weg. Er was geen spoor van haar, al haar kleren waren verdwenen uit de kast. Er hing een enge stilte in de woning, een vreemde leegheid.

Toen zag ik het briefje in mijn typemachine: vijf of zes regels op briefpapier van de *Daily News* met een kus van felroze lippenstift boven mijn naam.

Lieve Paul,
Ik kan er niet meer tegen. Mijn vliegtuig vertrekt om
zes uur. Je houdt van me. Wij zijn soulmates. We zullen
rum drinken en naakt dansen. Kom me opzoeken in
New York. Ik heb een paar verrassingen voor je.

Veel liefs,
Chenault

Ik keek op mijn horloge en zag dat het kwart over zes was. Te
laat om haar nog te treffen op het vliegveld. Ach, nou ja, dacht
ik. Ik zie haar wel in New York.

Ik ging op bed zetten en dronk de fles champagne leeg. Ik
voelde me zwaarmoedig, dus ik besloot te gaan zwemmen. Ik
reed naar Luisa Aldea, waar niemand op het strand was.

De branding was hoog, en ik voelde een combinatie van angst
en verlangen terwijl ik mijn kleren uittrok en erheen liep. Ik
sprong in een reusachtige, meesleurende golf en liet me de zee
in zuigen. Enkele tellen later werd ik als een torpedo met duizelingwekkende vaart op een lange witte breker op het strand ge-
slingerd. Ik tolde rond als een dode vis en werd zo hard op het
zand gesmeten, dat mijn rug dagenlang pijn zou doen.

Dat herhaalde ik zolang ik op mijn benen kon blijven staan, ik
liet me meevoeren door de getijdenstroom en wachtte op de volgende reuzengolf die me weer op strand zou smijten.

Toen ik ermee ophield begon het donker te worden en kwamen de insecten tevoorschijn, miljoenen van die misselijke
muggen zo klein dat je ze niet kon zien. Ik voelde een zware,
zwarte smaak in mijn mond terwijl ik naar mijn auto strompelde.

Twintig

Maandag was een allesbepalende dag en ik voelde meteen de spanning toen ik wakker werd. Ik had me opnieuw verslapen, en het was al bijna middag. Na een snel ontbijt haastte ik me naar de krant.

Toen ik daar aankwam trof ik Moberg aan op de trappen, waar hij een mededeling stond te lezen, die op de voordeur was bevestigd. Het was een lang, gecompliceerd bericht dat erop neerkwam dat de krant verkocht was, onder beheer stond van een curator, en dat alle vorderingen op de voormalige eigenaren in overweging zouden worden genomen door Stein Enterprises in Miami, Florida.

Toen Moberg uitgelezen was, wendde hij zich tot mij. 'Dit is gewetenloos,' zei hij. 'We moeten de deur forceren en de zaak plunderen. Ik heb geld nodig, ik heb nog maar tien dollar.' Voordat ik hem kon tegenhouden, schopte hij het glas uit de voordeur. 'Kom op,' zei hij, terwijl hij door het gat klom. 'Ik weet waar de kleine kas wordt bewaard.'

Plotseling begon er een bel te rinkelen, en ik trok hem met een ruk terug. 'Stomme klootzak,' zei ik. 'Je hebt het alarm geactiveerd. We moeten hier zo snel mogelijk weg, voordat de politie komt.'

We renden naar Al's, waar de anderen rond een grote tafel op de binnenplaats zaten en koortsachtig door elkaar praatten. Vanwege de motregen zaten ze dicht bij elkaar, terwijl ze de moord op Lotterman beraamden.

'De smeerlap,' zei Moberg. 'Hij had ons vrijdag kunnen betalen. Hij had genoeg geld. Ik heb het zelf gezien.'

Sala lachte. 'Hitler had ook genoeg geld, maar hij betaalde nooit zijn rekeningen.'

Schwartz schudde bedroefd zijn hoofd. 'Ik wou dat ik op kantoor kon komen. Ik moet een paar telefoontjes plegen.' Hij knikte veelbetekenend. 'Intercontinentaal: Parijs, Kenia en Tokio.'

'Hoezo Tokio?' zei Moberg. 'Daar vermoorden ze je zó.'

'Je bedoelt dat ze jóú daar vermoorden,' antwoordde Schwartz. 'Ik bemoei me met mijn eigen zaken.'

Moberg schudde zijn hoofd. 'Ik heb vrienden in Tokio. Jou lukt het nooit daar vrienden te maken, daar ben je te dom voor.'

'Hé, vuile zuiplap!' riep Schwartz plotseling uit. 'Nog één woord van jou en ik ram je op je smoel.'

Moberg lachte ontspannen. 'Je staat op het punt van afknappen, Schwartz. Ik zou maar eens lekker lang in bad gaan, als ik jou was.'

Schwartz stond op, liep snel om de tafel heen en haalde uit alsof hij een honkbal wilde pitchen. Moberg had hem kunnen ontwijken als hij nog reflexen had gehad, maar hij bleef gewoon zitten en liet zich van zijn stoel meppen.

Het zag er nogal stoer uit, en Schwartz was duidelijk ingenomen met zichzelf. 'Dat zal je leren,' mompelde hij terwijl hij naar de deur liep. 'Tot straks, jongens,' riep hij naar ons. 'Ik hou het niet meer uit bij die zuiplap.'

Moberg grijnsde en spuugde naar hem. 'Ik ben zo terug,' zei hij. 'Ik moet even naar een vrouw in Río Pedras, ik heb geld nodig.'

Sala keek hem na en schudde treurig het hoofd. 'Ik heb al heel wat gluiperds gezien in mijn leven, maar hij slaat alles.'

'Onzin,' zei ik. 'Moberg is je vriend. Vergeet dat nooit.'

Later die avond gingen we naar een tuinfeest dat werd gegeven door de Rum Liga en de Kamer van Koophandel van San Juan als eerbetoon aan de Amerikaanse wetenschap. Het huis was wit gestuukt, met allerlei tierelantijnen, en erachter lag een grote tuin. Er waren ongeveer honderd mensen, van wie de meesten formeel gekleed waren. Aan een kant van de tuin stond een lange bar en ik rende erop af. Donovan was er ook al, hij stond zwaar te drinken. Hij knoopte discreet zijn jasje los en liet me een slagersmes zien dat hij in zijn broekband had gestopt.

'Kijk,' zei hij. 'We zijn er klaar voor.'

Waarvoor? dacht ik. Om Lotterman de keel door te snijden?

De tuin was vol met rijke beroemdheden en bezoekende studenten. Ik zag Yeamon een eindje verwijderd van de menigte staan met zijn arm om een uitzonderlijk knap meisje. Ze dronken samen uit een halveliterglas gin en lachten schor. Yeamon droeg zwarte nylon handschoenen, en dat beschouwde ik als een slecht teken. Jezus, dacht ik, die klootzakken zijn door de spiegel heen gestapt. Ik wilde er niets mee te maken hebben.

Het was een gekleed feest. Op een veranda stond een band die steeds 'Cielito Lindo' speelde. Ze gaven het een opzwepend walstempo mee en telkens als ze klaar waren, schreeuwden de dansers om een herhaling. Om de een of andere reden herinner ik me dat moment misschien wel beter dan al het andere in Porto Rico. Een schitterende groene tuin, omgeven door palmbomen en een bakstenen muur; een lange bar vol flessen en ijsemmers met erachter een in het wit geklede barkeeper; een ouder publiek in smokingjasjes en felgekleurde jurken dat ontspannen stond te keuvelen op het gazon. Een warme Caraïbische avond, terwijl de tijd op respectabele afstand doortikte.

Ik voelde een hand op mijn arm. Het was Sala. 'Lotterman is er ook,' zei hij. 'We gaan hem te grazen nemen.'

Op dat moment klonk er een schrille kreet. Ik keek naar de overkant van de tuin en zag verwarrende bewegingen. Er klonk nog een gil en ik herkende de stem van Moberg: 'Kijk uit, kijk uit… iiiiijaaahhaaaaa!'

Ik was net op tijd om hem te zien opkrabbelen. Lotterman

stond over hem heen gebogen en zwaaide met zijn vuist. 'Lelijke, vieze zuiplap! Je wilde me vermoorden!'

Moberg kwam langzaam overeind en veegde zijn kleren af. 'Je verdient het om te sterven,' grauwde hij, 'om te sterven als de rat die je bent.'

Lotterman beefde en zijn gezicht was donkerrood. Hij deed een stap in de richting van Moberg en sloeg hem opnieuw, zodat hij tegen een groepje mensen op botste dat probeerde een veilig heenkomen te vinden. Ik hoorde naast me iemand lachen, en een stem die zei: 'Een personeelslid van Ed probeert geld van hem los te krijgen. Moet je hem tekeer zien gaan!'

Lotterman stond onsamenhangend te schreeuwen terwijl hij uithaalde naar Moberg en hem steeds dieper het publiek in drong. Moberg schreeuwde om hulp toen hij tegen Yeamon aan liep die dichterbij kwam. Yeamon duwde hem opzij en riep iets naar Lotterman. Het enige woord dat ik verstond was 'Nu…'

Ik zag Lottermans gezicht inzakken van verbazing, en hij bleef stokstijf staan terwijl Yeamon hem op zijn ogen sloeg, zodat hij ongeveer twee meter naar achteren schoot. Hij wankelde even wanhopig en zakte toen in elkaar op het gras, bloedend uit zijn ogen en oren. Vanuit mijn ooghoek zag ik plotseling een donkere gestalte door de tuin komen aanstormen en zich als een kanonskogel in de menigte boren. Iedereen ging plat, maar Donovan was als eerste weer op de been. Hij had een waanzinnige grijns op zijn gezicht, terwijl hij het hoofd van een man greep en dat zijdelings tegen een boom beukte. Yeamon sleurde Lotterman onder een andere man vandaan en sloeg hem als een boksbal de tuin door.

Er brak paniek uit onder het publiek en iedereen probeerde weg te komen. 'Bel de politie!' schreeuwde een man.

Een gerimpelde oude dame in een strapless jurk strompelde langs me en krijste: 'Breng me naar huis! Breng me naar huis! Ik ben bang!'

Ik baande me een weg door de meute en probeerde zo weinig mogelijk aandacht te trekken. Toen ik bij de deur kwam, keek ik om en zag hoe een groepje mannen naar Lotterman, die op de grond lag, staarde en een kruis sloegen. 'Daar gaan ze!' riep iemand, en ik zag dat hij naar een punt achter in de tuin wees. Er was geritsel in de struiken, het geluid van brekende takken, en toen zag ik Donovan en Yeamon over de muur klimmen.

Een man rende de trappen naar het huis op. 'Ze zijn ontsnapt!' schreeuwde hij. 'Bel de politie! Ik ga achter ze aan!'

Ik glipte door de deur naar buiten en rende over het trottoir naar mijn auto. Ik meende ergens vlakbij de motor van Yeamon te horen, maar ik wist het niet zeker. Ik besloot zo snel mogelijk terug te gaan naar Al's, te zeggen dat ik was ontkomen aan een massale vechtpartij en bij de Flamboyan rustig een paar biertjes had gedronken. Het was een ondeugdelijk alibi voor het geval iemand op het tuinfeest me had herkend, maar ik had geen andere keus.

Ik zat er ongeveer een kwartiertje toen Sala kwam aanzetten. Hij kwam bevend op mijn tafel af gerend. 'Man!' fluisterde hij hardop. 'Ik heb als een idioot over het eiland gereden. Ik wist niet waar ik heen moest.' Hij keek om zich heen om zeker te weten dat er niemand op de binnenplaats zat.

Ik leunde lachend achterover op mijn stoel. 'Ja, wat een toestand, niet?'

'Een toestand?' riep hij uit. 'Heb je niet gehoord wat er gebeurd is? Lotterman heeft een hartaanval gehad, hij is dood.'

Ik leunde voorover. 'Waar heb je dat gehoord?'

'Ik was er nog toen hij werd weg gereden in een ambulance,' antwoordde hij. 'Je had het moeten zien: gillende vrouwen, overal politie, ze hebben Moberg meegenomen.' Hij stak een sigaret op. 'Besef je wel dat we nog steeds op borgtocht vrij zijn?' zei hij op kalme toon. 'We zijn ten dode opgeschreven.'

De lichten brandden in mijn flat, en terwijl ik de trap op rende, hoorde ik de douche stromen. De badkamerdeur was dicht en ik trok hem open. Het gordijn werd met een ruk opzij geschoven en Yeamon keek vanuit de douchecabine naar buiten. 'Kemp?' zei hij, terwijl hij door de stoom probeerde te turen. 'Wie is daar, verdomme?'

'Godverdomme!' riep ik. 'Hoe ben jij binnengekomen?'

'Het raam stond open. Ik moet vannacht hier blijven, het licht van mijn motor doet het niet meer.'

'Stomme lul die je bent!' snauwde ik. 'Als je niet oppast ga je de bak in voor moord. Lotterman heeft een hartaanval gehad. Hij is dood!'

Hij sprong de douche uit en sloeg een handdoek om zijn middel. 'Jezus,' zei hij. 'Dan moet ik maken dat ik wegkom.

'Waar is Donovan?' vroeg ik. 'Die zoeken ze ook.'

'Dat weet ik niet,' zei hij hoofdschuddend. 'We hebben met de motor een geparkeerde auto geraakt. Hij zei dat hij naar het vliegveld wilde.'

Ik keek op mijn horloge. Het was bijna halftwaalf. 'Waar is je motor?' vroeg ik.

Hij wees naar de achterkant van het gebouw. 'Ik heb hem daarachter neergezet. Het was verdomd moeilijk rijden zonder licht.'

Ik kreunde. 'Jezus christus, je sleurt me nog mee de bak in. Kleed je aan. Je moet hier weg.'

Het was tien minuten rijden naar het vliegveld, en we waren nauwelijks onderweg of we werden overvallen door een tropische moesson. We hielden stil om het dak dicht te klappen, maar toen we het dak er eindelijk op hadden, waren we drijfnat.

We zagen geen hand voor ogen door de regen. Een paar centimeter boven mijn hoofd kletterde het water op het linnen, en onder ons sisten de banden op het natte wegdek.

We gingen van de snelweg af en sloegen de lange weg naar het vliegveld in. We waren ongeveer halverwege de terminal, toen ik naar links keek en een groot toestel met de letters Pan Am op de startbaan voorbij zag komen. Ik meende het gezicht van Donovan achter een van de raampjes te zien, grijnzend en zwaaiend naar ons terwijl het vliegtuig, met een geweldig gebrul opsteeg: een gevleugeld monster, vol lichtjes en mensen, allemaal op weg naar New York. Ik zette de auto stil en we zagen hoe het toestel klom en met een grote bocht boven het palmenoerwoud koers zette naar zee, totdat er niets meer over was dan een rood stipje tussen de sterren.

'Nou,' zei ik, 'daar gaat ie dan.'

Yeamon staarde het toestel na. 'Is dat het laatste?'

'Ja,' antwoordde ik. 'De volgende vlucht is morgenochtend om halftien.'

Hij zweeg even en zei toen: 'Nou, dan kunnen we wel weer terug.'

Ik keek hem aan. 'Waar naartoe?' zei ik. 'Je kunt jezelf net zo goed meteen aangeven als je morgenochtend hier terug komt.'

Hij staarde in de regen en keek gespannen om zich heen. 'Ja, godverdomme, maar ik moet van dit eiland af zien te komen, daar gaat het om.'

Ik dacht even na en herinnerde me de veerpont van Fajardo naar St. Thomas. Voor zover ik wist vertrok die iedere morgen om acht uur. We besloten dat hij daarheen zou gaan en een goedkope kamer zou nemen in het Grand Hotel. Daarna zou hij er alleen voor staan; ik had mijn eigen problemen.

Het was ruim zestig kilometer naar Fajardo, maar het wegdek was goed en we hadden geen haast, dus ik kon relaxed rijden. Het was opgehouden met regenen en de nacht rook heerlijk fris. We klapten het dak weer open en dronken om beurten van de rum.

'Verdomme,' zei hij na een poosje. 'Wat vreselijk dat ik naar Zuid-Amerika moet met één pak en honderd dollar op zak.'

Hij leunde achterover en begon te huilen. Ik hoorde de branding een paar honderd meter links van de weg. Rechts zag ik de top van El Yunque, een zwart silhouet tegen een dreigende lucht.

Het was bijna halftwee toen we aan het einde van de snelweg kwamen en afsloegen naar Fajardo. Het stadje was in duisternis gehuld en er was geen kip op straat. We reden om het lege plein heen en daarna naar de steiger van de veerpont. Op de volgende hoek stond een hotelletje, en ik hield stil terwijl hij naar binnen ging om een kamer te reserveren.

Een paar minuten later kwam hij naar buiten en stapte in de auto. 'Nou,' zei hij kalm. 'Dat zit wel goed. De veerpont vertrekt om acht uur.'

Hij wilde even blijven zitten, zo leek het, dus ik stak nog een sigaret op en probeerde me te ontspannen. Het was zo stil in de stad dat ieder geluid dat we maakten leek te worden versterkt. Toen hij de rumfles aan mij wilde geven en toevallig tegen het stuur stootte, schrok ik op, alsof iemand een schot had gelost. Hij lachte stilletjes. 'Rustig aan, Kemp. Jij hoeft je nergens zorgen om te maken.'

Ik maakte me niet zozeer zorgen, ik voelde me opgejaagd. Het hele zaakje had iets onheilspellends, alsof God in een bui van walging had besloten ons allemaal uit te roeien. Onze hele sociale structuur dreigde in te storten; het leek nog maar een paar uur geleden dat ik met Chenault in het zonnetje zat te ontbijten in de rust van mijn flat. Toen ik écht aan de dag was begonnen, was ik ineens terechtgekomen in een orgie van moord, gekrijs en brekend glas. En nu liep het net zo idioot af als het was begonnen. Nu was het allemaal voorbij, ineens wist ik dat zeker omdat Yeamon op het punt van vertrekken stond. Misschien zou er nog wat rumoer zijn nadat hij weg was, maar dat zou wat orthodox rumoer zijn, wat gemakkelijk te *handlen* en zelfs te negeren is, in plaats van die zenuwslopende, onverwachte uitbarstingen waarin je wordt meegesleurd als een willoos voorwerp.

Ik kon me niet herinneren wanneer het precies begonnen was,

maar het eindigde allemaal hier in Fajardo, een donker vlekje op de kaart, aan het einde van de wereld. Yeamon ging vanaf hier verder, en ik ging terug; het was absoluut het einde van iets, maar ik wist niet zeker waarvan.

Ik stak een sigaret op en dacht aan andere mensen; ik vroeg me af wat die vanavond deden terwijl ik hier in een donkere straat in Fajardo rum zat te drinken uit een fles met een man die morgen een voortvluchtige moordenaar zou zijn.

Yeamon gaf me de fles terug en stapte uit de auto. 'Nou, tot ziens, Paul – Joost mag weten waar.'

Ik leunde naar rechts en stak mijn hand uit. 'Waarschijnlijk in New York,' zei ik.

'Hoelang blijf je hier nog?' vroeg hij.

'Niet lang,' antwoordde ik.

Hij schudde een laatste keer mijn hand. 'Oké, Kemp,' zei hij grijnzend. 'Bedankt, je bent een prima gast.'

'Ja,' zei ik terwijl ik de motor startte. 'Als we dronken zijn, zijn we allemaal prima gasten.'

'Er is hier niemand dronken,' zei hij.

'Ik wel,' zei ik. 'Anders had ik je wel aangegeven.'

'Gelul,' antwoordde hij.

Ik schakelde. 'Oké, Fritz, veel succes.'

'Prima,' zei hij terwijl ik wegreed. 'Jij ook.'

Ik reed tot aan de hoek om te kunnen keren, en toen ik terugreed en hem passeerde, zwaaide ik naar hem. Hij liep naar de veerpont, en bij de hoek gekomen, hield ik in om te zien wat hij van plan was. Het was de laatste keer dat ik hem zou zien, en ik herinner het me nog erg goed. Hij liep de pier op, bleef staan bij een houten lantaarnpaal en keek uit over de zee. Het enige levende wezen in een doods Caraïbisch stadje, een lange figuur in een gekreukeld Palm Beach-pak, zijn enige pak, met uitpuilende zakken, dat helemaal besmeurd was met gras en zand. Daar stond hij alleen op een pier aan het einde van de wereld, in gedachten verzonken. Ik zwaaide nog eens, hoewel hij met zijn rug naar me toe stond, toeterde tweemaal kort en scheurde de stad uit.

Eenentwintig

Op de terugweg naar mijn flat stopte ik voor de eerste editie van de kranten. Tot mijn stomme verbazing stond Yeamon op de voorpagina van *El Diario* onder een vette kop die luidde 'Matanza en Río Piedras'. Zijn portret was gehaald uit de foto die van ons drieën in de gevangenis was genomen nadat we gearresteerd en gemolesteerd waren. Nou, dacht ik, dat is het dan. Het spel is uit.

Ik reed naar huis en belde Pan Am om een ticket te bestellen voor de ochtendvlucht. Ik pakte mijn spullen en propte alles – kleren, boeken, een groot plakboek met mijn artikelen voor de *News* – in twee plunjezakken. Die legde ik naast elkaar, waarna ik mijn typemachine en scheerspullen erbovenop legde. En dat waren dan al mijn wereldse bezittingen, de magere oogst van een tienjarige odyssee die sterk begon te lijken op een verloren zaak. Toen ik wegging, dacht ik er nog aan een fles Rum Superior mee te nemen voor Chenault.

Ik had nog drie uur en ik moest een cheque verzilveren. Ik wist dat ze dat wel deden bij Al's, maar misschien stond de politie me daar op te wachten. Ik besloot het erop te wagen en reed behoedzaam door Condado, over het viaduct en zo de slapende oude stad binnen.

Er was niemand bij Al's, op Sala na die alleen op de binnenplaats zat. Ik liep naar zijn tafeltje toe en hij keek op. 'Kemp,' zei hij. 'Ik voel me honderd jaar oud.'

'En hoe oud ben je?' vroeg ik. 'Dertig? Eenendertig?'

'Dertig,' zei hij, 'vorige maand geworden.'

'Verdomd,' antwoordde ik. 'Kun je nagaan hoe oud ík me voel, ik ben bijna tweeëndertig.'

Hij schudde zijn hoofd. 'Ik had altijd gedacht dat ik de dertig niet zou halen. Ik weet niet waarom, maar om de een of andere reden heb ik dat altijd gedacht.'

Ik glimlachte. 'Ik weet niet of ik dat ook dacht; ik ben er eigenlijk nooit zo mee bezig geweest.'

'Nou,' zei hij, 'ik hoop bij god dat ik geen veertig word, ik zou niet weten wat ik met mezelf aan moest.'

'Misschien weet je het dan wel,' zei ik. 'We zijn over ons hoogtepunt heen, Robert. Vanaf nu wordt het alleen maar ellendiger.'

Hij leunde achterover en zei niets. Het begon bijna licht te worden, maar Nelson Otto zat nog steeds achter zijn piano. Hij speelde 'Laura', en de melancholieke tonen zweefden over de binnenplaats en bleven in de bomen hangen als vogels die te moe waren om te vliegen. Het was een benauwde nacht, bijna windstil, maar ik voelde het koude zweet op mijn schedel. Bij gebrek aan iets anders bestudeerde ik een schroeigat in de mouw van mijn blauwkatoenen overhemd.

Sala bestelde nog wat te drinken. Sweep bracht vier rum met de mededeling dat het rondje van het huis was. We bedankten hem en bleven nog een halfuur zitten zonder een woord te zeggen. Vanaf het water hoorde ik het trage luiden van een scheepsbel terwijl een boot aanmeerde langs de pier, en ergens in de stad reed een motorfiets brullend door de nauwe straatjes, de echo weerkaatste tot hoog in de Calle O'Leary. In het pand naast ons klonken stemmen, en uit een bar in de straat kwam het rauwe geluid van een jukebox. De nachtgeluiden van San Juan zweefden over de stad door de vochtige lucht; geluiden van leven en beweging, van mensen die zich klaarmaakten en van mensen die de moed opgaven, het geluid van hoop en het geluid van volharding, en onder al die geluiden het kalme, dodelijke tikken van duizend hongerige klokken, het eenzame geluid van de tijd die voorbijgaat in de lange Caraïbische nacht.